생식기

SEISHOKUKI by Ryo ASAI
© 2025 Ryo ASAI
All rights reserved.
Original Japanese edition published by SHOGAKUKAN.
Korean translation rights in Korea arranged with SHOGAKUKAN
through Shinwon Agency Co., Ltd.

이 책의 한국어판 저작권은 ㈜신원 에이전시를 통한 저작권사와의 독점 계약으로 ㈜디앤씨미디어에 있습니다.
저작권법에 의해 한국 내에서 보호를 받는 저작물이므로 무단전재와 복제를 금합니다.

새시기
生殖記

아사이 료 지음

민경욱 옮김

READbie

1

 쇼세이는 언제나 이렇습니다.
 유체(幼體)일 때는 아직 이 정도까지는 아니었습니다. 그렇습니다. 예를 들어 수많은 개체가 함께 무거운 물건을 옮길 일, 맞다, 그게 좋겠네요. 체육 시간에 사용할 매트를 옮길 때 말입니다. 어릴 때는 이 공동체를 구성하는 일원이라는 의식을 가지고, 손에 힘을 잔뜩 줬답니다. 물론 그런 생각을 또렷하게 언어로 표현하지는 못했어도 무의식적으로 손에 힘을 주고 매트를 옮겼습니다.
 지금은 다릅니다.
 성체(成體)가 된 지금, 거대한 매트를 다 같이 옮길 일은 없습니다. 그러나 구체적으로 옮길 물체가 없을 뿐 하는 일은 거의 같습니다. 자신이 속한 공동체를 함께 【앞으로】 나아가게 하는 일이

제가 본 인간들의 매일입니다. 쇼세이는 그 안에서 전혀 손에 힘을 주지 않습니다. 과거에는 무의식적으로나마 【나도 이걸 옮기는 일원】이라는 마음이 있었는데 지금은 전혀 없기 때문입니다. 다만 마음이 있는 것처럼 행동하는 능력만큼은 잘 익혔으니 안심하세요. 손에 힘을 주지 않는다는 사실을 주위 개체들에게 들키지 않는답니다.

다소 번거로운 일이 될 것 같습니다만, 제가 하고 싶은 말은 이겁니다. 바로 지금 체성분을 표시하는 온갖 종류의 스마트 체중계 앞에서 '신중하게 고민하고 있어요'라는 표정을 짓고 있는 이 수컷 개체는 그런 척하고 있을 뿐, 이 녀석의 머리는 깜짝 놀랄 정도로 가동하고 있지 않다는 겁니다. 쇼세이, 지금 아무 생각 없습니다. 스스로 과감하게 결단하거나 판단하지 않더라도 때가 되면 큰 흐름 같은 게 찾아와 다 해결하리라고 생각하는 게 이 수컷 개체이고, 실제로 지금까지 그런 경우가 많았습니다.

"이건 어때? 좋아 보이는데."

보세요, 예상대로 '흐름'이 찾아왔습니다. 듬직한 친구라는 이름의 흐름입니다.

"으음……."

들었죠? 휴일에 애써 쇼핑까지 함께 와 준 다른 개체가 정보를 제공하는데 "으음……."이라잖아요? 정성껏 "……."까지 붙여서 말이죠. 적어도 긍정인지 부정인지 정도는 반응하라고!

쇼세이는 말이죠, 이렇게 결단을 피하고 있으면 언젠가 현재의 자신이 손에 넣기 적당한, 아니, 손에 넣었을 때 특별한 문제가 없는 걸 얻을 수 있다고 생각한답니다. 그렇게 되도록 오늘 야나기 다이스케라는 결단력 있는 수컷 개체와 무리를 지었죠.

"보라고. 앱과 연동시킬 수 있어. 내 체중계도 비슷한데 이 기능 정말 편해. 이 정도 가격에 이런 기능을 가진 건 거의 없어."

"그래? 그런데 왜 싸지?"

물론 이 발언에도 진심은 전혀 없습니다. 진심으로 왜 싼지를 탐구하려는 게 아니라, 이 쇼핑을 제안한 사람은 어디까지나 자신이므로 어울려 주는 개체의 제안에 너무 쉽게 넘어가면 아무래도 찜찜하니 잠깐 더 버티는 게 좋다고 생각했을 뿐입니다. 【생각하고 있는 느낌】만을 낼 뿐 입에서 흘러나온 순간 이미 죽은 질문입니다.

쇼세이는 말입니다, 이렇게 그 자리의 분위기를 읽는 능력만큼은 상당히 뛰어납니다. 유체 때부터 그 능력을 높일 수밖에 없었으므로 지극히 당연한 일이죠.

참고로 분위기를 읽는 이 능력 덕분에 과거의 쇼세이는 엄청나게 구원받았고 또 죽임을 당했습니다. 지금, 대다수의 인간이 보기에는 이상한 문장일지 모르겠으나 쇼세이에게는 진실이므로 그냥 진행하겠습니다.

"구식 모델이라 그렇겠지. 자, 봐 봐. 진열 상품 한정이래."

다이스케는 마치, 자기가 쓸 물건을 찾는 사람처럼 설명문을 열심히 들여다봅니다.

쇼세이와 반대로 다이스케에게는 이런 면이 있습니다. 오지랖이 넓어 남을 잘 돌봅니다. 쇼세이가 성가실 때도 있으나 실은 자기에게 기대는 게 싫지만은 않답니다.

쇼세이로 말할 것 같으면 그런 개체를 기막히게 찾아냅니다. 남을 잘 돌보는 개체를 재빠르게 찾아내 그 개체 옆에 있으려고 영악하게 행동합니다. 정말, 대단한 녀석입니다.

"네가 원하는 기능이 뭐야? 이것만은 꼭 있어야 하는 거 말이야?"

다이스케의 질문, 지극히 당연합니다. 사실 두 개체가 지금 신주쿠의 가전 대리점에 있는 이유는 쇼세이가 "그런 것도 체중계인가? 체지방률 같은 걸 알 수 있는 걸 사고 싶어."라는 말을 꺼냈기 때문입니다. 물론 쇼세이라는 개체에게 주체성과 책임감을 요구할 방법은 없지만 말입니다.

"있어야 하는 거? 원하는 거라."

아까부터 쇼세이의 머릿속에는 발바닥이 아프고 배가 고프다는 생각밖에 없습니다. 다이스케 몰래 몇 번이나 하품했는지 저는 다 압니다. 이 개체, 내내 이런 식입니다.

아! 여기서 【내내】라는 건 쇼세이가 발생한 시점부터 내내라는 의미는 아닙니다. 쇼세이 나름대로 분기점이 있었습니다. 그 얘기는 나중에 설명하죠.

"참고로, 다이스케가 쓰는 건 어떤 거야? 보고 싶네."

나왔습니다. 다른 개체의 선택에 자연스럽게 편승하는 패턴입니다. 스스로 생각하기를 완전히 포기하는 거죠.

"아까 지나온 데서 내가 보여 줬던 거야. 그런데 말이야." 다이스케가 핵심을 찌릅니다. "그거라면 인터넷으로 사면 됐잖아? 가게에서 다양한 상품을 보고 싶다고 한 건 너야."

"으음……."

그렇습니다. 또【으음…….】이네요. 아무 의미 없는 시간입니다.

벌써 십 년이나 쇼세이와 어울린 다이스케, 쇼세이가 얼버무리는 일에도 익숙해 "나랑 같은 게 좋다면 나야 상관없지만."이라고 재빨리 물러납니다. 하기는, 쇼세이가 어떤 체중계를 사든 다이스케에게는 상관없는 일이니까요.

그런데 말입니다, 뭐라고 해야 할까요, 이 두 개체의 절묘한 호흡을 지켜보고 있으면 특별히 무리 지어 살지 않아도 될 만큼 문명이 발달했음에도 성향에 따라 무리를 지으려는 점이야말로 인간의 불가사의한 면인 듯합니다.

인간만큼 문명이 발전하면 포식당할 확률을 낮추거나 사냥 효율을 높이려고, 즉 개체의 생존을 유리하게 하려고 집단행동을 할 필요가 없잖아요? 온갖 문명을 구사했으니 아무것도 하지 않아도, 다른 어떤 개체와 연결되지 않아도 진공상태에 떠 있듯 이 세계에 존재할 수 있을 텐데 말입니다.

그런데 인간이란,【그냥 살 수 있다】라는 상태에 가까워지면 바로 그 이상을 원합니다. 이대로 살아도 되나, 삶의 의미나 인생의 가치는 무엇인가, 다른 사람을 위해 살고 싶어, 무언가에 열중하고 싶어. 아무튼 그냥 살 수 있는 상태에서 벗어나려고 합니다.

인간 이외의 종(種)을 담당하기도 했는데 그런 생각은 어떤 개체도 하지 않습니다. 삶을 수행하는 것과 목숨을 다하는 게 동의어인 종과 비교하면 전쟁이나 재해 등 웬만한 일이 아닌 한 생명의 위협 없이 살 수 있는 인간이라는 종은 정말 생각이 많아서, 더 힘든 것 같습니다.

지금 저, 신중히 말을 골랐답니다.

한가한 것 같습니다.

한가하고, 지루한 것 같습니다. 사실은 그렇게 말할 생각이었습니다.

"그래서? 나랑 같은 거 살 거야?"

아, 다이스케의 목소리에 살짝 짜증이 배기 시작했네요.

"그게……." 쇼세이, 생각하는 척하며 최대한 뜸을 들인 후 말합니다. "그러자."

맞습니다, 결국 이렇게 됩니다. 돌아보면 쇼세이, 처음부터 끝까지 정말 한 번도 생각하지 않았습니다.

"귀중한 일요일에 무슨 짓이냐?"

쇼세이, 다이스케의 너무나 정당한 불평을 흘려들으며 상품 카트를 계산대로 가져갑니다.

시각은 18시를 조금 넘기고 있을까요. 돌아가는 길에 어디선가 밥이라도 먹고 들어가면 정확하게 【일요일】을 소화하게 됩니다.

다이스케도 투덜대기는 했으나 사실은 이 정도가 딱 좋았을 겁니다. 인간이란 그런 법이죠.

그야 웬만한 일이 없는 한 목숨이 위태롭지 않은 환경에서 노동까지 면제되면 쓸데없이 발달한 인간 특유의 지능과 사고만 남지 않겠습니까? 그런 조건에서 【그냥 사는 일】을 계속하면 결국은 【뭔가를 생각】하는 구역에 들어가고 인간은 그럴 때 의외로 쉽게 정신에 병이 듭니다. 이제까지 다양한 종을 담당해 왔는데 지금,

여기를 뛰어넘는 불확실한 것에 침잠해 정신이 병드는 종은 인간뿐일 겁니다. 적어도 제 경험으로는 그렇습니다.

그러므로 생각의 대상을 【내 건강】 정도로 설정하고, 머리를 쓰지 않고도 함께 어울릴 개체와 가볍게 외출해 시간을 보내는 게 딱 좋습니다. 이제까지 제 말을 듣고 쇼세이만 머리를 전혀 안 쓰는 게으른 인간으로 생각했을 텐데 이는 쇼세이에게만 한정된 이야기는 아닙니다.

참고로 얼핏 지루해 보이는 빤한 일상이야말로 행복이다, 이런 종류의 이야기도 아닙니다.

일단 생명의 위협을 두려워하지 않아도 되는 인간 개체들은, 깊이 생각하면 정신에 병이 들 본질적인 생각에 쫓기지 않도록 항상 술래잡기하듯 사는 것 같다는 말입니다.

특출나게 발달한 인간 특유의 지능과 사고가 향할 만한, 적당한 대상을 찾아 헤매는 영원한 술래잡기요.

그렇게 생각하면 학교 운동장에서 했던 술래잡기는 종이 울리면 끝나기에 좋았습니다.

쇼세이, 하품을 크게 했습니다.

신주쿠에서 센가와까지의 직통 전차를 탔으니, 탑승 시간은 이십오 분일까요. 운 좋게 나란히 빈자리에 앉았는데 다이스케가 왠지 흥분한 듯합니다.

"오랜만에 순수한 고객으로 가전 대리점에 가니 새로운 게 보여 재미있네."

"그래?"

쇼세이, 큰 하품, 두 번째입니다.

"역시 일로 가서 얻는 정보와 전혀 달랐어. 일요일이라 고객층도 현실적이었고."

"그거 다행이네. 나도 원하는 물건을 사서 좋고!"

쇼세이가 하품 제조기로 변한 건 조금 전 잔뜩 먹은 오코노미야키 때문입니다. 적어도 쇼세이라는 개체는 탄수화물을 섭취하면 혈당이 빨리 오르는 타입입니다. 살이 찐 게 걱정되어 인터넷으로 살 수 있는 스마트 체중계를 굳이 신주쿠까지 나가 샀으면서, 조금 전 다이스케와 맥주까지 마셔 버렸습니다. 지능과 사고의 방향이 진정【내 건강】에 있지 않다는 게 빤히 보입니다.

그게 딱 좋습니다. 이렇게 슬렁슬렁 숨바꼭질을 계속하는 게 제일 중요하니까요.

아, 쇼세이, 다리를 꼬네요. 짧은 다리를 들어 억지로.

자, 하품은 옥시토신이라는 신경전달물질과 관계가 있습니다. 맞다. 그건 제 상태와도 조금 관련이 있습니다. 그래서 다리를 꼬았나? 짧은데 억지로?

좋습니다. 쇼세이가 조는 사이에 오늘 쇼핑에 대해 잠시 설명하죠. 이 두 개체는 같은 가전 회사에 근무하는데 이번 달, 전체 사원을 대상으로 건강검진을 했습니다. 그 결과 쇼세이는 몸무게와 체지방률 모두 인생 최고 기록을 달성했습니다. 물론 중성지방과 콜레스테롤 수치도 완벽하게 적신호였고요. 면담에서 단단히 주의를 받았죠. 술을 많이 마시지도 않았는데 요산 수치까지 상당히 높았습니다. 그렇습니다. 굳이 말을 고르지 않고 말하자면 명백하게 【아저씨】라는 결과가 나온 거죠. 검사 후 화장실 거울을 보며 여러 각도로 자신을 살피는 쇼세이의 모습은 지금까지 봐 온 모습 중 가장 웃겼답니다.

참고로 쇼세이가 정말 충격을 받은 점은 검사 결과 자체가 아닙니다.

일단 현재 쇼세이의 존재를 말로 설명하자면, 이렇습니다. 다쓰야 쇼세이는 다쓰야 나오쿠니와 다쓰야 료코 사이에서 발생한 새끼 개체이다.

이상.

특히 제 시점에서 봤을 때는 부모의 자식이라는 점이 쇼세이의 최신 정보랍니다.

쇼세이는 이제까지 쭉 비실비실하고 등이 굽은 청년이었습니다. 서 있는 자세를 옆에서 보면 C자 같은 실루엣이었습니다. 그 실루엣은 나오쿠니와 료코의 새끼 개체라는 정보와 매우 잘 맞았습니다.

그런데 살이 찌니까 옆에서 본 실루엣이 C자에서…… 뭐랄까요, D자처럼 되어 버렸습니다. 쇼세이는 현재 일본에서는 결혼할 수 없고 유전자를 이을 새끼 개체를 발생시킬 수도 없습니다. 또 지금 소속된 부서에서 가장 연차가 낮아서 부하라는 존재도 없습니다. 그러므로 어떤 관점에서 보더라도 【새끼 개체】라는 점이 가장 뚜렷한 정체성이자 최신 정보입니다. 그러나 나이 서른을 넘겼고, 실루엣도 착실히 변하고 있고, 주위 또래 세대의 개체는 누군가의 부모 개체나 상사라는 식으로 자기 정보를 갱신하고 있는 까닭에 자기만 여전히 어린 채 몸만 아저씨로 변하는 게 영 찜찜했던 모양입니다.

그런 거야 아무래도 상관없는데 말입니다.

아무래도 상관없다는 건 쇼세이도 잘 아는 사실입니다. 처리 능력이 높은 인간 특유의 뇌로 이제까지 온갖 생각을 곱씹고 정리해 【온전함】을 찾았으므로 그 정도 수준의 고민은 논리적으로 해결했답니다. 그러나 인간이란 종은 때로 어떤 조짐도 없이 자신을 보는 시선을 사회라는 공동체에 빼앗기고 맙니다. 맑았던 날이 갑자기 흐려질 때처럼 논리적으로 완벽하게 정리되었을 어둠이 느닷없이 우르르 나타납니다.

인간은 정말, 이제까지 담당해 온 종 가운데서도 가장 희귀합니다.

저는 이제까지 이토록 논리보다 감정으로 사는 종을 그리 경험하지 못했습니다. 게다가 인간을 담당하는 건 두 번째인데, 같은 종이라도 생식지나 다양한 조건에 따라 이렇게 개체차가 많이 나나 싶어 매일 놀라고 있습니다. 일본에서 생식하는 수컷 개체인 쇼세이와 전에 담당한 파키스탄에서 생식한 암컷 개체 Maryam은 같은 종인데 완전히 다릅니다. 내장이나 신경 기능은 같은데 사고 체계가 전혀 다른 생물입니다. 무엇보다 Maryam은 이슬람교도였던지라 공동체보다는 신의 가르침이 절대적이었습니다. 그러므로 쇼세이처럼 그때그때의 분위기를 읽거나 주위 개체와 자기를 비교하는 일은 그다지……..

아.

놀랐습니다. 쇼세이, 갑자기 잠들었네요.

와! 고개가 툭툭 떨어집니다. 이렇게 바로 깊이 잠들다니. 무서워……

참고로 식사 후 동물에게 졸음이 쏟아지는 이유는 혈당 상승 이외에 먹이를 확보하려고 그때까지 각성시켰던 오렉신이라는 신경 전달물질의 활동이 억제되는 영향도 있습니다. 즉【식후에 졸린다】라는 현상은 인간 이외의 종에도 발견되므로 인간만 특별하다고는 할 수 없습니다.

인간만 특별하다고는 할 수, 없습니다.

당연한 말인데 인간을 담당하면서 저까지 인간은 특별하다고 착각하게 되었습니다.

그야 인간에게는 말이죠, 인간과 지구를 놓고 보면 당연히 지구가 먼저 있었고 인간보다 훨씬 오래 살아온 종도 정말 많은데, 인간이 살아남기 위해서라면 지구나 다른 종은 깡그리 죽어도 상관없다고 생각하는 느낌, 있지 않나요?

먹으면 졸리고, 생식 방법도 유성생식의 전형이고, 다양한 면에서 분명히 동물인데 '우리는 동물이 아니라 인간이에요'라며 잘난 척하는 게 솔직히 좀 웃기기도 합니다.

그래요, 특히 쇼세이 안에 있게 된 뒤로는, 인간은 동물로서는 벗어나고 싶어 하면서 이 지구에서는 최대한 건강하게 오래 생식하고 싶어 하는구나, 라고 생각할 때가 늘었습니다.

그런데 말입니다, 둘을 양립하는 일은 당연히 난이도 극상입니다. 무엇보다 지구가 인간보다 압도적으로 오래 존재해 왔으므로 당연히 지구의 논리가 인간의 사고보다 훨씬 강력하고 거대하겠죠.

그런데도 인간은 논리보다 감정으로 사는 희귀한 종이라 어떻게든 되리라고 생각하는 느낌이 있습니다.

그게 인간의 장점인지 단점인지는 저도 아직 잘 모르겠습니다.

쇼세이라는 개체의 담당이 된 후 점점 알 수 없게 되었습니다.

쇼세이, 맨션에 도착했습니다.

엘리베이터를 타고 7층에서 내려 우회전하면 쇼세이, 좌회전하면 다이스케의 방이 있습니다. 그런데 다이스케가 갑자기 오른쪽으로 몸을 돌렸습니다.

"왜 이리로 와?"

쇼세이, 당황합니다.

"그야 너, 틀림없이 귀찮다고 내버려둘 거잖아. 앱도 평생 안 깔걸."

"에이. 할 거야."

쇼세이, 말은 그렇게 하면서도 (오오!) 속으로 놀랐습니다. 과연 오래 어울리니 다 아는구나.

"그럼, 잠깐 집 좀 치울 테니 기다려."

쇼세이, 먼저 집에 들어가 보여 주면 안 될 게 나와 있는지 재빨리 점검하고 화장실과 세면실을 대충 치웁니다.

"실례하겠습니다."

다이스케는 방에 들어오자마자 스마트 체중계를 쇼세이에게서 **빼앗습니다**. "야! 일단 손 닦고 양치라도 해라." 쇼세이는 부루퉁

하게 말하며 입을 내밀지만, 그건 감염증 대책 때문이 아니라 애써 치운 세면실을 쓰지 않는 것에 대한 항의입니다.

"오! 아예 건전지가 들어 있네."

다이스케는 손을 씻고 입도 헹군 다음 익숙하게 스마트 체중계를 조작합니다. 쇼세이는 그 모습을 바라보며 그가 이 방에 처음 온 날을 가만히 떠올리고 있습니다.

벌써 십 년 전 일이네요. 수명이 긴 종에 있으면 시간 감각이 이상해집니다.

"성별, 남자."

"생년월일, 1989년 10월 1일."

다이스케, 쇼세이의 정보를 스마트 체중계에 입력합니다.

"와! 1989년이면 우리 벌써 서른셋이야. 서른셋!"

"다음은 키?"

"174."

쇼세이, 허위 신고입니다. 사실은 173입니다.

"자, 이제 네 정보는 다 입력했어."

이제 쇼세이에게 스마트 체중계를 넘기는가 했는데 다이스케는 삐삑, 설정을 계속합니다.

"뭐 하냐?"

"이거 2는 나야. 너는 1로 재라."

다이스케는 그렇게 말하고 당연한 듯 양말을 벗기 시작했습니다.

"야! 혹시 네가 처음으로 쓸 생각이야?"

"앗! 나 체지방률 20퍼센트가 넘어!"

기념할 만한 첫 측정을 아무렇지 않게 먼저 해 버린 다이스케, "새 체중계도 똑같구나. 난 내 체중계가 고장 난 줄 알았지."라며 요란을 떨더니 다시 양말을 신었습니다. 다이스케의 체온으로 순간 하얗게 흐려진 발판이 바로 원래의 은색으로 돌아옵니다.

"어라?"

식탁 의자에 앉은 다이스케, 뭔가를 발견한 듯합니다.

"이거 혹시, 도서관 책이야?"

아!

쇼세이, 최대한 평정을 가장했으나 내심 (실수!) 생각하고 초조해합니다.

"와, 이 라벨과 촉감! 도서관 느낌이 팍팍 나네. 도서관 책 정말 오랜만에 만져 보네."

식탁에 놔둔 책은 약 일주일 전, 쇼세이가 맨션에서 걸어서 오 분 거리에 있는 도서관에서 빌려 온 겁니다.

"응응. 잠깐 가 봤어."

쇼세이, 자연스럽게 다이스케의 손에서 책을 빼 옵니다. (제목을 못 봤으면 좋겠는데) 아니, 아니죠, 그건 무리일 겁니다. 분명히 똑똑히 확인했을 겁니다. 그걸 대화 소재로 삼지는 않더라도.

"그래? 난 지난 십 년간 도서관은 한 번도 못 갔어."

"나도 최근에 가기 시작했어. 막상 이사가 현실이 되니 갑자기 이 근처를 더 돌아다니고 싶더라."

쇼세이, 이야기의 주제가 물 흐르듯 책에서 벗어나도록 절묘하게 화제를 조정합니다.

"그렇기는 해. 언제든 갈 수 있을 줄 알았는데, 결국 가지 못한 데가 꽤 있어. 역 반대편 사우나도."

쇼세이는 '그래, 거기!' 하고 동의하면서 가져온 책을 자연스럽게 다이스케에게 안 보이는 위치로 옮깁니다.

"아직 멀었다고 생각했는데 이제 코앞이야."

이 독신 기숙사에서 생식할 수 있는 조건은 입사 후 대체로 십 년으로 정해져 있습니다. 두 개체 모두라기보다 비슷한 연차에 들어온 개체들은 앞으로 일 년 안에 이사해야 합니다.

"남은 사람도 셋뿐이고."

"그러네!"

쇼세이, 대화 주제를 완전히 바꾸는 데 멋지게 성공했습니다. 잘됐네, 잘됐어.

그건 그렇고 쇼세이가 방금 전의 책을 읽을 때마다 늘 생각합니다. 제게 직접 말을 걸어 주면 좋을 텐데.

그야 당연합니다. 저 자신을 연구한 책을 선택한 개체는 처음이니까요. 그런 거야, 제가 직접 설명하면 가장 좋잖아요? 쇼세이가 원하는 정보도, 책 안의 잘못된 내용도 다 아는데.

"아, 난 이제 가야겠다."

다이스케가 자기 목소리를 용수철 삼아 자리에서 벌떡 일어납니다. 정말 다른 스마트 체중계로 체지방률을 재고 싶었던 모양입니다.

"오늘 같이 쇼핑 가 줘서 고마웠어."

"그래."

잘 자, 라고 인사하고 다이스케는 자기 방으로 돌아갔습니다.

음, 잘 마무리되었네요.

두 개체 모두 무사히 술래에게 붙잡히지 않고 일요일을 소화할 수 있었네요.

2

쇼세이, 푹 잠들어 있습니다.

이 몸의 주인에게는 휴식 시간일 수면 시간이 제게는 가장 바쁜 시기랍니다.

지금은 비렘수면 중이라 완전히는 아니지만 렘수면에 들어가면 성적 흥분이나 의식의 유무와 상관없이 저는 팽창해야 합니다. 제가 저를 팽창시켜야 한다고 해야 정확할까요?

그렇습니다, 야간 발기 말입니다.

인간의 수면에는 비렘수면과 렘수면이라는 두 가지 상태가 있습니다. 그 두 가지를 조합한 약 구십 분간이 한 패턴이 됩니다. 자는 동안 그 패턴을 계속 반복하는데 전체적으로 렘수면의 비율은 25퍼센트 정도라고 합니다. 즉 여섯 시간을 자면 총 한 시간

반은 제가 발기해 있어야 합니다. 그게 얼마나 힘든지 아세요? 게다가 그동안 몸의 주인은 쿨쿨 잠만 자고 있다니까요? 정말 성질이 납니다. 매일 밤, 인간의 성기에만 매달려 있답니다. 그러나 게을리하면 제 존재 의의에 문제가 생기므로 정말 최선을 다합니다. 그럼요!

생식기(生殖器)에 야간 발기는 중요한 관리 작업입니다. 인간은 종종 깨어났을 때 발기된 상태를 흥미로운 주제로 다루는데 그건 각 개체에 붙어 있는 제가 꼼꼼하게 관리 작업을 수행했다는 증거입니다. 아침에 발기해 있는 덕분에 종의 보존이 수행되고 있음을, 목소리 높여 얘기하고 싶습니다!

물론 쇼세이에게는 굳이 그런 말까지 할 생각은 없습니다만.

우리 생식기도 다른 근육과 마찬가지로 오랫동안 사용하지 않으면 퇴화합니다. 그러므로 장시간 수면 때에도 정기적으로 해면체에 혈액을 보내 발기하는 힘이 저하되지 않도록 시험 운전을 계속하는 겁니다. 그렇게 해 둬야 정말 발기가 필요한 순간이 찾아왔을 때 자연스럽게 능력을 발휘할 수 있죠.

그렇습니다, 정말 발기가 필요한 순간이란 생식 때죠.

아, 정말! 그 순간을 위해 잘 때도 정기적으로 팽창시키다니, 인간이란 얼마나 생식하고 싶어 하는 종인지 모릅니다. 얼마나 하고 싶은 거냐고? 생식! 도치법까지 써서 강조하고 싶을 정도랍니다.

그렇습니다. 저는 생식기에 있는 생식 본능이고 제 역할은 그때 제가 붙어 있는 종이 사라지지 않도록 하는 겁니다.

생명이 붙어 있는 생물에는 모두 저 같은 존재가 있고 생식 본능으로 활동합니다. 담당한 개체가 죽으면 무작위적으로 다음 개체로 넘어가는 시스템인데 삼십 년쯤 전, 저는 쇼세이에 할당되었습니다.

때마침 좋은 기회이므로, 비렘수면일 때 설명이나 조금 더 해드릴까요?

자, 그러면.

아, 큰일 났다. 온다, 와!

렘수면 차례가 올 것 같아!

발기 중이란! 그냥 이런 느낌이! 되고 맙니다! 그러므로 다음 이야기는! 일단 좀 가라앉은 다음에! 하겠습니다!

후, 피곤하다…….

세 차례의 야간 발기, 무사히 임무 완료했습니다.

진짜 성관계도 아닌데 뭘 그리 요란을 떠냐고 생각하시나요? 저기요! 이렇게 자주 장시간 발기를 유지해야 할 때가 있나요? 진짜 관계 때도 그 정도는 아니잖아요? 진짜는 보람이라도 있으니 그나마 나아요. 그야말로 그 순간을 위해 존재하는 저니까요. 무슨 일이든 보람이란 아주 중요하답니다.

그렇지만 인간 수컷 개체의 직장 환경은 정말 최악입니다.

엄격하게 따지면 일본이라는, 생식에 적합하지 않은 '사회'를 스스로 갈고닦는 생식지에 사는 인간 수컷 개체가 최악이라고 해야겠지요.

보세요. 도무지 본능을 발휘할 기회가 없잖아요!

이렇게 힘든 일을 매일 밤 열심히 하는데 자위 외에는 출동할 일이 없다니까요. 막상 생식해도 차세대 개체를 태어나게 하는 데 성공하는 수는 한 자릿수 초반입니다. 모든 종 가운데 수명은 상당히 긴 편인데 성공 경험은 너무 적다니까요. 게다가 인간 수컷 개체는 웬만한 일이 있지 않는 한 정자를 계속 생성하잖아요? 물론 늙은 개체라 생식은 어렵겠다고 판단될 때마저 수컷 개체이고 정자가 나오는 이상 차세대 개체를 낼 가능성이 있으므로 일단 관리 작업은 계속합니다. 대체로 전혀 생식하지 못하고 끝나지만 말입니다.
 그런 관계로 저뿐만 아니라 당사자인 인간도 저만큼이나 한가하다는 게 한심합니다.
 치안이 좋은 생식지에 발생한 인간, 정말 한가해요. 생식지 복권에 당첨되면 거의 확정적으로 수십 년이나 수명을 유지하고, 인간이 구축한 사회구조에 들어가면 【금전을 획득해야 하는 수십 년】이 시작된다는 소리죠. 그런데 인간은 금전을 위한 노동만으로는 만족하지 않죠. 다른 종처럼 식량 확보 시간이 끝나면 휴식을 취해야 하는데 그러지 않습니다. 노동 이외의 시간을 어떻게 쓸지를 아주 중요하게 생각하죠. 사는 것과 직접적으로 관련 없는 시간도 충실하게 지내고 싶다나. 그쪽 시간에 필요 이상으로 집착하는 사람일수록 의외로 태어난 의미나 사는 이유나 존재 가치 같은, 한가해서 생기는 쓸데없는 생각을 바로 하기 시작합니다.
 저로서는, 의미나 이유나 가치는 발생한 순간 이미 다 부여되었다고 설명하고 싶습니다.

종의 존속에 가장 중요한 점은 다양한 종류의 차세대 개체를 발생시키는 겁니다.

이는 딱히 인간에게만 적용되는 이야기가 아닙니다. 어느 종이나 마찬가지입니다. 다양성을 확보하지 않으면 특정 환경의 변화, 예를 들어 기생충이나 감염증, 기후변동으로 일제히 도태될 가능성이 높기 때문입니다.

애당초 무성생식보다 비합리적인 유성생식을 선택하는 동물과 식물이 많은 이유도 다 그 때문입니다. 당연히 무성생식이 간단하죠. 한 개체 혼자 차세대 개체를 발생시킬 수 있으니까요. 그러나 그럴 경우는 부모와 완전히 동일한 유전자를 지닌 개체가 늘어날 뿐이라 단 하나의 계기로 멸종합니다. 부모와 다른 유전자형을 가진 개체가 발생하는 유성생식이 다양한 차세대를 탄생시키고, 나아가 종의 보존을 유지하는 데 적합합니다. 짧게 보면 비합리적으로 보일 수 있지만 말입니다.

그러므로 저, 생식기에 머무는 생식 본능이 보기에는 그 개체의 의미나 이유나 가치는 개체가 발생한 순간에 네! 종료! 이런 느낌입니다. 어미 개체와 조금이라도 다른 상태로 발생한 시점에서 당신은 역할을 마친 거라니까요? 의미나 이유나 가치를 다 완수한 겁니다. 다음 생식 행위를 통해 차세대 개체를 발생시키면 그야말로 행운이죠. 그러나 그건 어디까지나 행운이지 반드시 해야 할 일은 아니랍니다.

이런 이야기를 쇼세이에게 직접 해 주면 좋을 텐데 말입니다. 지난 일 년 동안, 이 생각을 정말 많이 했답니다.

그런데 쇼세이도 꼭 논리적인 설명을 원하는 게 아님을 최근 들어 깨달았습니다.

아까 본 책은 생물학 책입니다.

그래요. 쇼세이가 숨기고는 까먹은, 근처 도서관에서 빌린 책 말입니다. 그거, 생물의 생식 본능이나 성도태, 바로 '저'와 관련된 지식을 정리한 책입니다. 쇼세이, 어느 시기부터 그런 책을 잔뜩 읽기 시작했습니다.

그 시기라는 게 2021년 5월쯤입니다.

생물학이라는 단어와 그 시기만 듣고 딱 떠오르는 게 있는 개체, 도대체 얼마나 될까요?

2021년 5월. 한 국회의원의 발언이 보도되었습니다. 소속 당의 회의 중에 성적 소수자를 두고 "생물학상 종의 보존에 반한다. 생물학의 근간을 흔든다."라고 말했답니다.

아, 정말! 생물학이나 생물의 생식에 관해 잘 모르면 떠들기 전에 상담해 주면 좋겠어요. 【저】한테 말입니다.

농담이 아닐까 싶을 정도로 정말 어이없는 발언입니다. 완전히 반대라고 말해 주고 싶어요.

누누이 말하는데 다양한 개체가 있기에 그 종이 보존되는 겁니다. 그 의원에게는, 이성애 또는 태어난 신체의 성(性)에 위화감이 없는 당신과는 【다른】 개체가 다양하게 살아왔고, 지금도 살고 있고 앞으로도 살 것이기에 인간이라는 종이 지금까지 보존되었음을 알려 주고 싶을 뿐입니다. 인간 개체가 모두 당신 같다면 그야말로 코로나 같은 변이 하나로 전멸할 수 있습니다.

……아, 이렇게 의기양양하게 제 관점으로 반론해 봤으나 그 국회의원이 정말 하고 싶었던 말은 이런 반론이 통할 내용이 아니죠. 그 정도는 저도 잘 압니다. 인간도 벌써 두 번째니까요. 본인이 보기에도 솔직하게 표현하면 안 될 듯해서 근거라도 있는 척 분위기를 내려고 생물학을 끌어다 대는 일이 다반사죠. 그러므로 생물학으로 반론해 봐야 의미가 전혀 없죠.

쇼세이도, 그 점은 어렴풋하게나마 깨닫고 있습니다.

지난 한 해, 생물학 책을 읽으며 【동성애적인 행위는 인간을 포함해 천오백 종의 생물에서 확인된다】와 같은 국회의원의 발언에 반론할 수 있는 지식을 쌓았으면서도 부글거리는 감정을 좀처럼 가라앉히지 못하고 있으니까요.

참고로 그 발언이 보도되었을 때 시대에 뒤떨어졌다느니 다양성을 인정하지 않는다는 등 얼핏 쇼세이와 같은 편처럼 들리는 소리가 다수 쏟아져 나왔습니다. 그러나 이 문맥에서 시대나 다양성이라는 단어를 사용하는 것도 좀 틀린 말 같습니다. 예컨대 천 년 전이나 천 년 후나 시대에 맞지 않는 발언이고, 【다양성】이란 애당초 40억 년 이상 전에 생명체가 발생한 순간부터 존재한 현상이므로, 모든 생명체는 발생한 순간부터 다양한 종의 한 개체로 살 수밖에 없으니까요. 무엇보다 인간은 【다양성】의 역사에 아주 최근에 나타난 초! 초! 초! 신인입니다. 처음부터 인정할지 말지 선택할 처지가 아니고 그저 【다양성】 속에 있을 따름입니다.

쇼세이는 지난 일 년간 사거나 빌린 책에서 이런 요지의 문장을 수없이 만났습니다. 문장들을 곱씹고 흡수한 말들을 수없이 머릿속에 정리했습니다.

그랬는데, 말입니다.

그랬는데, 다양한 말로 온전히 이해했을 뇌 속이 어쩐지 계속 부글거리고 있습니다.

쇼세이, 이제까지 최선을 다해 자신의 【온전함】을 지켜 왔습니다.

암컷 개체에 성적 흥분을 느끼지 않는 인간 수컷 개체로 일본이라는 생식지에 발생해 삼십 년 이상. 당혹스러웠던 적은 헤아릴 수 없을 만큼 많았으나 그때마다 언어와 사고로 나름대로 【온전함】을 형성해 왔습니다.

어? 음, 아직 괜찮을 것 같네요.

아, 야간 발기의 네 번째 차례가 오나 했는데 착각이었습니다.

계속하겠습니다.

저로 말하자면, 쇼세이가 인간의 동성애 개체임을 인식했을 때 특별히 이해하지 못할 것도 없었습니다.

전에도 동성애 개체에 있었던 적이 몇 번 있었으니까요. 아, 이번 생은 동성애 개체야? 인간은 처음이네. 그 정도였죠. 확실히 차세대 개체를 만들지 못하는 수십 년은 한가할 테지만, 그렇다고 해서 자신이 존재하는 의미나 이유나 가치 같은 걸 부정적으로 받아들여 낙담하거나 자신을 비하할 필요는 없습니다. 그런 건 발생한 순간 이미 완수했으니까요.

그러나 쇼세이는 달랐습니다.

생식기에 사는 생식 본능인 저는 별생각이 없는데 그 몸의 주인인 쇼세이는, 특히 십 대 때는 정말 많이 고심했습니다. 아무에게도 말할 수 없어, 특히 가족에게는 절대 들켜서는 안 돼, 연애와 결혼과 아이까지 다 포기할 수밖에 없구나, 살 의미나 이유나 가치 등등 정말 많이도 생각했답니다. 말로 정리해 자기만의 【온전함】을 얻는 것, 즉 언어화해 이해할 때까지 저, 곧 다른 개체로 옮겨 갈지도 모르겠다고 생각했을 정도였습니다.

   자살하겠구나, 라고 생각했죠.

   제 경험으로는 자살을 생각하는 존재는 인간이 처음입니다. 참고로 삶을 끝내는 방법으로 자살이 있다는 사실도 인간에 머물며 처음 알았습니다. 아까 잠깐 언급했는데 파키스탄에 생식한 이성애 암컷 개체 Maryam이 제게는 첫 인간이었습니다. Maryam은 이슬람교도라 【생명은 신의 선물이므로 인간이 언제 태어나고 언제 죽을지는 신이 결정한다】라는 가르침 아래 자살은 신을 배신하는 행위로 인식했습니다. 알라에 대한 큰 터부라는 거죠.

   참고로 Maryam 때는 생식, 성공했답니다! 세 번, 이었나? 저는 Maryam이 발생하고 이십 년 무렵부터 사용되기 시작해 이삼 년마다 차세대 개체를 낳아서 지금처럼 남아도는 시간과 지루함, 술래잡기 같은 감각은 전혀 없었습니다. 특히 어미 개체가 된 후로는 줄곧 고양이 손이라도 빌리고 싶은 상황이었습니다. 지금 쇼세이의 나이가 되기 전에 병에 걸려 생애를 마쳤고요.

   Maryam 때는 술래잡기 같은 감각이 없었던 반면 자유라는 개념도 마지막까지 없었습니다.

   참고로 Maryam 다음은 다듬이벌레 암컷에 있었습니다. 거기서 완전히 수명을 다한 다음에 온 게 쇼세이입니다. 즉 한 번 다른 종을 끼고 같은 종을 담당한 겁니다! 이거, 확률적으로 아주 드문 일이라니까요!

아, 다듬이벌레, 몰라요?

축축한 장소에 생식하는 미소(微小) 곤충인데 저는 다듬이벌레 가운데서도 흥미로운 종에 있었습니다. 생식할 때는 암컷과 수컷······.

아, 위험해!

드디어 다음 렘수면이 오는 것 같네요. 다시 본론으로 돌아가죠. 서둘러!

아, 쇼세이의 【온전함】에 관해 이야기하고 있었죠. 쇼세이가 온 힘을 다해 처음으로 손에 넣은 첫 번째 【온전함】은 말이죠, 일인칭입니다.

쇼세이는 초등학교에 들어갈 때까지 자기를 이름으로 불렀습니다. 쇼세이는 말이야, 쇼세이는, 이런 식으로요. 그때는 귀여웠지······. 매트를 든 손에도 제대로 힘을 실었고요.

그러던 어느 날, 친척 모임에 갔는데 나이 많은 혈연 개체가 이렇게 말했습니다.

"소생*이란 말은, 어른들이 자기를 낮출 때 쓰는 거야."

꼭 이런 사람이 있어요. 유체에게 현실을 들이대며 재미를 느끼는 성체 말입니다. 완벽히 이런 타입이었던 혈연 개체는 계속 떠들었습니다.

● 小生. 일본어로 주인공 이름 쇼세이와 발음이 같아서 쓴 말

"어린애가 자기를 소생이라고 하니까 묘하게 재밌네. 고치지 말고 계속 써라."

당시 쇼세이는 【소생】이라는 말을 전혀 몰랐으므로 무슨 뜻인지 종잡을 수 없었습니다. 그러나 "그만 좀 해."라는 주위 성체들의 웃음기 담긴 목소리를 듣고서야 자기가 위화감을 불러일으켰음을 알아차렸습니다.

주위에 위화감을 주지 않게 공동체에 맞춰 의태*하는 쇼세이의 버릇은 일인칭을 다시 선택하면서 처음으로 작동했습니다.

그도 그럴 게 유치원의 수컷 개체들이 사용하는 일인칭이 쇼세이에게는 온전히 와닿지 않았습니다.

무엇보다 일본은 일인칭이 너무 많습니다!

어린 남자, 어른 남자, 여성, 정중한 표현, 이름, 소생, 자신이라는 말까지······.** Maryam은 이런 걸 선택하지 않아도 돼서 좋았습니다. 파키스탄은 민족마다 다른 모어가 있기는 합니다만, 주요 언어는 우르두어와 영어로 일인칭은 다 남녀 상관없이 하나였습니다.

결국 쇼세이는 온전히 와닿은 게 없는 상태로 주로 성인 남자가 또래나 아랫사람에게 쓰는 【나(俺)】를 선택했습니다. 어린 남자들이 쓰는 【나(僕)】를 선택하지 않은 이유는 어차피 언젠가는 성인 남자용 【나】로 이행하지 않으면 다시 위화감을 일으켜 사람들의 호기심 어린 눈빛을 받으리라는 예감이 들었기 때문입니다.

● 擬態. 동물이 자신을 다른 동식물이나 주변 환경과 비슷하게 보이도록 모양이나 색깔을 바꾸어 위장하는 것
●● 일본어의 일인칭은 보쿠(僕), 오레(俺)처럼 남성들이 쓰는 것부터 와타시나 와타쿠시(私)처럼 여성이나 정중한 표현으로 쓰는 일인칭까지 성별과 장소, 상황, 나이에 따라 다양하다.

즉 본인에게 온전히 와닿기보다 그때 속한 공동체에 온전히 와 닿을 쪽을 선택한 겁니다.

이런 선택은 이후로 점점 늘어납니다.

예를 들어 말투와 행동.

쇼세이, 자신을 동성애 개체라고 인식한 시기는 이성애 개체가 대체로 그러하듯 특별한 계기 없이 철들 무렵이었습니다. 어떤 관련성이 있는지는 모르겠는데 유치원 때는 암컷 무리와 어울릴 때가 많아서 말투나 행동도 자연스럽게 친한 개체를 닮아 갔습니다. 다만 소속 공동체가 초등학교로 바뀐 순간, 주위 개체들로부터 지적당하는 일이 늘었습니다. 쇼세이는 남자야 여자야? 여자야? 낄낄대며 캐묻는 일이 늘었습니다.

어느 날, 청소를 맡은 미술실에 갔는데 뉴 하프●는 입실 금지라고 적힌 종이가 문에 붙어 있었습니다.

안을 슬쩍 들여다보니 같은 반 암컷 개체들이 무리 지어 웃고 있었습니다. 소속 공동체가 유치원에서 초등학교로 변한 순간 쇼세이와는 무리 짓지 않게 된 개체들이었습니다.

어느 날은 남자 화장실에 들어가려 하는데, 근처에 있던 수컷 개체 무리가 "여자는 출입 금지야.", "남자라는 증거를 보여 줘."라며 길을 막았습니다. 이후로 한동안 다른 수컷 개체가 있을 때는 화장실을 쓰지 못해서 쇼세이, 용변을 너무 억지로 참은 결과 성체

● New Half. 여성적으로 말하고 행동하는 남성. 주로 성 산업에 쓰이는 단어이며 일본에서만 사용한다.

가 된 지금도 배설 기능이 제대로 작동하지 않을 때가 있습니다.

유체의 쇼세이, 황급히 주위 수컷 개체의 말투와 행동을 관찰하고 자신에게서 배어 나오는 암컷 개체 같은 분위기를 없애려 노력했습니다. 특별히 주위 수컷 개체처럼 되고 싶었던 건 아닙니다. 다만 그렇게 하지 않으면 이 공동체에서의 생존율이 떨어진다고 판단했습니다. 청소에 참여하지 못하면 선생님에게 혼날 테고 화장실에 못 가는 건 당연히 큰 문제가 되니까요. 자신의 생존율을 조금이라도 높이려고 쇼세이는 공동체에【온전히】녹아들 자신을 만들어 나갔습니다.

결국은 상관없구나. 저, 그때 생각했습니다. 신이 있으나 없으나 마찬가지구나.

Maryam의 행동 원리였던 이슬람법은 동성애를【신이 명한 본성에 거스르는 금지 행위】라고 정했고 신자들 사이에 그 경계선이 공유되었습니다. 내용의 좋고 나쁨은 차치하고 규칙이 명문화되고 공유되었다는 점에서 너무나 분명했습니다.

일본에는 국교가 없잖아요? 따라서 이슬람법처럼 명문화되거나 공유된 규칙은 없습니다. 그렇다면 이번 생은 자유라고 생각했는데 그냥 그런 분위기로 정해지는 공동체의 규칙이 산더미 같더군요. 일인칭으로 시작되는 표현이나 행동, 나이가 들면 남녀로 무리가 나눠지는 느낌 같은 애매한 것들 말입니다. 그런데 실수만큼은 어쩐지 아주 또렷이 드러납니다.

초등학교 이후의 쇼세이는 그 규칙에 얌전히 따랐습니다. 그렇게 함으로써 담당 청소 구역에 들어갈 수 있었고 남자 화장실을 쓸 수 있었습니다. 제일 무서운 점은 그런 일을 계속하다 보면 개체 감각이 공동체 감각에 압도당한다는 겁니다.

예를 들어 일인칭에 관해 말을 꺼낸 혈연 개체처럼 자신을 이름으로 부르는 개체를, 특히 주로 수컷 개체를 이상하게 생각하게 되었습니다.

주위 수컷 개체처럼 의태하는 데 익숙해진 나머지 자신을 비웃었던 개체들처럼 행동이나 말투가 암컷 개체와 비슷한 개체를 비웃고, 비웃는 쪽이 더 안전하다고 생각했습니다.

수컷 개체와 어울리는 경험을 쌓다 보니 오래전 쇼세이에게 남자의 증거를 보이라고 윽박지른 수컷 개체처럼 공동체에 이질적인 존재에게는 위기감을 품었고, 오히려 위기감을 품어야 공동체 구성원이라는 지위가 안정된다고 생각하게 되었습니다.

알라도 이슬람법도 없는데 말입니다.

사반세기 전 일본에서는 TV를 비롯해 공동체 안의 수많은 정보가 손에 손을 잡고 그런 분위기를 만들었습니다. 동성애 개체를 비웃거나 기분 나쁘게 생각하는 일은 【온전한 일】이라고, 공동체를 채우는, 그냥 그런 분위기가 강하게 말해 줬습니다. 그리고 쇼세이 자신도 그 분위기를 읽었습니다. 어떤 교과서보다도 깊이 읽어 들였습니다. 그 결과, 자신이 직립 보행하는 것과 마찬가지로 자신이 비웃음당하거나 기분 나쁜 대상임을 【온전한 일】로 받아들였습니다.

자신은 동성애 개체라는 자각과 동성애 개체는 혐오 받아 마땅한 존재라는 이해가 단 하나의 육체 안에서 어떤 모순도 없이 양

립해 있습니다.

쇼세이가 공동체 안에서 생존하려면 그 상태를 유지하는 게 꼭 필요했습니다.

…….

아, 뭐더라?

맞다, 일인칭 이야기였죠?

초등학교, 중학교, 고등학교까지 구성원이 그리 변하지 않는 공동체에 속해 있는 동안, 쇼세이는 【온전히】 이해하지 못했으면서도 나름대로 성인 남성의 일인칭을 계속 사용했습니다. 쇼세이에게 【나】라는 울림에서 배어 나오는 수컷 개체다움은 자신의 개체 감각과는 괴리되었으나 다른 일인칭을 선택하기보다는 공동체의 그냥 그런 분위기에 따르는 게 더 편했습니다. 그리고 과거의 예를 따라 개체 감각보다 공동체를 우선시하며 성인 남성이 쓰는 일인칭 【나】 이외의 일인칭을 쓰는 수컷 개체에게 주위 수컷 개체와 똑같이 미심쩍은 시선을 던졌습니다.

대학에 진학하자, 수업 일정을 비롯해 자기 의사로 모든 일정을 짜는 생활이 시작되면서 학교와 교실이라는, 이전까지는 끊이지 않고 존재하던 강고한 공동체의 존재감이 거의 사라졌습니다. 또 본인이 발생한 지역인 T현 O시에서 생식지를 옮겨 하나의 개체로 살기 시작했기 때문에 가정이라는 공동체로부터도 물리적으로 탈출했습니다.

그러자 어떻게 되었는지 아세요? 공동체 구성원이라는 감각도 점점 사라졌습니다. 뭔가를 선택할 때 가장 우선할 사항으로 개체 감각이 비로소 나타났습니다.

 잊을 수 없는 순간이 있습니다.

 일주일에 사흘 정도 했던 아르바이트 근무지에서 일어난 일입니다. 몇 번째인지 모르겠으나 근무일의 휴식 시간이었습니다. 처음 교대 시간이 겹친 개체가 고향 특산물을 돌렸습니다. 잘 상하는 음식물을 고향에서 대량으로 받은 그 개체는 오늘 중으로 다 돌리고 싶었던 듯 쇼세이에게 세 번이나 주려고 했습니다.

 "아! 저 벌써 두 개나 받아서 괜찮아요. 고마워요."

 쇼세이는 정중하게 거절하면서 여성이 주로 사용하는 일인칭●을 발화한 자신의 입술, 그 소리를 전하는 공기의 떨림, 그 떨림이 지닌 분위기와 개체 감각, 그 모든 게 위화감 없이 하나가 되는 데 내심 너무나 감격했습니다. 게다가 아르바이트는 기껏해야 각 개체가 일주일에 몇 번, 몇 시간씩 드나드는 장소라 의태해야 할 강고한 공동체 자체가 존재하지 않았습니다.

 대학도 마찬가지였습니다. 반 친구라고 할 수 없는 거리감의 학생들은 이전에 만난 반 친구들처럼 공동체의 구성원으로서 손에 손을 잡고 개체 감각을 지우려는 존재감이 없었습니다.

 당시의 쇼세이, 앞으로 낯설기만 한 이 땅에서 아무도 알아보지 못하는 자신으로, 공동체에 사로잡히지 않는 진정한 【온전함】을 하나씩 모아 가리라는 예감이 들었습니다.

● 쇼세이가 거절하면서 내뱉은 '저'는 와타시(私)로, 이 일인칭은 여성들이 주로 사용하며 남성들은 공식적인 자리에서 격식을 차릴 때 빼고는 자주 사용하지 않는다.

그로부터 십오 년.

현재 쇼세이의 개체 감각이 어떤 것인가, 공동체의【그냥 그런 분위기】는 어떻게 변했나, 그리고 지금은 무엇에서【온전함】을 느끼는가, 드디어 그 이야기가 나옵…….

아!

마지막 렘수면이 온 것 같네요.

아, 진짜 귀찮네. 아, 왔다! 그러므로! 다음 이야기는! 다른 시간에!

3

쇼세이, 출근합니다.

"안녕."

회사 빌딩 1층, 엘리베이터 앞에서 누군가 말을 걸었습니다. 쇼세이, 고개를 획 돌려 봅니다.

"안녕~."

쇼세이의 축 늘어진 어미(語尾)에 이쓰키가 김이 샌 듯 눈썹을 늘어뜨립니다. 쇼세이를 상대하는 개체는 대체로 이런 표정을 짓습니다.

오카무라 이쓰키는 쇼세이와 동기로 입사한 암컷 개체입니다. 쇼세이는 구직 활동 중에 그룹 토론에서 이쓰키와 한 반이 되었는데, 그때부터 (기댈 수 있겠다!) 이쓰키를 힘껏 우러러보고 있습니다. 실제로 지금까지 주위의 신임을 받아 온 타입으로 동기 모임 때도 이쓰키가 간사를 맡을 때가 많습니다.

쇼세이가 (이런 인간 옆에 조용히 있고 싶다) 생각하는 대상의 본보기입니다.

"있잖아. 무슨 좋은 일이라도 있어?"

이쓰키가 생긋 웃으며 말합니다.

"응, 왜?"

쇼세이, 만화라면 '깜짝 놀람'이라는 말풍선이 달릴 듯한 표정으로 되묻습니다.

"실은 계속 같은 전차를 타고 왔는데 계속 히죽대길래."

"어, 근처에 있었어?"

쇼세이, 정말 부끄러워졌습니다. 교감신경계가 100퍼센트 가동하는 바람에 귀가 점점 붉어집니다.

"역시 단단히 의욕이 생겼나? 오늘부터 시작되는 그거, 다쓰야 담당이라며."

"아……."

쇼세이, 이번에는 기분이 축축 처집니다.

맞습니다. 쇼세이는 오늘부터 시작될 날들이 너무나 우울합니다. 우울이라고 해야 할까, 아니면 본의가 아니라고 해야 할까. 이렇게 기분이 처지는 날에 조금이라도 긍정적으로 임하려고 귀갓길에 흥분할 만한 걸 아침에 준비해 놓았습니다. 그 흥분이 보였나 봅니다.

쇼세이는 종종 오늘 너무 힘들 것 같으면, 퇴근할 때 발동하는 시한폭탄 같은 상을 자신에게 주기 위해 설치합니다.

참고로 오늘 설치한 것은, 센다이에서 공수한 우설(牛舌)입니다. 훨씬 전에 큰맘 먹고 산 냉동 우설을 집에서 나오기 전 냉장고로 옮겨 놓았습니다. 그렇게 함으로써 '집에 오면 맛있는 우설을 먹을 수 있다'라는, 오늘을 견딜 엔진을 손에 넣습니다.

"같은 전차에 있었으면 말이라도 걸지."

쇼세이가 말하자, "그야 그렇지만."이라며 이쓰키가 엘리베이터의 △버튼을 누릅니다. 쇼세이, 누르는 걸 완전히 까먹고 있었습니다. 온갖 실수가 이어지고 있네요.

"책을 읽고 있어서 말 걸기가 그랬어."

아, 이런! 주위에 아는 사람이 있는지 나름 조심했는데 이쓰키에게도 딱 들키고 말았네요. 그 생물학 책 말입니다.

"다쓰야, 책 읽는 사람이었네."

"응. 가끔……."

엘리베이터가 1층에 도착했습니다. 타는 건 이 두 개체뿐입니다.

쇼세이의 근무지는 구단시타역에서 이다바시 방면으로 칠팔 분 정도 걸으면 나옵니다. 독신 기숙사가 있는 센가와에서 올 경우 급행을 타면 환승 없이 삼십 분 정도 걸립니다. 쾌속●이라도 환승 없이 삼십오 분이니까, 과거 인사부는 정말 좋은 자리에 독신 기숙사를 마련해 주었습니다.

입사 후 십 년. 동기 가운데 독신 기숙사에서 생식 중인 개체는

● 정차역이 일반 전차보다 적어 빠른 속도로 운행되는 전차

쇼세이와 다이스케, 이쓰키까지 세 개체뿐입니다. 또래 동료들은 모두 결혼이나 이직 등의 이유로, 【독신】이 있어서는 안 되는 게 당연한 호칭의 거처에서 나갔습니다.

쇼세이, 모든 개체의 송별회에 참석했습니다. 코로나 이후로는 그럴 기회도 줄었으나 대체로 기숙사를 나가는 개체의 방에서 회식하는 형식이었습니다.

송별회라는 성격상, 앞으로의 일을 시시콜콜하게 얘기할 일이 많아 각 개체의 연애나 결혼도 자주 화제에 오릅니다. 쇼세이는 그런 상황에 할 말이 없습니다. 이제까지 친한 수컷 개체를 (좋구나!) 생각한 적은 있는데 그 감정은 바로 접었습니다. 의미가 없기 때문입니다. 상대도 동성애 개체일 확률은 너무나 낮았고 무엇보다 확인할 방법도 없었습니다. 그래서 쇼세이, 자기 인생에서 연애의 정수를 감지하는 안테나를 통째로 뽑아 버릴 수밖에 없었습니다.

그렇게 삼십여 년을 산 끝에 쏟아지는 각 개체의 연애담. 밝은 이야기도, 어두운 이야기도 나옵니다. 말하는 사람에게는 지독한 상처가 되었을 실패담도 쇼세이에게는 너무나 눈부시게 느껴집니다. 연인의 존재 자체가 부럽다기보다 다른 개체와 진지하게 대면할 기회, 다른 개체와의 깊은 관계를 통해 자기가 모르는 자신과 만나는 체험, 새로운 경험을 통해 변화하는 자신, 그런 게 있는 세계가 눈부시게 느껴집니다.

아무도 진실의 냄새를 맡지 못하게 모든 개체로부터 거리를 유지할 수밖에 없는 인생을 사는 쇼세이는, 각 개체의 【과거 최악의 연애 에피소드]에 둘러싸일 때마다 어떤 광경을 떠올립니다.
 입실을 막는 전단. 출입 금지를 알리는 손바닥.
 앞으로 너랑 나는 몇 살에 결혼할까, 상대는 어떤 사람일까, 아이는 몇 명이나 낳을까, 어떤 이름을 지을까, 대충 그런 이야기의 연장선 같은 대화는 유체 때부터 종종 되풀이되었습니다. 쇼세이는 그때마다 출입 금지를 당하는 느낌이 들었습니다. 그런 구조의 사회에는 입실을 금지당할 것 같았습니다. 자신에게는 홀로 살다가 홀로 죽는 운명이 이미 기다리고 있으니까요. 게다가 그 고민을 아무와도 공유하지 못한 채.
 쇼세이, 송별회의 분위기가 뜨거워질수록 자신을 (나무 같다) 생각합니다.
 돌아보면 유체 때부터 그랬습니다. 다른 개체는 모두, 정신없이 바쁘게 변화하며 자기 앞을 성큼성큼 스쳐 지나갑니다. 쇼세이는 자기 의지로 온 게 아닌 장소에 인생의 뿌리를 내린 채 자신은 절대 들어갈 수 없는 세계를 바라만 봅니다.
 송별회에서는 누가 동기 중 마지막 주인공이 될지가 자주 화제에 오릅니다. 마지막은 싫다거나 너보다는 반드시 먼저 나가겠다거나, 애당초 결혼은 바라지 않는다거나, 그때마다 온갖 대화가 오가지만, 그중에서 거의 반드시 등장하는 "평생 결혼 못 하면 어쩌지?"라는 종류의 말을 들을 때마다 쇼세이, 그것이 초깃값으로 설정된 자기 인생에 관해 생각에 빠집니다.
 지금은 결혼만이 행복이 아니라거나, 혼자라도 충실한 인생을 발견할 수 있다거나, 고독이야말로 최고의 사치라는 주장도 눈에

띕니다. 그러나 그건 어디까지나 선택지가 있는 성체 개체가 만든 시대의 유행이며 상상력에 기초한 겁니다. 다양한 경험을 거친 다음의 【고독이 최고】라는 말과 유체 때부터 늘 공동체로부터 배척당한 【아이를 갖는 게 당연한 세상에서 당신이 결혼하는 미래는 없습니다】, 【애당초 공동체 제도로 인정할 수 없는 경우라 세상에 그런 가치관은 형성되어 있지 않습니다】라는 말은 전혀 다릅니다. 그것들은 입실 금지의 전단이자 출입 금지를 알리는 손바닥이라 쇼세이의 오감에 거대한 뚜껑을 덮기에 충분합니다.

그 거대한 뚜껑은 고향, 가정, 학교라는 강고한 공동체로부터 떨어진 지금도 쇼세이라는 개체 감각의 일부를 꾸준히 막아 오고 있습니다.

발생 이후 이미 삼십 년 이상이 지난 쇼세이, 다른 개체와 다르다거나 다른 개체가 어떻게 보는지, 그런 건 전혀 신경 쓰지 않습니다. 다만 이렇게 생각합니다.

허무하구나.

나무처럼, 허무하다.

독신 기숙사를 나가는 모든 개체의 송별회에서, 한 쌍을 이룬 동기의 결혼식에서, 동기가 낳은 차세대 개체의 사진을 조그만 화면을 통해 바라보면서, 쇼세이, 내내 같은 생각을 했습니다.

사는 게 허무하다. 이것도 제가 아는 한, 인간만이 느끼는 감각입니다. 이는, 인간만이 자기 수명을 대충 알고 있기 때문이 아닐까요.

무엇보다 반드시 죽는다는 걸 알면서 사는 종은 제 경험상 인간

뿐입니다.

그렇게 생각하면 인간 특유의 고민은 사실 이에 기인하는 듯합니다. 반드시 죽는다는 사실과 죽을 때까지의 대략적인 기간을 파악하고 있는 거요.

죽음의 존재와 그 기간을 대충 파악하고 있다면 죽음을 기점으로 역산할 수 있습니다. 이 정도 나이일 때는 이 정도의 자신으로 있고 싶다, 이런 자신인 게 더 낫다, 그래야 한다. 죽음을 아는 까닭에 생기는 이상과 현실의 격차에 불안과 초조를 느끼고 맙니다.

인간이 아닌 종에 있을 때는 전혀 생각할 필요가 없는 일이었습니다. 다들 항상, 지금, 여기. 지금, 여기를 어떻게 살아 낼까. 그 연장선에서 분투할 뿐입니다.

그런 이유로 쇼세이, 선택지가 있는 개체들이 【선택지가 있다】라는 이점을 당연하게 생각하고 투덜대는 시간대에 들어가면 절묘하게 송별회에서 빠집니다.

그리고 자기 방으로 돌아와 이럴 때를 대비해 놓아둔 특별한 음식을 하나 맛보는 겁니다.

【엄청나게 맛있는】이라는, 인간세계에 존재하는 【지금, 여기】로 도망쳐 들어감으로써 거대한 허무를 조금이라도 무마하려고.

그런 느낌으로, 모든 송별회에 함께 참석했던 이쓰키와 쇼세이, 두 개체만 엘리베이터에 있게 되었습니다.

"있잖아, 다쓰야."

이쓰키가 입을 엽니다.

"오늘 밤, 말이야……. 어? 엘리베이터가 지나간 거 같은데?"

앗, 드디어 깨달은 모양이네요. 쇼세이, 엘리베이터 △버튼만 까먹고 안 누른 게 아닙니다. 층수 버튼도 잘못 눌렀답니다.

"어!? 아, 아, 아!"

쇼세이, 황급히 내릴 층수 버튼을 연타하나 별다른 의미는 없겠네요.

"역시 뭔가 평소와 상태가 다르네."

발이 땅에 닿지 않은 느낌이라며 이쓰키는 짓궂은 웃음을 짓습니다. 이 상황만 떼어 내 보면 영화의 멋진 한 장면 같을 테지만 그 미소를 받고 있는 쇼세이, 바로 오늘 아침에 우설을 냉장고로 옮겨 놓았을 뿐입니다.

"기합이라도 넣어 줄까? 레이아웃 변경 업무 리더라는 거 의외로 큰일이야."

쇼세이, 숨이 턱 막힙니다.

"그렇지……."

"오늘 회의부터 정식으로 시작인가?"

"그렇지……."

"듣자 하니 이미 온갖 부서가 원하는 요구 사항을 멋대로 냈다고 하던데. 우리도 그중 하나지만."

"그렇지……."

세 번 연속 등장한 '그렇지…….'라는 대답은 늘 하는 적당한 맞장구가 아니라 진심에서 우러나온 중얼거림이므로 너그럽게 봐주세요.

드디어 원래 오려던 층에 도착했습니다.

"오늘 회의, 우리는 부장과 내가 참석해. 힘내!"

레이아웃 변경. 그리고 리더. 오늘 아침, 쇼세이가 우설을 냉장고로 옮긴 이유가 바로 이겁니다.

쇼세이는 현재, 대학을 졸업하고 바로 입사한 가전 회사의 총무부 총무과에서 일하고 있습니다. 참고로 쇼세이, 채용 면접 때는 회사의 주력 상품인 밥솥을 나름대로 공부해 열변을 토했으나 입사한 뒤로는 줄곧 관리 부서를 지원했습니다. 인사부는 다중 인격을 의심했으나 고집을 부린 보람이 있었는지 입사 삼 년 차부터 줄곧 총무부 총무과에서 일하고 있습니다.

자, 총무부 총무과라면 어떤 이미지가 떠오르나요? 제일 먼저 '회사의 꽃이구나!'라거나 '무척 바쁘겠다!'라고 생각하는 개체는 적겠죠. 물론 쇼세이도 바로 그 한가한 이미지에 따라 총무부를 비롯한 관리 부서를 지원했습니다.

나중에 다시 자세히 설명할 텐데 쇼세이, 구직 활동이라는 걸 거쳐 어떤 회사에서 일하게 되더라도 공동체의 확대, 발전, 성장을 짊어질 동기는 전혀 없다는 【온전한】 감각을 갖고 있습니다. 따라서 적어도 회사라는 공동체의 균형, 유지 정도만 담당하는 부서에 배치되고 싶었습니다. 만약 회사라는 공동체의 축소, 붕괴를 담당하는 부서가 있다면 기꺼이 지원했을 텐데 그런 부서는 없으니까요.

그리하여 쇼세이, 입사 삼 년 차 4월에 염원하던 총무부로의 이동이 이루어졌습니다. 참고로 다이스케는 입사 이후 이 년 동안 총무부였던 터라 인수인계도 그가 맡았습니다. 【균형, 유지】보다는 단연【확대, 발전, 성장】을 원하는 다이스케, 이 년 내내 "이동 좀 시켜 줘!"라고 투덜댔으니 정말 정확히 정반대 개체죠.

"일단 이 파일에 다 정리해 두기는 했는데 모르는 게 있으면 무조건 부장에게 물어봐."라는 다이스케의 너무나도 한심한 인수인계를 극복하고 무사히 원하는 환경을 손에 넣었는데 여기서 불행한 일이 벌어졌습니다.

그렇습니다. 신형 코로나 바이러스죠.

쇼세이의 직속 상사인 기시는 좋게 말하면 아주 조심스러운, 나쁘게 말하면 소심한 개체라 회사의 어떤 개체보다 빨리 코로나 뉴스를 잡아내 일찌감치 마스크를 착용했습니다. 솔직히 당시의 쇼세이는 (우와······!) 생각하며 그 모습을 바라봤습니다. 그게 당시의【그냥 그런 분위기】였습니다. 그러나 순식간에 온 세상이 변했습니다. 곧바로 모두가 마스크를 쓰는 방향으로【그냥 그런 분위기】도 변모했습니다.

쇼세이가 간신히 손에 넣은 평안의 땅은 코로나의 등장으로 회사에서 손에 꼽힐 정도로 바쁜 부서로 탈바꿈했습니다.

제일 먼저 시작된 게 역시 재택근무로의 이행이었습니다. 첫 단계로 정보시스템과와 제휴해 사원이 집 컴퓨터에서 회사 컴퓨터로 접속하는, 또 회사에 걸려 온 전화를 전달할 수 있는 설정이 필요했습니다. 어떤 원격 프로그램을 채용할지의 결단부터 더 큰 판단, 사소하고 자잘한 선택까지 방대한 업무를 해결하고 회사의 미래를 선도해야만 했습니다.

판단, 결단, 선택, 선도. 쇼세이가 최대한 관여하지 않으려 해

왔고 지금도 그러려고 노력하는 개념들입니다. 공동체의 확대, 발전, 성장과 직결되는 개념들이죠.

총무부를 지망한 이유는 그런 개념들과 가장 먼 거리에 있다고 판단했기 때문입니다. 그런데 설마 그 개념들과 가장 가까운 거리에 있게 될 줄이야. 쇼세이, 세기의 판단 착오였습니다.

성기만큼이나.

그렇습니다.

아. 총무부의 아침 업무가 시작된 것 같습니다.

데스크에서 일어난 쇼세이, 제일 먼저 셔츠 소매를 걷습니다. 그리고 플로어 입구에 잔뜩 쌓인 우편물 더미를 품을 수 있는 한 최대한 안습니다.

여러 곳에서 보낸 우편물을 부서별로 나누는 일이 쇼세이가 아침마다 제일 먼저 하는 업무입니다. 쇼세이는 이때 늘 머릿속으로 남몰래 닌자 놀이를 합니다.

맞아요. 닌자 놀이입니다.

부서별로 나눈다는 말은 부서별로 나뉜 벌집 같은 선반에 우편물을 넣는 건데 그때마다 쇼세이의 뇌에서는 쉭, 쉭 손날 검을 날리듯 우편물을 던지는 자기 모습을 떠올립니다. 쉭, 이 소리가 목소리로 나올 때도 있을 정도입니다. 이렇게 상상함으로써 매일 해야 할 업무가 조금이라도 시간을 잊을 만큼 즐거워지도록 쇼세이 나름대로 연구한 겁니다.

실제로 즐거워진 적은 한 번도 없습니다만.

"다쓰야 선배."

누가 뒤에서 쇼세이를 부릅니다.

"금방 쉭, 쉭, 쉭 소리를 내지 않았어요?"

들은 모양입니다.

"그런 적 없어."

쇼세이, 딱 잘라 부정합니다.

"아뇨. 분명히 했다니까요? 아, 상관없는 일이지만." 말을 걸어온 개체가 이어 말합니다. "오늘부터 본격적인 시작이죠? 레이아웃 변경 프로젝트."

"그렇지······."

쇼세이, 십여 분 만에 네 번째입니다.

"오늘 회의, 저도 참석하게 되었어요. 잘 부탁드려요."

"어, 왜?"

쇼세이의 머릿속에 물음표가 떠오릅니다. 분명히 계획에 없었는데.

"사보에 레이아웃 변경 상황을 매달 기사로 쓰겠다고 했더니 참석하라고 해서요. 다른 부서 사람들에게 총무부를 어필할 좋은 기회잖아요!"

의기양양하게 말하는 개체는 총무부 홍보과에서 일하는 후배 다와다 소우입니다. 아직 입사 사오 년 차의 젊은이로 이십 대 후반인데 독신 기숙사에서 생식하고 있지 않습니다.

그는 아카사카에 있는 훌륭한 본가에 서식하고 있습니다. 차도 있습니다. 개도 키우고요.

"이 프로젝트 잘만 하면 총무부 주가가 오를 거예요. 우리 열심히 해요!"

쇼세이 (정말 그럴까?) 생각하면서 "그래."라고 대답합니다.

소우는 이제까지 상품 홍보 기획을 담당하는 부서에 있었습니다. 입사 때부터 너무나 열심히 일했고 듣자 하니 학창 시절에도 동아리 회장과 학생회장을 맡았다고 합니다. 그 역사만 봐도 공동체가 환영할 만한 개체입니다. 그런 개체는 자연스럽게 공동체의 확대, 발전, 성장에 긍정적입니다. 지금은 홍보라는 입장을 최대한 활용해 회사에는 총무부를, 회사 밖에는 회사를 충분히 어필하려고 다양한 시도에 나서고 있습니다. 세대와 처지를 초월한 인맥 만들기에도 노력하는 듯 모든 부서의 개체들이 그의 이름을 알고 있습니다. 쇼세이, (나랑은 정반대네) 느끼면서도 이 개체 옆에 붙어 있으면 힘들이지 않고도 거대한 매트를 쉽게 운반할 수 있어서 고맙게 생각합니다.

모든 장면에서 판단, 결단, 선택, 선도를 짊어질 자리를 자처하는 개체가 자연 발생해 주는 덕분에 인간 사회가 성립되는 거겠죠. 모두가 쇼세이 같은 태도를 가지면 매트는 아무 데도 갈 수 없습니다. 소우 같은 개체가 정치가나 관료, 교사, 의사, 경찰관, 기업가, 경영자가 되기 때문에 공동체는 균형, 유지 또는 확대, 발전, 성장해 나갈 수 있습니다.

"기대할게요!"

"그래, 그래!"

쇼세이는 대답하고 분배 작업을 재개합니다. 쉭!

신형 코로나 바이러스가 유행하고 회사 전체의 근무 방식을 재택근무로 이행하는 건이 검토되었을 때 마지막까지 어쩌지 못한 게 이 우편물 문제였습니다. 다른 부서로부터 "어떻게 좀 해!"라고 채근당하면서 쇼세이는 총무부만은 이 업무를 처리하러 출근해야겠다고 생각했습니다.

총무부는, 다른 부서와는 조금 다른, 진정한 어려움이 있는 부서입니다.

다른 부서 개체로부터는 대체로 "이게 부족해.", "이건 안 돼."라고 잘못된 부분만 지적당합니다. 비품이 없다고요? 회의실 프로젝터가 제대로 작동하지 않아요! 이런 풍경이 당연한 듯 여겨지고 있는데 그보다 모든 개체가 "한가해 보여."라며 깔보고 있답니다(쇼세이도 이 부서로 오기 전에는 그렇게 생각했답니다). 무엇보다 재택근무 환경을 정비한 후에도 감사와 격려보다 "대책이 너무 느렸어.", "이런 결함이 있어." 같은 부정적인 반응이 많았습니다.

제가 보기에는 상당히 피곤합니다.

다만 장본인인 쇼세이, 전혀 피곤하다고 생각하지 않습니다.

쇼세이는 회사 안의 평판이나 회사 밖에서 던져지는 부정적인 감정을 전부 모아 흘려버리기 때문입니다. 아니, 정확하게 말하면 흘려버려도 전혀 문제가 안 된다는 걸 깨달았기 때문입니다.

설명하기 전에 복습하겠습니다.

쇼세이는 유체일 때 스스로 자신을 혐오하지도 않았는데 자신은 혐오받을 존재임을 저항 없이 받아들였습니다. 개체로서의 다쓰야 쇼세이와 공동체 구성원으로서의 다쓰야 쇼세이가 저마다 다른 시선으로 자신을 바라보고 있습니다. 그리고 그것에서 【온전함】을 느낍니다.

그러나 대학 진학으로 그때까지 속한 공동체와 멀어지며 공동체 구성원으로서의 감각을 잃었습니다. 대학이나 아르바이트 등 상경 후 쇼세이가 속한 공동체에는 이전 공동체만큼의 강도가 없어서 그 결과 【여성이 주로 사용하는 일인칭】을 비롯한 개체 감각으로서의 【온전함】을 손에 넣었습니다.

생식지를 바꿈으로써 공동체 감각에 압도되었던 개체 감각을 되찾을 수 있었다는 이야기는 전에도 했습니다.

자, 생식지를 바꾸고 한참 지났을 무렵. 쇼세이, 이 감각의 변환은 무엇일까 냉정하게 돌이켜 봤습니다. 어떻게 그리 쉽게 개체 감각을 공동체 감각에 압도당했을까.

돌이켜 보면 쇼세이가 자신을 동성애 개체로 인식했을 때 제일 먼저 든 생각은 【절대 들켜서는 안 돼】라는 거였습니다. 특히 동급생을 비롯한 학교 관계자, 물론 가족도 포함해 일단 가까운 개체일수록 들켜서는 안 된다고 느꼈습니다.

불가사의한 점은 그것에 이유가 없었다는 겁니다.

금지 사항에는 대개 이유가 있습니다. 이유가 있어서 금지됩니다. 그러나 그때는 자신이 동성애 개체라는 사실을 깨달음과 동시에 【절대 들켜서는 안 돼】라는 확정적인 금지 사항만이 툭 떨어졌습니다. 사실과 금지를 잇는 이유가 전혀 존재하지 않았습니다.

무엇이 자기 입을 다물게 하고 무조건 공동체에 맞춰서 의태하게 했을까. 쇼세이, 바로 거기에 개체 감각이 압도당한 원인이 있다고 대학을 졸업할 때까지 사 년 내내, 곰곰이 생각했습니다.

자, 쇼세이의 감각을 압도한 공동체란 주로 학교와 가정이었습니다. 동성애 개체임을 절대 알려서는 안 된다고 생각한 상대가 학교 관계자와 가족이라는 점에서 쇼세이는 그렇게 정의했습니다.

왜 특별히 학교와 가정이라는 공동체에 동성애 개체임을 들켜서는 안 된다는 느낌이 들까.

그 근원까지 거슬러 올라가려면 일단 인간 사회의【공동체】의 성질을 생각할 필요가 있습니다. 그래서 쇼세이는 학교, 가정, 기업, 지역, 사회, 국가, 세계까지 규모의 크고 작음과는 관계없이 많은 사람이 모여 이루어지는 공동체의 공통점을 탐구했습니다.

답은 의외로 곧바로 찾을 수 있었습니다.

학교, 가정, 기업, 지역, 사회, 국가, 세계까지 모든 공동체는 붕괴와 축소를 목표로 활동하지 않는다.

지나치게 부정형으로 정리된 공통점이었는데 제가 보기에도 크게 틀리지는 않았습니다.

바꿔 말하면 어느 공동체나 균형과 유지 혹은 확대와 발전과 성장 중 하나를 목표로 활동한다는 겁니다. 목표라는 의식조차 없이 발생한 순간부터 자연스럽게 그 방향을 향해 움직입니다. 디폴트 수준의 이야기죠. 저, 생식 본능이 종의 보존을 목표로 모든 생명체에 붙어 있고(그에 호응하는 심신이냐 아니냐는 별도로 하고) 그 생명체의 집합이 공동체이므로 당연하다면 당연한 일이겠죠. 발생한 순간부터 다음 일 초를 연장하기 위해 생명체가 호흡을 시작하듯 공동체는 발생한 순간부터 붕괴와 축소를 회피하고 균형과 유지 혹은 확대와 발전과 성장을 목표로 합니다. 목표라기보다 그냥 그런 겁니다.

쇼세이의 감각을 빼앗은 두 공동체도 이 가설에 깔끔하게 호응합니다.

학교의 목표는 주로 균형과 유지 쪽입니다. 교칙 하나만 보더라도 학교라는 공동체의 본래 목적이어야 할 【교육】을 무시하는 한이 있더라도 균형과 유지를 우선하겠다는 의지가 너무나 강력하게 느껴집니다. 좀처럼 자신을 자제하지 못하는 유체 무리를 같은 속도로 교육하기 위해 그 자리를 혼란스럽게 만드는 돌발 행위를 금기로 규정하는 일은 불가피한 조치일 수도 있겠으나, 균형과 유지를 무엇보다 중시하는 공동체에 맞게 의태하며 살면서 쇼세이는 절로 입을 다물게 되었습니다.

자, 과거 쇼세이의 감각을 압도한 두 공동체 중 다른 하나인 가정에는 앞서 꼽은 성질의 후자, 확대와 발전과 성장이 해당합니다.

가계도가 제일 이해하기 쉽습니다. 두 개체를 정점으로 끊임없이 확대되는 그림 말입니다. 이는 인간 이외의 종도 마찬가지인데 혈연 커뮤니티의 축소를 기대하고 부모 개체가 새끼 개체를 낳는 일은 일단 없습니다. 가정의 집합체인 지역, 지역의 집합체인 사회, 사회의 집합체인 국가와 세계도 마찬가지입니다. 사실 지구라는 생식지에 첫 인간 개체가 발생한 이래 지금까지 그 한 개체를 정점으로 갈라져 나온 가계도는 한없이 확대되고 있습니다. 국가라는 단위로 나눠 설명하자면 한국과 일본 등 인구가 감소하는 공동체도 여기저기 보입니다만, 지구라는 단위에서 보면 앞으로 이삼십 년 정도는 인구가 계속 늘어날 겁니다. 즉 세계의 가계도는 계속 확대될 예정입니다.

그리하여.

여기까지 생각했을 때, 쇼세이는 지금까지 어렴풋하게만 품고 있던 의문이 느닷없이 해결되는 느낌을 받았습니다.

새끼 개체가 동성애 개체임을 부모에게 밝혔을 때 왜 새끼 개체가 사과해야 하나라는 의문입니다.

인간이 만드는 픽션에는 그런 장면이 많죠. 인간세계에서 【커밍아웃】이라며 요란한 명칭을 붙인 그거 말입니다. 특히 쇼세이가 유체일 때는 해당 장면에서 거의 반드시 새끼 개체가 울면서 부모 개체에게 사죄했습니다. 이에 더해 부모 개체가 "난 너를 그렇게 키우지 않았어!"라고 화를 낼 때도 많았습니다. 부모 개체가 화를 내지 않으면 주위 개체가 "이해심이 많은 가족이라 행복하겠네요."라며 주로 부모 개체를 칭찬했습니다.

도대체 왜 저러지?

쇼세이, 줄곧 생각했습니다. 가령 사과할 필요가 있다면 동성애 개체일 가능성을 일방적으로 배제하고 새끼 개체를 접한 부모 개체가 사과해야 하는 거 아닌가? 내내 그렇게 생각했습니다.

그러나 이상하게도 본인이 그 처지가 된다고 상상하면 사실은 그냥 사과할 것 같았습니다.

쇼세이, 생각했습니다.

자기 의사와는 달리 사과하고 마는 이 죄의식은 도대체 어디서 오는 걸까. 새끼 개체가 【커밍아웃】을 할 때 부모 개체에게 사과하는 게 당연하다는 인식이 공동체에 만연한 이유는 무엇일까.

결론부터 말하자면, "나는 동성애자입니다."라는 새끼 개체의 표명은 특히 일본에 생식하는 부모 개체에게는 공동체의 축소 선언이나 마찬가지이기 때문입니다.

공동체를 확대하려는 쪽에서 보면 그 활동을 저해하는 존재라는 고백에는 화낼 권리가 있다고 생각할 겁니다. 저로 인한 초기 설정(확대, 발전, 성장)은 생명체의 기초적인 부분으로 무조건 조립되어 있으므로 【커밍아웃】하는 쪽도 특별히 사과할 필요 없다는 사실을 머리로는 이해하면서도 사과하고 싶어집니다. 논리를 뛰어넘는 죄의식은 저로 인해 미리 탑재된 생명체의 초기 설정을 거스른 데 대한 조건반사랍니다.

다만.

그 정도라면 쇼세이가 학교에 있는 다른 개체나 가족에게 자신을 절대 드러내지 않겠다고까지는 생각하지 않았을 겁니다. 딱히 사과하는 게 끔찍하게 싫었던 것도 아니니까요.

그렇다면 왜 쇼세이는, 공동체에 어울리도록 의태하고자 거짓으로 암컷 개체의 호의를 얻는 행동까지 하며 자신에 관해 굳게 입을 다물었을까요.

신을 설정하지 않은 인간 생식지에서는 공동체의 목표를 저해하는 개체를 【악】으로 판단하기 때문입니다. 그리고 악이라고 판단된 개체는 공동체에서 추방될 위험이 있습니다.

순서대로 설명할 테니 잘 따라오세요.

일단, 특별히 신을 설정하지 않고 사는 사람에게 선악은 결정적인 게 아닙니다. 대부분 선이란【공동체의 목표를 촉진하는 것】이고 악이란【공동체의 목표를 저해하는 것】입니다. 아주 유동적이죠(반면 신을 설정하면 자연스럽게 선악은 고정됩니다. 그리스도교 교도의 선악은 성서, 이슬람교 교도의 선악은 코란에 각각 적혀 있습니다).

살인을 예로 들어 보죠. 현시점의 일본에서 살인은 악입니다. 그러나 사형은 인정됩니다. 국가라는 공동체의 균형을 유지하는 행위라면 특정 개인을 죽이는 행위는 악이 아닙니다.

즉 똑같은 행위라도 공동체에 끼치는 영향에 따라 선일 때도 악일 때도 있습니다. 그리고 악으로 판단될 때는 소속 공동체로부터 추방됩니다.

과거 쇼세이는, 어떤 이유가 비집고 들어갈 틈도 없이 확정적으로, 자신이 동성애 개체임을 들켜서는 안 된다, 특히 학교 관계자나 가족에게는 절대 알려져선 안 된다고 굳게 믿었습니다.

왜일까요.

결코 자신이 주위 개체와 다르다는 점을 두려워했던 건 아닙니다. 그 사실에 따라 당시 소속되어 있던 주요 공동체로부터 균형, 유지, 확대, 발전, 성장을 저해하는 개체로 낙인찍힐 우려가 있었기 때문입니다.

그건 또 왜일까요?

공동체의 목표를 저해하는 존재로 인정된 인간은 공동체로부터【악】으로 여겨진다, 즉 공동체로부터 추방될 가능성이 높아지기 때문입니다.

식료품도 돈도 스스로 조달하지 못하는 새끼 개체가 공동체에시 추방된다는 건 어떤 의미일까요.

죽음입니다.

즉 쇼세이는 무의식적으로 동성애 개체임이 알려지면 죽음에 가까워진다고 생각한 겁니다.

그런 감각을 심어 주는 공동체에 생식한 겁니다.

쇼세이의 본가가 T현 O시였으니 당연합니다.

T현 O시는 선거구로 따지면 T현 제3구입니다.

그렇습니다. 문제의 발언을 한 의원의 선거구입니다.

쇼세이는 T현의 제3구에서 십팔 년이라는 시간을 보냈습니다.

쇼세이의 아버지는 그 의원의 후원회에서 임원까지 맡았고 어머니는 시청에서 저출산과 인구 감소를 막으려 신설한 과에서 과장 보좌로 일했습니다.

이 공동체의 균형을 어떻게 지키고 성장시킬 것인가. 부모님은 집에서도 늘 그 주제로 이야기를 나눴습니다. 선거 기간은 특히 바빴는데 공동체의 미래를 위해 동분서주하는 두 개체의 모습은 너무나 활기찼습니다.

쇼세이, 하굣길에 여러 번 아버지가 돕고 있는 길거리 유세를 봤습니다.

"뭐든 외국만 따라 하면 된다고 생각하는 얼빠진 정당이 늘고 있습니다."

변하는 게 아니라 돌고 돈다. 선거 포스터의 슬로건입니다.

"동성애나 부부 각자 성 등 일본의 아름다운 미풍양속을 무너뜨리는 제도에 인기만을 좇아 덤벼드는 의원은 앞으로도 더 늘어날 겁니다."

쇼세이, 머리띠 같은 걸 두른 아버지가 전단을 나눠 주는 모습을 수없이 목격했습니다.

"우리는 미래를 짊어질 아이들에게 아름다운 일본을 물려줘야 합니다. 그럴 의무가 우리에게 있습니다!"

쇼세이, 군중이 일제히 손뼉 치는 광경을 멀거니 바라봤습니다.

그건 그렇고 저 의원은 이 연설을 듣는 차세대 개체 가운데 의태 중인 동성애 개체가 있다는 건 꿈에도 생각하지 못할까요? 미래를 짊어질 아이들이라고 했는데 그중에는 당연히 동성애 개체도 있을 것이고, 현재 임신 가능성이 있는 세대는 【태어날 아이가 LGBTQ+일 가능성이 있음】을 자연스럽게 인식하고 있기 마련입니다. 그런 개체들이 보기에는 동성혼조차 불가능한 공동체에서 차세대 개체를 발생시키는 일은 일종의 학대잖아요? 다양한 차세대 개체를 발생시켜 종을 존속시켜야 하는 생명체에게 특정 배경의 개체를 배제하자는 발언을 강요하면 오히려 역효과라는 걸 모를까요? 어떤 차세대 개체가 발생해도 다를 게 없는 공동체를 목표로 한다고 선언하는 편이 임신 가능 세대가 훨씬 안심할 텐데 말입니다.

가정도 비슷했습니다.

당시 쇼세이는 부모님과 컴퓨터 한 대를 공유해 사용했습니다. 부모님이 잠든 한밤중에 그 컴퓨터로 동성애 관련 정보를 이모저모 찾아봤습니다. 그러던 어느 날, 전원을 끄기 전에 검색 이력을 지우는 걸 깜빡 잊고 말았습니다.

다음 날, 컴퓨터에 필터링 기능이 걸려 어제까지 검색되던 단어들을 죄다 튕겨 냈습니다.

필터링 기능은 그야말로 철벽이었습니다. 검색 단어를 아무리 바꿔도 쇼세이가 알고자 하는 정보는 단단히 봉인되었습니다. 쇼세이는 망연자실해 차가운 화면을 바라보며 정말 비슷하다고 생각했습니다.

입실을 금지하던 종이. 들어오지 말라며 내민 손바닥. 모든 걸 튕겨 내는 필터링. 어디로 가든 어떤 허락도 받지 못한 채 그저 의태 기술만을 갈고 다듬을 수밖에 없었습니다.

쇼세이의 부모 세대는 동성혼조차 불가능한 공동체에서 차세대 개체를 발생시키는 데 죄책감을 전혀 느끼지 않았죠. 그러니까 커밍아웃을 들은 부모 개체가 당당하게 화를 내는 오만한 픽션들을 당연하게 받아들였습니다.

쇼세이, 학교와 가정과 유일한 고향을 싫어하지는 않습니다.

다만 발생하고 십팔 년에 달하는 의태는 쇼세이라는 개체 감각을 완전히 압도하고 말았습니다.

쇼세이의 경우, 학교 친구가 경멸하거나 기분 나빠하는 것, 가족이 지역이나 국가적으로 악이라고 판단한 것에 동의해야 하는 시간은 곧 자신을 경멸하고 기분 나빠하고 악으로 판단하는 시간이었습니다. 돌이켜 보면 어디까지나 공동체의 비호 없이 살 수 없는 시기를 넘기려는 의태였을 뿐이었으나 당시에는 그 사실조차 몰라 이 시간이 영원히 계속되리라고 생각했습니다. 의태는 이렇게, 쇼세이라는 개체를 십팔 년간 살아남게 함과 동시에 쇼세이라는 개체의 감각을 십팔 년간 죽여 왔습니다.

그러나 핵심은 쇼세이가 살아남는 데 정말 필요한 요소는 의태가 아니었다는 겁니다.

쇼세이, 처음으로 생식지를 벗어나 일단 곰곰이 생각해 보고서야 비로소 그 점을 알아차렸습니다.

그렇다면 정말 필요한 것은 무엇일까······.

"어? 다쓰야 선배."

어? "어? 다쓰야 선배."라는 말을 들었습니다. 지금 현실은 어떤 상황일까요?

"아, 수고하십니다."

쇼세이의 머릿속을 (아, 아!) 한숨이 채웁니다. 땀샘 작동이 달라지기 때문에 인간의 감정 변화는 정말 파악하기 쉽습니다.

"수고하세요. 같이 앉아도 되나요?"

쇼세이의 대답을 기다리지 않고 옆 테이블에 앉은 사람은 소우입니다. 참, 여기는 음식점입니다. 지금은 점심시간이랍니다!

상황이 이러하니 쇼세이가 주위 평판을 깡그리 무시하게 된 이유는 다음 기회에 이야기하겠습니다.

"저는 생선을 정말 좋아해요. 여기 진짜 자주 와서 메뉴도 다 외웠다니까요. 참고로 제 추천은."

"난 이미 주문했으니까 됐어."

쇼세이는 눈을 부릅뜨며 위협한 후 책갈피를 낀 책을 소우가 보지 못하는 위치에 감춥니다. 개체 혼자 점심을 먹으며 책을 읽을 생각이었는데 말이죠.

"여기서 선배와 만나는 건 처음이죠? 생선 별로 안 좋아하세요?"

쇼세이, 소우가 든 메뉴판을 힐끗 봅니다. 회와 생선구이 쪽 정식과 튀김 덮밥, 해물 종류는 다 갖춘 가게인 듯합니다. 과거에 제가 있던 종도 늘 재료를 볶거나 튀기거나 했습니다.

"어쩌다 보니 안 온 거지. 생선을 딱히 싫어하는 건 아냐."

쇼세이, 확실히 점심은 고기를 많이 선택하는 편입니다. 생선이라니 드문 일…….

아.

알았다. 밤의 우설을 더 맛있게 먹으려는 거다!

"뭐 주문하셨어요? 아! 방어 데리야키 구이요? 기름이 잘 올라 맛있죠. 여기요!"

소우는 달려온 점원에게 "특(特) 회 정식, 밥은 보통으로."라고 말합니다.

특 회 정식은 1,500엔, 방어 데리야키 정식은 850엔입니다.

쇼세이, 배에 힘을 넣습니다.

"잘 먹겠습니다."

특이라는 증거로 도미까지 포함된 회 정식이 옆에 놓인 순간, 쇼세이는 딱히 불만이 없었던 방어 데리야키가 줄어든 듯한 착각에 빠집니다.

배가 차기 시작했는지 소우가 입을 열었습니다.

"레이아웃 변경, 결국은 이익률 높은 부서의 요구를 들어주는 쪽으로 정리될까요?"

소우는 업무 시간 외에도 일 얘기를 하고 싶어 합니다. 일 얘기라기보다 기업이라는 공동체의 확대, 발전, 성장에 관한 이야기입니다.

"어떻게 될까? 임원들이 어떻게 판단할지."

쇼세이는 그런 거쯤은 어찌 되든 상관없었으므로 늘 (이런 때는 무슨 이야기를 하면 시간이 잘 흐르지) 생각합니다.

그러나 자신과 상관없는 이야기라고 해서 이야기를 끊거나 화제를 돌리는 일은 없습니다. 매트에 얹은 손에 힘은 안 주더라도 주위 개체가 가는 방향에 그냥저냥 보조는 맞춥니다.

늘 하던 대로입니다.

"이익을 중심으로 판단하는 거 조금 구시대적이에요. 육아휴직 신청률이 많은 부서부터 요구를 들어준다는 흐름이면 좋겠는데요."

그에 반해 소우는 상대의 반응이 어떻든 자기 이야기를 죽어라 계속하는 재능이 매우 뛰어납니다. 과거, 질릴 대로 질린 쇼세이가 한번은 "영차."라고 엉뚱한 맞장구를 쳤는데도 소우는 개의치 않고 이야기를 계속했습니다.

"그보다 앞으로라도 새로운 자세를 보이지 않으면 젊은 세대에게 선택받지 못할 겁니다."

"그래. 그런 부분이 있지."

건성으로 대답합니다.

"요즘 이십 대는 경제적 가치보다 사회적 가치로 일이나 인생을 선택해요. 윗사람들도 좀 더 그런 부분을 배워야 해요."

"어떻게 될까? 임원들이 어떻게 판단할지."

"시대란 정말 금방 바뀌니까요."

쇼세이, 시험 삼아 일 분 전과 똑같은 대답을 건넸는데 소우는 역시 전혀 알아차리지 못합니다.

"아, 여기요!"

소우가 손을 듭니다. "물 한 잔만 더 주실래요?" 그대로 점원 쪽으로 몸을 살짝 기울입니다.

소우의 셔츠 깃에 달려 있던 배지가 가게 조명을 받아 반짝 빛납니다.

"그보다 선배."

그 빛이 휙 방향을 바꿔 이번에는 쇼세이를 비춥니다.

"아침부터 생각했는데요, 배지요! 우리가 달지 않으면 아무도 달아 주지 않아요."

"미안, 미안! 세탁소에 보내느라 떼었다가 다시 다는 걸 까먹었어."

쇼세이는 눈썹을 잔뜩 늘어뜨리며 사과합니다. 속으로는 (방어 데리야키, 의외로 간이 짜다. 밥을 대짜로 시킬걸. 하지만 그러면 오후에 졸릴 테고) 생각합니다.

코로나라는 단어에도 익숙해진 무렵이었을까요. 소우가 속한 홍보과가 빈번히 마케팅부와 협의하고 서로의 사무실을 열심히 들락날락하며 정신없이 움직이기 시작했습니다. 같은 부서라도 총무부와는 별다른 관계가 없을 듯했고 자신에게 도움을 요청한 것도 아니라서 쇼세이는 특별한 관심 없이 지냈습니다.

참고로 이쓰키라면 이런 경우 "뭔가 도울 게 있으면 말해."라고 선배답게 먼저 말을 걸었겠죠. 다이스케도 그럴 가능성이 높은데 그것은 이쓰키처럼 친절한 마음에서 비롯된 행동이 아니라 특별한 일을 맡은 듯한 개체(게다가 후배)가 있으면 그 내용을 파악해야 한다는 질투심에서 오는 집착입니다. 동기는 저마다 다르나 이 두 개체는 회사라는 공동체의 확대, 발전, 성장에 관심 있는 진정한 구성원이기에 비슷한 냄새만 나면 바로 행동합니다.

쇼세이는, 아무것도 하지 않습니다.

그러므로 다이스케가 "회사 홈페이지 봤어? 리뉴얼에 마케팅부를 끌어들이자는 아이디어를 내고 끈질기게 교섭해 실현한 게 다 와다라며. 그 녀석 꽤 하네."라고 말했을 때까지 홍보과가 왜 그리 바빴는지 전혀 몰랐습니다.

아무래도 소우가 앞장서 회사 홈페이지를 리뉴얼한 모양입니다. 새로워진 공식 홈페이지에는 열람자가 제일 먼저 보게 될 곳에 SDGs● 대책에 관한 링크가 있었습니다.

이번 생에서 제가 놀란 것 중 하나가 인간이 지구를 보호하려 한다는 점입니다.

제가 Maryam에 있을 때 처음으로, 이제까지 담당해 온 종 가운데 이미 멸종한 종이 많다는 사실을 알게 되었습니다. 왜 그런 일이 일어났는지 의아했는데 인간으로 생활하다 보니 바로 그 인간이라는 종이 원인이었음을 알았습니다. 이토록 제멋대로 사는 종이 있구나. 아, 그렇구나. 이제야 제대로 이해가 됐다, 하고 납득했

● Sustainable Development Goals, 지속가능발전목표

는데 이번에는 쇼세이에 있으면서 보니 【지구를 보호하자】라고 떠들이 대서 정말 놀랐습니다. 제멋대로 사는 건 여전하면서 말입니다. 아니, 오히려 지구를 망가뜨리는 속도가 빨라졌는데 말입니다.

새롭게 단장한 회사 공식 홈페이지에는 어떻게 하면 플라스틱 쓰레기를 줄이면서 상품을 생산할지, 환경에 짐이 많이 되는 기술을 쓰지 않는 생산관리 방법 등 회사의 SDGs 대책을 알기 쉽게 정리해 놓았습니다. 마케팅부가 제작한 상품 소개와 홍보 영상에도 SDGs 대책을 어필하는 요소가 교묘하게 포함되었습니다.

지구를 위해, 할 수 있는 일. 지금이야말로 지속 가능성을 생각하자.

누가 생각했는지, 그런 문구가 페이지마다 크게 나와 있었습니다.

다이스케에게 소우의 활약을 들은 쇼세이, 그날 업무 중에 여러 페이지를 살펴봤습니다. 사이트에는 SDGs 자체를 자세히 설명하는 페이지 링크도 있었는데 쇼세이는 굳이 그 페이지까지 클릭해 들어갔습니다.

빈곤을 없애자. 기아를 제로로. 모든 사람에게 건강과 복지를.

쇼세이, 수많은 슬로건을 차례로 읽었습니다.

에너지를 모두에게, 그리고 깨끗하게. 일의 보람도 경제성장도. 산업과 기술혁신의 기반을 만들자.

쇼세이는 읽으면서 어리둥절해졌습니다.

기후변동에 구체적인 대책을. 바다와 육지의 풍요로움을 지키자.

열일곱 개의 거대한 목표를 나타내는 모든 문자가 마치 매스게임이라도 되는 양 어떤 단어들을 또렷하게 드러내는 듯했습니다.

균형, 유지, 확대, 발전, 성장.

그렇습니다. 쇼세이가 수없이 머릿속에서 언어화해 온 모든 공동체의 행동 원리를 나타내는 단어들입니다.

쇼세이, 여기서 화면을 닫았습니다.

"행동하는 사람을 비웃는 사람은 뭘까요?"

소우가 후루룩 된장국을 마십니다.

"생소한 외래어나 환경 대책에 코웃음을 치는 사람, 요즘도 꽤 있어요. 이 배지도 대놓고 안 달겠다는 사람도 있더라고요. 진짜, 헤이세이* 시대의 냉소 문화에서는 아무것도 생기지 않아요."

소우, 밥공기를 놓습니다.

"SDGs가 번드르르하기만 한 말이라거나 비즈니스일 뿐이라고 말하는 사람도 있어요. 하지만 새삼 무슨 귀신 목이라도 따는 것처럼 SDGs 혐오를 드러내는 게 더 창피하고 유치해요. 어차피 아무 일도 안 할 거라면 방해라도 하지 말아 줬으면 좋겠어요. 번드르르한 말이든 비즈니스든 뭐든 하지 않으면 큰일 나는 지점까지 왔으니까요. 애써 젊은 세대가 일치단결하고 있는데 지금 좋으면 그만이라며 온갖 나쁜 유산만을 쌓아 올려 온 사람들이 발목을 잡는 건 구조적으로 최악이에요."

"그렇지."

된장국을 다 마신 쇼세이, 쟁반 전체를 내려다봅니다.

"시대의 흐름에 휩쓸리지 않는 신중한 나를 어필하려는 포지션

● 1989년 1월 8일부터 2019년 4월 30일까지 사용된 일본 연호

토크라면 혼자 했으면 좋겠어요. 저는 행동하고 있는 거라고요. 차세대를 위해, 미래를 위해 무엇을 만들어야 할지 생각하며 노력하고 있다고요. 당사자도 아닌 사람들의 참견은 정말 코딱지만큼도 의미가 없다니까요."

"정말 그래. 코딱지에도 나름대로 의미가 있지."

쇼세이, 방어 데리야키와 쌀밥이 거의 동시에 없어지도록 배분한 게 흐뭇합니다.

"제 동기들은 배지 다는 데 전혀 저항이 없어요. 오히려 적극적이고 뭐든 협력하겠다고 하죠."

"그래? 훌륭한 동기네."

쇼세이, 생선 껍질도 잘 먹는 편입니다. 거무튀튀한 혈합육* 부분도 좋아해 밥도 그에 맞춰 신중하게 계산해 놓았습니다.

"야나기 선배나 오카무라 선배도 완전 오케이라고요. 저번에 술 마실 때 오카무라 선배는 우리 시대에 많은 게 변했으면 좋겠다고 해서 정말 신나게 얘기했어요. 그런데 위 세대는 왜 그렇게 부정적일까요? 지금까지 자기들 멋대로 저지른 일부터 먼저 사과했으면 좋겠어요!"

야나기는 다이스케의 성이고 오카무라는 이쓰키의 성입니다. 소우는 밥이 떨어졌는지 회를 몇 점 남겼네요. 쇼세이, (먹는 데 집중하지 않아서 그런 거야) 살짝 자랑스러워졌습니다.

소우의 셔츠 깃에 달린 SDGs 배지는 회사 공식 홈페이지 리뉴

---

* 血合肉. 피가 섞여 붉은색을 띤 생선 살

얼과 동시에 제일 먼저 본사 총무부에 배포되었습니다.

이 컬러풀한 배지를 달기만 하면 회사 전체가 SDGs에 나서고 있음을 회사 안팎에 두루 어필할 수 있답니다. 모든 사원에게 바로 전부 배포할 수는 없어서 일단 총무부부터 착용하고 반응을 보기로 했습니다. 소우의 반응으로 보건대 총무부가 단 배지에 좋지 않은 반응을 드러내는 개체도 있는 모양입니다. 그러나 쇼세이, 어찌 되든 상관없는 일이라 특별히 신경 쓰지 않았습니다.

분노의 감정은 목표가 분명합니다. 이는 확대, 발전, 성장이라는 공동체의 행동 원리를 분명히 따르고 그 운영에 완전히 참여하는 개체가 보이는 특징 중 하나입니다.

예컨대 재택근무로 넘어가는 과도기 무렵, 소우와 다이스케는 종종 "타사는 움직임이 빨라.", "이런 상황에 속도가 빠르지 않으면 도태돼."라며 온갖 의견을 쏟아 냈습니다. 그들 같은 개체는 자기가 속한 공동체의 확대, 발전, 성장이 늦어지는 일에 매우 민감합니다. 가정, 기업, 국가, 그 공동체의 규모와는 관계가 없습니다. 일단 다른 공동체보다 늦다는 사실을 견디지 못합니다.

"그저 배지를 다는 게 익숙하지 않아서일 수도 있어. 나도 이렇게 깜빡 잊고 못 달았잖아."

그렇게 덧붙이는 쇼세이에게 소우가 "그럴까요?"라고 대답합니다.

쇼세이, 기어를 넣습니다.

"우리가 아무리 옳은 일을 생각해도 결국은 동의하지 않는 사람이 있기 마련이야. 오히려 그런 세상이 건전하지. 여러 의견이 있는 가운데 다양한 올바름을 갈고닦아야 세상 전체가 세련되어진다고 생각해. 게다가 본질적인 부분은 아무래도 시간이 걸리잖아? 그러니까 끈질기게 한 걸음씩, 눈앞의 일을 열심히 처리하자고. 실제로 공식 사이트 리뉴얼에도 성공했고."

"그렇기는 하죠."

소우는 말하면서 뺨을 살짝 붉혔습니다.

쇼세이, 속으로 브이 사인을 그렸습니다. 이로써 껍질과 혈합육 부분을 다 먹을 때까지는 식사에 집중할 수 있을 듯합니다.

쇼세이, 공동체의 확대, 발전, 성장이 늦어지는 것에 대한 분노가 등장했을 때 어떻게 대처할지 어느 정도 방법을 확립해 놓았습니다.

우선은 【생각은 사람마다 다른 법】부터 시작합니다. 이겁니다. 【다양성】이라는 단어가 본래 의미에서 벗어나 범람하게 되면서 의견이 다른 개체들의 논쟁이 상당히 줄었습니다. 단어의 제대로 된 의미를 찾을 수 없게 되었습니다. 사고방식은 저마다 다르지. 대체로 여기서 대화는 중단됩니다. 쇼세이에게는 정말, 좋은 흐름이죠.

다만 같은 직장에서 오래 얼굴을 맞대야 하는 관계라면 그 무기 하나만으로는 부족합니다. 다음에는 보듬어 줘야 합니다. 쇼세이가 채택한 방법은 【너는 다른 개체보다 매사를 본질적으로 바라본다】라며 상대를 깊이 이해하는 척 다가간 다음 【그러니까 눈앞의 일부터 하나씩 하자】라며 장기적인 관점으로 격려하는 겁니다.

이 방법은 대체로 잘 먹힙니다.

'네 말이 맞아', '주위 사람들은 정말 이상해'라며 방금 드러난 분노에 별생각 없이 동조하는 건 위험합니다. 동조가 만들어 내는 강렬한 공명은 대화를 끝내기는커녕 불을 붙일 뿐만 아니라 당신도 당사자이므로 공동체 업데이트에 참여하라는 요구로 이어질 위험이 있습니다. 그런 전개를 피하려면 '본질적인 점은 언제나 네 편이야', '본질적인 개혁에는 시간이 걸려'라는 식으로 순간적인 공명이 아니라 상대의 역사를 짚은 다음 공감의 메시지를 보내는 게 중요합니다. 그리하여 당장 기분이 좋아지고 본질적 부분은 장기적으로 노력해야 한다는 결의를 상대가 갖게 하는 것으로, 쇼세이는 매우 쓸모없는 대화를 끝낼 수 있습니다.

보세요. 쇼세이도 소우도 식후의 차를 느긋하게 즐기고 있잖아요. 참고로.

쇼세이와 함께 열일곱 가지의 목표를 봤을 때 환경 파괴의 완벽한 주범인 인간이 느닷없이 【지구를 위해, 할 수 있는 일】이라고 떠들기 시작한 이유를 알 것 같았습니다.

내놓은 목표들도 결국은 인간이 주체였기 때문입니다.

제가 보기에는 열일곱 개나 되는 큰 목표도 다 자기들 얘기뿐이잖아, 라는 느낌입니다. 일테면 열세 번째쯤부터 '기후변동에 구체적인 대책을', '바다와 육지의 풍요로움을 지키자' 같은 지구 주체적인 내용이 나타나기 시작하는데 이 역시 결국은 【인간이 쾌적하게 생식할 수 있는지】를 기준으로 한 '기후변동'과 '바다와 육지의 풍요로움'입니다. 이제까지 인간이 공동체의 확대, 발전, 성장을 위해 한 짓이 원인이 되어 이미 기후는 크게 변동했고 바다와 육지에서 다양한 종이 완전히 사라졌는데 인간이라는 종의 보존에 영향이 생기기 시작하자 비로소 문제 삼기 시작한 거죠.

참고로 인간이 진정【지구를 위해, 할 수 있는 일】이 있다면 답은 하나.

멸종입니다.

인간이 멸종하면 목표 대부분은 달성됩니다. 녹음이 무성한 다양한 종의 낙원으로 돌아가려면 수천 년, 수만 년이 걸릴 테지만 저로서는 그 정도는 그리 긴 세월도 아니고 인간이라는 종의 보존보다 중요한 일은 헤아릴 수 없을 만큼 많으니까요.

물론, 인간이 이런 슬로건에 진심이 아니라는 정도는 잘 안답니다. 특히 이번 생에서는 말이죠. 시대마다 나타나는 슬로건은 결국 자본주의 사회의 변동에 호응할 뿐이죠. 압니다. 인간도 벌써 두 번째니까요.

다만 흥미로운 점은 소우처럼 공동체의 확대, 발전, 성장에 의욕적인 개체는 '지금 좋으면 그만이라며 온갖 나쁜 유산만을 쌓아 올려 온 사람들'을 비판하거나 '차세대를 위해, 미래를 위해서'라고 소리 높여 주장하지만 그래 봤자 기껏해야 백 년 후이거나 손주 세대를 말하는 거겠죠. 이 순간부터 전후 수백 년은 저로서는 모두【지금】의 범주일 뿐이므로 이런 주장을 들을 때마다 아주 몸이 근질근질해집니다.

결국 인간은 그 탁월한 인지능력이 미치는 감정의 범위 안에서만 사고하죠. 그러므로 자기들의 생활에 영향이 미치기 시작해야 비로소 지구가 위험한 것 같다고 떠들기 시작하는 겁니다. 제가 있던 종들을 잔뜩 멸종시켜 놓고 자기들이 인지하지 못하면 그

멸종은 없었던 일이나 마찬가지죠. 그러고는 【지구를 위해, 할 수 있는 일】이라고 떠들다니 정말 뻔뻔하죠.

인간들의 인지능력이 미치지 못하면 그 개체는 존재하지 않습니다. 차세대를 위해, 미래를 위해서라고 말하면서 일억 년 후를 위한 것이 아니듯.

후, 드디어 설명이 쇼세이의 현재에 거의 다다랐네요.

"다쓰야 선배, 공동체 감각이라는 말 들어 보셨어요?"

식후 차가 아직 조금 남았을 때 소우가 다시 입을 열었습니다.

"최근 유행이에요. 사람이 사는 데 소중한 것은? 이런 종류의 글이요. 오만 명이나 좋아요를 눌렀어요."

"못 봤는데?"

쇼세이, 솔직하게 대답합니다. SNS는 맛있는 음식을 찾는 용도 외에는 특별히 보지 않습니다.

어찌 되든 상관없는데.

어찌 되든 상관없다는 말은 즉 인지능력이 닿지 않도록 그에 마땅한 감정을 미리 봉인함으로써 존재 자체를 지운다는 겁니다.

인간이 자기 생활에 영향이 없는 종의 멸종에 했던 것과 같은 일입니다.

쇼세이에게 SNS는 일반적인 인지능력과 그에 마땅한 감정을 가지고 임하면 너무나 공동체의 균형, 유지, 확대, 발전, 성장과 관련된 정보뿐이라 진저리가 쳐집니다. 그럴 때의 필살기, 두뇌 트리밍. 인지 범위에서 떼어 냄으로써 존재 자체를 지우는 겁니다.

"자세한 내용은 잊어버렸지만. 아들러 심리학이었나?" 소우가 말을 잇습니다. "사람들은 옛날부터 가족이나 국가 같은 공동체에 반드시 속해 있었대요."

쇼세이, 순간 사레가 들릴 뻔합니다. 평소 자기 뇌 안에서 자주 생각하는 키워드가 다른 개체의 입에서 나오면 깜짝 놀라고 맙니다.

"그래서 행복은 공동체와의 관계에 따라 더 크게 좌우된다고. 공동체에서 자신이 어떤 존재인지가 행복 수준과 관련이 있다는 얘기였어요."

"그래? 재미있는 얘기네."

쇼세이, 찻잔을 입에서 뗍니다. 입술에 묻어 있던 방어 기름이 차 표면에 번지는 모습을 가만히 바라봅니다.

"공동체에 공헌하려는 마음이 공동체와 개인의 관계를 생성하는 데 가장 중요하대요. 타자에게 공헌하려는 마음이야말로 자신이 공동체에 속해 있다는 감각을 강하게 만든다고요."

쇼세이, (차를 마시기 전에 입을 닦았으면 좋았을 텐데) 생각하고 있습니다. 사소한 이야기이기는 하나 이 역시 인지하지 않으면 신경 쓸 필요 없는 일 중 하나입니다.

"공동체 감각이야말로 사람이 사는 데 중요하다는 거죠. 공동체의 일원으로 공헌하고 싶은 마음이 돌고 돌아 내 행복을 가져온다고요. 가족이나 친구를 위해 일하는 게 사실은 더 행복하다고, 쉽게 말하자면 그런 이야기였던 것 같아요."

"응. 무슨 말인지 알 것 같아."

쇼세이, (여기 화장실에 갈까, 회사 화장실에 갈까) 생각합니다. 식사 후에는 늘 위장 상태가 걱정입니다.

"그렇죠! 그 글에서 SDGs는 공동체 감각의 지구 버전이므로 참여할수록 누구나 자동으로 행복 수준이 오르는 구조라고 했어요."
"그래? 들어 보니 정말 그렇겠네."
쇼세이, 하품을 간신히 참습니다. 식후는 오렉신의 활동이 저하되기 때문입니다.
"이 밖에도 우리를 일본인이 아니라 지구인이라고 생각하면 자연과 세계에 관한 생각이 늘어나고 공헌도 늘어 행복 수준도 오른다고 적혀 있었어요. 저, 요즘 들어 뼈저리게 느껴요."
"응응. 나도 잘 알 것 같아."
쇼세이, (참, 껌이 남아 있나? 새로 사야 하나?) 시간을 확인합니다. 지금 계산하면 편의점에 들를 수 있을 듯합니다.
"어쩌면 배지도 그 방향에서 접근하는 게 좋겠네요. SDGs 열심히 해 봅시다라는 느낌보다, 자동적으로 행복 수준이 오르는 시스템이 있습니다, 와 같이요. 다단계 판매처럼."
"하하하. 표정까지 다단계 판매원처럼 지을 필요는 없어." 쇼세이, 즐거운 듯 웃어 보입니다. "하기는 그런 느낌일 때 이야기를 더 들어 줄지도 모르지. 잘됐어. 결국은 긍정적인 방향이 되어서."
계산할게요, 쇼세이가 손을 듭니다.
(어찌 되든 상관없어. 그냥 얼른 혼자가 되고 싶어.)
쇼세이, 진심으로 생각합니다.
"어쩐지 격려만 받고 끝난 것 같아 죄송해요. 중요한 회의를 앞두고."
"무슨 소리야! 늘 자극이 되는 이야기를 해 줘서 내가 더 고맙지."

쇼세이, 자기 마음을 드러내는 일은 절대 없습니다.

공동체의 균형, 유지, 확대, 발전, 성장에 공헌하려는 마음, 즉 공동체 감각이라는, 쇼세이를 정말 오랫동안 능멸했던 것이 【인생에서 소중한 것】으로 이야기되는 동안에도 말입니다.

커다란 매트를 다 같이 옮길 때 가장 중요한 점은 그 진행을 방해하지 않는 것.

그 매트가 무엇이든 어찌 되든 상관없더라도, 그 진로를 전혀 이해할 수 없더라도, 자기 마음을 아무도 눈치채지 못하게 하고 판단, 결단, 선택, 선도를 담당하는 위치에 서지 않으며 그저 걷는 것.

손을 얹기는 하나 절대 힘을 주지 않는다.

이게 지금 쇼세이의 【온전함】입니다.

4

쇼세이, 회의실에 한 개체만, 있습니다.

편의점은 끝내 들르지 못했습니다. 회사로 돌아와 바로 이를 닦고 지금은 회의실에 홀로 있습니다. 회의 참석자에게는 미리 메일로 자료를 보냈으나 그래도 일단 넉넉하게 자료를 복사해 입구 근처에 놓아두려는 겁니다.

툭.

"좋았어!"

네, 작업이 끝났습니다.

여러분도 이제 아시겠지만, 딱히 미리 회의실에 올 필요까지는 없는 일이었습니다. 오히려 종이 없애기가 진행되는 오늘날, 불필요한 행동이죠. 예상대로 쇼세이, 의자에 앉아 의자를 흔들며

멍 때리기를 시작했습니다.

오롯이 개체 홀로 있을 수 있었던 점심시간이 날아가서 쇼세이, 지금 개체의 시간을 충전하고 있습니다.

가끔 이렇게 개체의 시간, 정확하게 말하면 공동체 감각으로부터 도망치는 시간, 아니 더 정확하게 말하면 공동체의 균형, 유지, 확대, 발전, 성장에 공헌하려는 초기 설정에 아무 문제 없이 호응하는 개체들의 감시로부터 완전히 벗어나는 시간이 필요합니다.

"……."

윤활유가 부족한지 낡은 의자는 조금만 움직여도 삐걱삐걱 울립니다.

(…….)

이제부터 쇼세이는, 회사의 레이아웃 변경을 다루는 회의를 진행하게 됩니다. 말하자면 공동체의 미래와 크게 관련될 판단, 결단, 선택, 선도의 자리에 나서는 겁니다.

이런 상황에서는 공동체 감각에 대한 구성원의 감시가 강해집니다. 이 공동체의 확대, 발전, 성장을 얼마나 진심으로 생각하는지, 그 실태가 추궁될 겁니다. 얹은 손에 얼마나 힘을 주고 있는지, 손가락 하나씩 확인될 겁니다.

쇼세이, 직장을 비롯한 모든 공동체에 공헌하고 싶은 마음이 전혀 없으므로 회의 진행을 맡은 날에는 강고한 의태가 필요합니다. 그래서 더 이렇게 파워를 충전할 시간이 필요합니다.

"……."

삐걱삐걱, 삐걱삐걱.

(……)

그냥, 조금 더 농땡이를 부리자.

시간 난 김에 쇼세이가 공동체 감각을 이토록 놓아 버리게 된 사고의 경위를 이야기해 둘까요? 그리고 그거, 설명하다 중간에 끊긴 【쇼세이가 주위 평판을 무시하게 된 원인】과 바로 이어지는 이야기입니다. 응, 마침 잘됐네요!

자, 소우는 아까 이런 말을 했습니다.

소속된 공동체에 공헌하려는 마음이 공동체에 소속되어 있다는 감각=공동체 감각을 강하게 한다. 공동체 감각이야말로 인간의 행복 수준과 크게 관련되어 있다. 공동체 감각이 클수록 행복감도 강해진다.

이 이야기를 들을 때 쇼세이는 오로지 (어찌 되든 상관없어) 생각에 빠져 있었던 건 다 아실 겁니다. 그것은 이야기 자체가 어찌 되든 상관없다기보다 (그런 건 훨씬 오래전에 다 생각을 끝냈어) 다른 의미의 어찌 되든 상관없다는 겁니다. 이제 와 거기에 도달한 개체가 무슨 세기의 대발견이라도 한 듯 주장하는 것에 피로감을 느꼈던 거죠.

쇼세이, 소우가 말하는 내용은 구직 활동을 시작할 무렵에 이미 스스로 언어화했습니다.

발생하고 십팔 년 후, 처음으로 생식지를 떠난 쇼세이. 새로운 생식지에서 드디어 【온전함】을 느끼는 일인칭을 선택할 수 있었습니다. 당시 쇼세이가 절대 쫓겨나서는 안 될 학교와 가정이라는 공동체에서 벗어났기에 생긴 선택지였습니다. 한 개체로 살기 시작하고 아르바이트를 시작해 생존할 식량을 직접 조달할 수 있게 되면서 한 가지 사실을 깨달았습니다.

이 능력이 어릴 때부터 있었다면, 학교나 가정으로부터의 추방이 두렵지 않았겠구나.

즉 자신에게 정말 필요한 능력은 주위에 맞게 의태하는 게 아니라 스스로 식량을 조달해 생존하는 능력, 즉 경제적 자립이 아닐까.

이겁니다.

여기서 인간은 반드시 경제적 자립이라는 해답에 도달합니다. 그야 다른 종들에게 스스로 식량을 조달하는 힘은 사냥을 비롯해 먹잇감을 얻는 능력이고 생존 능력은 개체 자체의 강도와 육체의 재생 능력입니다. 그러나 인간은 돈만 있으면 식량을 조달할 수 있고 거꾸로 돈이 없으면 육체를 재생할 수 없을 때가 많습니다. 극단적으로 말하면 돈만 있으면 종이 보존된다는 소리입니다.

굉장해요. 사실, 돈이란 실제로 존재하는 것도 아니잖아요?

국가나 화폐, 신이나 인권 등 인간이 중요하게 여기는 것, 중요하다기보다 모든 행동의 기점에 두는 것들은 자연계에는 애당초 존재하지 않는 것들뿐입니다. 진짜 신기합니다.

어쨌든 의태가 아니라 경제적 자립이야말로 자신을 구원하리라는 발견에 쇼세이는 너무나 기뻤습니다. 의태는 쇼세이를 살림과 동시에 죽여 왔는데 경제적 자립은 살릴지언정 죽이지는 않는다는 사실을 직감적으로 확신했습니다.

그리하여 대학에서는 일단 모든 수업을 성실하게 들어 좋은 성적을 받으려 노력했습니다. 물론 경제적 자립으로 가는 과정인 구직 활동을 조금이라도 유리하게 만들기 위해서죠(이 대졸 채용 시스템도 이 생시지에 사는 인간이 만들어 낸 의미 불명의 시스템입니다). 그리고 자신이 어떤 형태의 업무에 적합한지를 알아내려고 다양한 아르바이트를 경험했습니다. 아르바이트는 기본적으로 책임을 맡은 개체가 판단, 결단, 선택, 선도해 결정한 일을 충실하게 수행하기만 하면 되어서 정말 좋았습니다. 쇼세이, 이런 상태로 다양한 노동을 경험했습니다.

그 과정에서 쇼세이, 노동과 임금 획득, 나아가 경제적 자립에 부적합한 개체를 수없이 만났습니다.

도통 업무 내용을 익히지 못하는 개체. 두 가지 이상의 업무가 동시에 발생하면 바로 공황 상태에 빠지는 개체. 아무리 조심해도 자연스럽게 말하지 못하는 개체. 이 밖에도 늦잠 자는 버릇을 고치지 못하는 개체, 계산을 못하는 개체, 정보처리 능력이 현저히 부족한 개체까지 다양한 장소에서 경제적 자립에 부적합한 온갖 타입의 개체와 만났습니다.

그 개체들이 얼마나 주위 개체를 따라 배우려고 노력하는지를 보며, 생각했습니다.

옛날의 나 같다.

쇼세이, 노동을 처음 경험하고 아무래도 자신은 시키는 일을 그대로 수행하는 타입의 노동에 어울린다는 사실을 깨달았습니다. 어떤 내용의 업무라도 특별한 문제 없이 처리했습니다. 관련 능력을 스스로 선택하거나 훈련하고 연마한 감각도 딱히 없습니다. 적절한 기능이 애당초 심신에 탑재되어 있다는 표현이 가장 적당하겠죠.

자기 의사와 상관없이 탑재된 요소가 공동체와 마찰 없이 부합한다는 데는 자각조차 할 필요 없는 수준의 편안함이 있었습니다.

이 세계에 이성애 개체로 발생하면 이런 느낌이리라 생각했습니다.

쇼세이가 만났던 노동에 부적합한 개체는 끝내 직장에서 사라졌습니다.

도통 업무 내용을 익히지 못하는 개체는 한 달 안에 점장이 정식으로 해고를 통보했습니다. 두 가지 이상의 업무가 동시에 발생하면 바로 공황 상태에 빠지는 개체는 "저 녀석, 위험하지 않아?", "저 나이에, 말도 안 돼. 일은 못 시키겠어!", "그냥 요란을 떠는 거잖아." 등등 다른 개체들이 대놓고 혹은 암암리에 공격해 스스로 그만뒀습니다. 아무리 조심해도 자연스럽게 말하지 못하는 개체는 어느 날 갑자기 아주 성격 급한 손님의 호통을 듣고는 다음 날부터 출근하지 않았습니다.

쇼세이, 그때 세 가지를 깨달았습니다.

첫 번째는 나이가 들면서 속한 공동체의 종류가 바뀌고 그에 따라 공동체 안의 균형, 유지, 확대, 발전, 성장의 의미도 변한다는 것.

쇼세이, 자신이 가계도의 확대를 저해하는 동성애 개체라는 사실이 부모님이 금전을 조달한 지금까지는 가정이라는 공동체에서 추방될 가치가 있는 일이라고 생각했습니다. 그러나 스스로 금전을 조달하는 위치가 되자, 즉 자본주의 사회에 본격적으로 들어가자 추방되는 개체는 소속된 공동체의 금전적 이익의 확대에 기여하지 못하는 개체로 변했습니다.

균형, 유지, 확대, 발전, 성장의 의미가 변한다는 것은 그에 따라 공동체 안의 선악, 즉 추방 조건이 바뀐다는 겁니다.

쇼세이, 우연히도 노동에 적합한 자신은 자본주의적 공동체의 추방 조건에는 포함되어 있지 않다는 걸 깨달았습니다. 즉 우연하게도 추방 조건이 노동에 부적합한 개체로 발생한 인간에게 옮겨 갔다는 말이기도 합니다.

두 번째는 노동에 부적합한 개체의 추방은 아주 간단하게 이루어진다는 겁니다.

쇼세이는 지금까지 학교나 가정으로부터 추방될까 봐 이성애 개체로 의태해 왔는데 만에 하나 의태가 발각되더라도 학교와 가정으로부터 정말 추방될 가능성은 그리 크지 않았겠죠. 괴롭힘을 당해 전학 갈 수는 있겠으나 부모님에게 쫓겨나지는 않았을 겁니다. 당시 나이의 쇼세이를 버리는 일은 거의 살인이나 마찬가지인 행위니까요.

그러나 아르바이트를 비롯한 비정규 직원이 많은 직장에서의 추방은 손톱 깎는 일만큼이나 일상적으로 이루어졌습니다. 요즘은 발달장애나 경계선 지능, ADHD 등 다양한 특성이 알려졌으나 당시에는 아무도 그런 단어를 몰랐습니다. 쇼세이는 그저 자본주의적 공동체에서 금전적 이익의 확대에 기여하지 못하는 개체는 당장 퇴장당한다는 사실을 다양한 아르바이트를 경험하며 배웠습니다.

그리고, 세 번째로 깨달은 점.

막상 추방 대상에서 벗어나고 보니 새로 추방 대상이 된 개체에게 자신도 정말 부정적인 감정을 가지게 된다는 점입니다.

즉, 쇼세이, 일 못하는 개체에 당연한 듯 (방해가 되네) 생각했습니다.

쇼세이, 태어날 때부터 탑재된 요소로 괴로워했다는 자각이 있는 만큼 자기는 같은 처지의 개체에게 다정할 자신이 있었습니다. 하지만 그건 자만이었어요. 어느 개체나 생명체로서는 죽음을, 공동체로서는 축소와 붕괴를 무의식적으로 피하려 합니다. 제가 보기에 인간의 개체차는 오차 수준입니다. 현대 인간에게 금전 조달 능력은 곧 거의 생존율 증가를 의미하므로 그를 저해하는 일은 장기적으로 보면 생명의 위기를 불러오는 사태이므로 (방해가 되네) 정도는 자연스러운 생각입니다.

그건 그렇고 금전 조달 능력이 곧 거의 생존율 증가라니, 아니 어떻게 자연계의 원칙을 압도하는 법칙이 생겼을까요? 모든 장기에 이상이 전혀 없는 건강한 개체라도 노동에 부적합하면 금전을 조달하지 못해 굶어 죽고 마니까요. 그런 세계를 구축해 버린 까닭에 아르바이트에서 만난 아주 우수한 개체를 아무도 알아차리지 못했잖아요!

요란을 떤다는 개체 말입니다.

요란을 떠는 개체는 삼십 대 후반의 수컷입니다. 즉 이십 년 가까이 젊은 개체들에게 괴롭힘을 당해 왔는데 그 괴롭힘을 강화한 원인 중 하나가 쉬는 시간, 의자에 앉아 잘 때 한쪽 눈만 뜨고 있다는 거였습니다.

젊은 개체들은 그 모습을 보고 "무서워.", "쓸모없는 데다 기분까지 더럽고 나빠.", "우리가 오면 바로 일어나잖아. 정말 자는 걸까?", "자면서 주위를 지켜보는 거야?"라며 비난했고 쇼세이도 (한쪽 눈을 뜨고 자다니 소름 끼쳐) 생각했습니다.

반구(半球) 수면 중인데 말입니다!!!!

죄송합니다. 흥분하고 말았습니다. 아, 발기한 건 아닙니다.

인간 가운데 반구 수면을 할 수 있는 개체는 없으므로 엄밀하게 따지면 반구 수면은 아니지만 말입니다, 거의 반구 수면이라고요! 그렇다면 그 개체, 자연계에서는 생존에 아주 유리합니다.

제가 처음으로 반구 수면을 경험한 건 깜짝도요 수컷에 있었을 때입니다.

한쪽 눈만 뜨고 있다는 건, 좌우 대뇌반구가 한 쪽씩 교대로 잠든다는 뜻입니다. 즉 대뇌피질의 반은 각성한 상태로 다른 일을 하며 잠잘 수 있는 기능입니다. 깜짝도요는 어마어마한 거리를 이동하는 철새로 당연히 이동 중에도 수면해야 합니다. 그때 추락하지 않고 비행하며 잘 수 있는 반구 수면은 정말 유리하죠.

원래 수많은 야생동물에게 수면은 아주 위험한 일입니다. 두 눈을 감고 한 곳에 가만히 있다는 사실은 포식당할 최대 위기 수준이니까요. 그러므로 인간처럼 쿨쿨 잘 수 없는 동물들은 생존 전략으로 수면 중에도 외부 환경을 관찰할 수 있는 반구 수면 기능이 발달했습니다.

따라서 요란 떠는 개체의 반구 수면 모습을 봤을 때의 옳은 반응은 무섭다거나 기분 나쁘다는 게 아니라 생존 능력이 높다고 생각해야 합니다.

……물론 제가 이렇게 말한다고 해서 인간에게 전해질 도리는

없다는 사실은 충분히 압니다. 그래서 저는, 기도합니다.

 만약 요란 떠는 개체가 모든 노동에 부적합해 과거 쇼세이가 그러했듯 특정 공동체의 비호 아래 살아야 한다면 적어도 요란 떠는 개체가 자신이 공동체의 일원임을 고통으로 느끼지 않기를. 의태하며 죽임을 당하는 환경이 아니길. 조용히 기도합니다.

 특별히 제가 다정하다는 건 아닙니다. 금전을 조달할 능력이 있다는 이유만으로 오만하게 구는 개체들에 짜증이 났을 뿐입니다. 손가락 하나로 수억 엔을 버는 개체도 마음껏 살면 좋죠. 그러나 지나치게 과대평가되거나 그렇지 못한 개체를 깔보는 모습을 볼 때마다 생각합니다. 넌 자연계에 떨어지지 않은 게 다행이야. 그 전능하다는 느낌 말이야, 네가 사는 사회구조의 기초에 돈이 놓여 있기 때문일 뿐이야.

 당시 쇼세이, 그 점을 알면서, 아니, 알아서 더 그 구조에 적응할 수 있다는 예감에 안심했습니다. 【앞장서 소속 공동체의 확대, 발전, 성장을 목표로 한다】라는 생명체의 초기 설정에 호응하는 심신을 얻지 못했기에 오히려 자본주의라는 나중에 덧붙여진 구조에 편승할 능력이 있다는 사실에 쇼세이는 잠시 안도했습니다.

 자, 어느새 시작된 구직 활동. 경제적 자립을 이루려고 그야말로 분발했던 장면입니다.

 그런데 쇼세이, 이 지점에서 확연하게 자신이라는 개체와 사회라는 공동체의 관련성에 맞닥뜨립니다.

 개체와 공동체의 관련성이라고요? 조금 전 소우의 이야기와 조금씩 접근하잖아요?

구직 활동을 시작하려면 일단 지원할 기업과 업계, 맡을 업무 내용을 선택해야 합니다. 쇼세이, 잔뜩 기합을 넣고 정보를 수집하려고 다양한 기업의 공식 홈페이지를 둘러봤습니다.

그리고 바로 당황했습니다.

기업의 대졸 채용 페이지에 들어가면 대체로 이런 분위기의 글귀가 두 팔을 벌리고 쇼세이를 맞았기 때문입니다.

인간의 가능성을 확대하는 일.

더 발전적인 미래를 목표로.

세계가, 여기서 일하는 당신의 성장을 기다립니다.

어느 기업이나 비슷한 표현으로 비슷한 목표를 어필하고 있었습니다. 정리하면 이런 느낌입니다. 【우리는 인간이라는 종과 사회, 국가, 지구라는 공동체의 확대, 발전, 성장에 이렇게 공헌하고 있습니다! 이런 조직에서 일하는 건 행복입니다! 그러니까 우리한테 와!】 다소의 차이는 있었으나 대체로 비슷한 내용이 쇼세이를 비롯한 방문자들을 부르고 있었습니다.

당연하게도 【여기서 일하면 식량 조달에 충분한 금전을 확보할 수 있습니다】 같은 문장을 내놓은 기업은 존재하지 않았습니다. 특히 정규직 취업을 목표로 하는 성체를 위해 그런 태도를 보인 곳은 당시 쇼세이가 인지하는 한 하나도 없었습니다.

모든 기업이 여기서 일하면 공동체 감각의 강화와 이어지므로 여기서 일해야 한다고 어필했습니다.

이때 쇼세이, 깨달았습니다.

어디서도 일하고 싶지 않다.

균형, 유지, 확대, 발전, 성장을 위해 자신을 죽여야 하는 공동체에 공헌하고 싶지 않아.

사실, 무리도 아니죠.

이제까지 사사건건 출입 금지를 당했던 처지인데 느닷없이 【자, 세상을 위해, 사람을 위해 일하자, 그것이야말로 행복이다】라고 손을 흔들어 대도, 뭐! 어쩌라고? 이런 기분 아니겠습니까?

조금 전까지, 그래! 경제적 자립을 위해 출발이야! 하며 아주 즐거웠는데 불과 수십 분 뒤에 이런 수준의 분노라니. 정신적 진폭이 너무 크잖아요? 그러나 이게 바로 쇼세이라는 개체의 삶입니다. 다른 동성애 개체는 어떤지 잘 모르겠으나 쇼세이는 이렇습니다.

쇼세이는 전혀 동기부여가 되지 않았습니다. 기업들이 일제히 쓰는 표현을 보고 오히려 하나의 감정만이 커졌을 뿐입니다. 일하고 싶지 않아!

자신이 속한【회사】가 근본적으로 공동체에 최선을 다하지 않는다며 다른 조직으로 이직하는 개체가 많은 가운데 쇼세이는 지금 속한 이【사회】구조가 최선을 다하려는 점이 정말 성가십니다. 어차피 비율상 공동체의 주축은 이성애 개체이므로 세상과 인간을 위해 일하면 그것은 이제까지 쇼세이의 존재를 봉인하고 압살해 온 이성애 개체를 위한 일이고, 무엇보다 동성애끼리의 생식으로 차세대 개체가 탄생하는 종으로 전생하지 않는 한 이성애 개체가 무의식적으로 누리는 행복 안테나 같은 걸 손에 넣을 수도 없습니다. 그러니 앞으로 이어질 길고 긴 노동 인생의 의욕도 생기지 않겠죠.

그렇다면 종과 공동체의 축소, 붕괴로 이어질 노동을 하면 되잖아? 오히려 그런 생각이 들지 않겠습니까? 저는 생각했습니다. 불법 약물이나 팔면 좋을 텐데. 그러나 그러지 못하는 게 쇼세이입니다. 왜일까요? 그 또한 피곤하기 때문입니다. 모두가 매트를 옮기고 있는데 어느 순간 혼자 매트의 방향을 바꾸려면 나름대로 큰 힘이 필요하죠. 그 자리의 커다란 흐름을 능동적으로 방해하려면 그것대로 강력한 의사와 노력이 필요함을 쇼세이는 잘 압니다.

이 시점에서 쇼세이의 목표는 종과 공동체의 축소, 붕괴가 아닙니다. 개체 감각을 공동체에 압도당하지 않고 이 심신을 다음 시간으로 무사히 가져가는 것입니다.

그리하여 쇼세이, 일을 하면 이성애 개체를 주축으로 한 공동체에 어떤 방식으로든 유의미한 영향을 준다는 사실을 인지에서 걷어 내기로 했습니다. 그래요. 필살기 두뇌 트리밍입니다. 그 대신 정규직이 되면 웬만한 일로는 해고되지 않는다는 일본 사회의 습성을 충분히 활용해 비축에 온 힘을 기울였습니다. 딱히 어찌 되든 상관없는 일본 사회라는 공동체가 드디어 어찌 되었을 때 조금이라도 심신을 안전한 상태로 유지하며 다음 시간으로 나아갈 수 있도록, 경제적 자립에 모든 걸 걸기로 결심했습니다.

쇼세이, 제일 먼저 근무지와 급여, 직원 복지 등을 조건으로 회사를 줄인 다음 재무제표와 사계보●를 활용해 순이익은 물론 대

● 일본 취업 준비생들이 구직 준비 과정에서 참고하는 책으로, 일본 여러 기업과 업계 현황에 대한 정보가 담겨 있다.

차대조표의 유동비율이나 자금 흐름 계산서를 검토했습니다. 여기서 알아낸 정보로 직접 기업의 점수를 매기고 목록으로 만들어 위에서부터 차례대로 응모했습니다. 참고로 대졸 채용 사이트는 어느 기업이나 결국은 【우리는 (중략) 그러니까 우리에게 와!】라고 말합니다. 다 무시하고 면접 대책 자료만 참고했습니다. 사이트를 구석구석 읽었다고 말했을 뿐인데도 제작에 참여한 인사부 개체들은 늘 흐뭇해하더군요.

그러다가 지금 근무하는 가전 회사에 내정되었습니다.

쇼세이, 가전에는 전혀 흥미가 없습니다. 【세계에 화기애애한 단란함을】이라는 생각은 일 초도 해 보지 않았습니다. 기업이 죽어라 발신하는 메시지에 공감하거나 감정 이입한 적도, 당연히 전혀 없습니다.

그러나 태도나 말에 그 감정을 드러내지는 않습니다. 그런 위악적인 행동은 공동체 구성원의 기분만 해칠 뿐 득이 될 게 하나도 없으니까요.

손을 얹고 있으나 힘을 주지는 않는다. 이제는 암기하셨죠? 기본 중의 기본입니다.

쇼세이에게 직장이란 인간의 가능성을 확대하는 공간도, 발전적인 미래를 목표로 하는 기점도, 세계가 성장을 기대하는 장소도 아닙니다.

매개입니다.

쇼세이는 직장이라는 매개를 통해, 이성애 개체와 자본주의를 주축으로 항상 확대, 발전, 성장을 지향하는 공동체(세계)에게 동성애 개체를 주축으로 하는 본인의 감각을 압도당하지 않고 사는 데 있어서 제일 중요한 생식지(자택)로 금전을 조달해 왔습니다.

외지 벌이라고 해도 좋겠죠. 쇼세이는 자기가 사는 생식지(자택)와는 전혀 다른 방식으로 작동하는 다른 세계로 매일 돈을 벌러 나가는 느낌입니다. 출근이라기보다는 다른 행성으로 매일 돈을 벌러 나갔다가 돌아온다는 표현이 더 【온전하게】 느껴집니다. 그런 매일입니다.

그러므로 다이스케나 이쓰키, 소우와 대화할 때 어떻게 하면 회사를 더 발전시킬지라는 내용이 나오면 (오오!) 생각합니다. (이 세상에 감정 이입하고 있는 사람들과의 대화에)조금 긴장합니다. 쇼세이에게는 【어떻게 하면 회사를 더 발전시킬지】에서 회사에 해당하는 부분이 지역, 사회, 미래, 차세대 교육이라는 단어로 바뀌어도 전혀 동기부여가 되지 않습니다. 그래서 그럴 때마다 특 회정식을 먹은 소우에게 발동했던 방식으로 그 순간을 넘깁니다. 상대의 말을 부정하지 않고 그대로 공감하고, 얼마나 힘든지를 이해하고 응원한다. 이 정도면 대부분은 그냥 넘어갑니다.

판단, 결단, 선택, 선도를 맡는 자리에 오르지만 않으면.

여기까지 설명했으니 쇼세이가 회사 내외의 평판이나 부정적인 감정을 전부 뭉뚱그려 어찌 되든 상관없다고 무시하는 이유도 아시겠죠.

쇼세이에게 직장은 확대, 발전, 성장의 문맥으로부터 그저 금전을 흡수하는 매개이고, 다른 구조의 별이며 파견지입니다. 그러므로 평가란 "너, 화성에서 그런 말을 듣는 것 같더라." 정도의 거리감입니다. 어찌 되든 상관없지 않겠어요? 해고될 정도의 악평이면 경제적 자립과 관련이 있어 곤란하나 그게 아니라면 무슨 말을 들어도 상관없습니다.

즉 지금의 쇼세이에게는 안색을 살필 상대가 없다는 겁니다.

주위의 안색을 살피는 행위는 개체끼리의 충돌을 피하려는 준비 같은 겁니다. 특정 공동체의 비호로 살 수밖에 없을 때는 확실히 필요한 능력이었죠. 그러나 경제적 자립을 손에 넣어 특정 공동체의 비호가 필요 없고 동시에 추방을 두려워할 이유도 없다면 【주위】라는 존재는 쇼세이의 세계에서 사라진 거나 마찬가지입니다. 개체 감각이 공동체 감각에 압도당할 확률도 확연히 떨어집니다.

쇼세이, 그 상태에 도달했을 때 생각했습니다.

살 수 있겠다고.

이성애 개체에게는 이 감정이 보통 출발 지점 아닌가요?

쇼세이는 골인 지점입니다.

다이스케와 이쓰키, 소우는 그 상태를 0으로 시작해 1, 2를 쌓아 갑니다. 쇼세이가 죽어라 달려온 서바이벌의 단계를 이미 끝내고 순식간에 컨스트럭션, 즉 구축의 단계로 나아갑니다. 그리고 어느 정도 자기 인생을 구축하면 이번에는 신세를 졌던 공동체나 차세대 개체를 위해 이 세계의(기껏해야 백 년 전후의 시간적 척도에서) 나쁜(그렇다고 인간이 판단하는) 부분을 수정하는 레지스턴스, 즉 저항을 시작합니다. 생존, 구축, 저항, 그렇게 한 단계씩 오르는 게 그들 그녀들의 일반적인 인생 형태입니다.

살아 있다는 상태 자체가 확대, 발전, 성장의 개념과 이어져 있습니다.

개체와 공동체의 구조가 맞아떨어져 있죠. 그래서 그들의 행복 수준은 공동체의 관계에 의존합니다. 확대, 발전, 성장이라는 키워드가 그들과 공동체를 강력하게 묶습니다.

쇼세이는 발생한 순간부터 내내 0을 향해 달린 느낌입니다.

언젠가 자신이라는 개체와 세계의 구조가 일치할 곳에 도달하기를 바라며 내내 혼자 걸었습니다. 주어진 이 개체 그대로 살아남는 상태가 종의 보존에 반하거나 생물학의 근간을 흔든다고 얘기되지 않는 장소를, 줄곧 찾아 헤맸습니다.

사실 인간 이외의 종에 있을 때는 다들 이랬습니다. 모두 무사히 살아남을 장소를 찾아 이동, 사냥, 이동, 사냥, 운이 좋으면 휴식과 비축, 그 반복이었습니다. 그러므로 제 개인적으로는 쇼세이의 정신에서 친근함을 느낍니다. 이제까지 제가 있었던 종은 생존을 유지하기만 해도 만만세였으니까요. 생존만 한다고 개체의 행복은커녕 주위의 엄격한 시선까지 받아야 하는 종이 있다니, 저는 인간 말고는 모르겠습니다.

그래서.

어쨌든 확대, 발전, 성장으로 움직이는 사회에서 생존하려고 익힌 기술이 【손을 얹고 있으나 힘을 주지 않는다】라는 겁니다. 이를 수행할 때 중요한 점은 판단, 결단, 선택, 선도를 맡는 지위에 오르지 않는 겁니다. 그 지위는 구축의 영역이므로 확대, 발전, 성장 원리에 호응하는 심신을 갖춘 개체가 아니면 맡을 수 없습니다.

그렇게 벌써 사회인 십 년, 프로가 된 쇼세이의 현재.

마침내 이전과 같은 방법으로 흘려보내는 데 한계가 찾아왔습니다.

"아, 여러분."

네. 지금 막 회의가 시작되고 있습니다.

"회의에 참석해 주셔서 정말 감사합니다."

레이아웃 변경 회의입니다. 쇼세이가 아침에 우설을 냉동고에서 냉장고로 옮겨 놓았을 정도로 마음이 무거운 회의입니다.

"아직 도착하지 못한 부서도 있는 듯한데."

쇼세이의 오른편 옆에 앉은 총무부장 기시는 도넛 모양으로 놓인 테이블을 둘러보며 확인하고 시선을 손목시계로 떨어뜨립니다. 기시 옆에 놓인 컴퓨터에는 원격 회의로 참가 중인 개체들의 얼굴이 나와 있습니다.

여기서, 몇 초의 침묵.

"네. 정각이 되었으므로 회의를 시작하겠습니다."

방금 침묵의 의미, 아시나요?

정각이 되기를 초 단위로 기다린 겁니다!

기시의 이런 면, 정말 대단합니다. 절대로 실수하지 않는다, 반드시 법률이나 규칙을 지킨다. 누구에게도 뒤지지 않고 회사를 착실히 성장시키는 일이야말로 이 개체의 행복입니다. 오늘 회의가 기본적으로는 대면인 것도, 종이 자료가 따로 준비된 것도, 기시의 조언 때문입니다. 이제까지 회사의 성장을 위해 종이 없는 사무 환경과 재택근무 시스템을 정비해 왔음에도 변화에 적응하지 못하는 개체가 있음을 파악한 모양입니다. 온라인으로도 오프라

인으로도, 종이로도 데이터로도 대응할 수 있도록! 기시의 입버릇입니다.

쇼세이, 물론 말대답 따위 하지 않습니다. 둘 다 대응하려면 작업량이 두 배가 되므로 주객전도라고 생각하나 시키는 일을 잠자코 하는 방식으로 손을 얹을 뿐입니다.

"자료, 다 갖고 계시죠?"

일제히 쇼세이가 준비한 자료를 봅니다. 그 모습을 확인하고 기시가 말을 잇습니다.

"그럼, 이제부터는 이 프로젝트의 리더를 맡은 다쓰야 씨가 진행하겠습니다. 잘 부탁드립니다."

기시는 업무 규모가 크든 작든 다 프로젝트라고 부릅니다. 전에는 수많은 업무의 담당자를 정리해 공유하겠다며 프로젝트 정리 프로젝트를 발족시키기도 했습니다.

"레이아웃 변경에서 정리 역할을 맡은 다쓰야입니다. 잘 부탁드립니다."

앗! 쇼세이, 프로젝트라는 표현을 교묘하게 피했습니다. 리더라고도 하기 싫어서 정리 역할이라고 했네요. 정리 역할이라니요, 여기가 학교 동아리냐?

"우선 미리 여러분에게 들은 각 부서의 요망을 정리했습니다."

드디어, 각 부서의 대표자가 모인 중요한 회의가 본격적으로 시작되었습니다. 이 자리의 대화를 이끌 사람은 물론, 초 미라클 슈퍼 리더인 쇼세이입니다.

이제까지 피해 온 구축의 자리에 연차에 밀려 올라온 겁니다.

회사라는 조직은 공동체 안에 그저 존재하기만 하는 개체를 흔쾌하게 보지 않습니다. 특히 일본 기업은 개체의 실력보다 공동체에 속한 기간을 중시하는 경향이 있어서 연차에 따라 다양한 역할을 주는 그냥 그런 분위기가 있습니다. 그러므로 주는 일을 문제없이 처리하기만 해서는 성장이 보이지 않는다며 버립니다. 안정성 중시와 연공서열의 일본 기업에 취직한 쇼세이, 언젠가는 연차와 함께 서열도 올라가야 합니다.

그건 그렇고, 인간, 특히 노동하는 개체는 정말 성장이라는 단어를 좋아합니다. 최소한의 업무만 하고 싶은 쇼세이에게는 정말 성가신 경향입니다.

"다쓰야 씨."

기시가 팔꿈치로 쇼세이를 찌릅니다.

"본론에 들어가기 전에 말해 둬야 할 게 있을 텐데."

쇼세이, 새까맣게 잊고 있었습니다. 며칠 전, 어떤 절차를 수행하라는 기시의 지시를 받았습니다.

"여러분." 쇼세이, 다시 이야기를 시작합니다. "우선, 재택근무 시스템 이행에 협력해 주셔서 진심으로 감사드립니다."

쇼세이의 인사에 각 부서 대표자가 살짝 고개를 숙입니다. 매사 각 부서에 감사 의사를 표명하는 게 총무부의 언동에서 매우 중요합니다.

"지금도 각 부서가 재택과 출근 비율을 놓고 새로운 근무 스타일을 모색하고 있으실 겁니다. 지금이야말로 정말 필요한 부분과 실은 필요 없는 부분이 드러날 타이밍이라고 생각합니다."

회의실에 있는 몇몇 개체가 고개를 끄덕입니다.

"그 점은 회사 전체에도 해당하는 일입니다. 근무 스타일이 크게 달라지는 이 시점에서 전부터 문제 제기가 많았던 집무 공간의 편향이나 제대로 쓰지 못하는 집기 배분 등 종합적인 레이아웃을 다시 점검하게 되었습니다."

쇼세이, 그렇게 말하고 있는 자기 행동이 판단, 결단, 선택, 선도를 담당하는 구축 쪽에 있는 사람처럼 제대로 보이는지 내심 걱정하고 있습니다.

"근무 스타일은 앞으로 계속 변화할 겁니다. 그 물결에 잘 대응해 회사가 성장할 환경을 만드는 게 앞으로의 목표입니다. 따라서 여러분의 협력이 무엇보다 중요합니다."

보라고, 나왔잖아. 성장!

들었어요? 회사가 성장할 환경을 만든답니다. 쇼세이의 목소리로 들으니 세상 실속 없이 들리네요.

처음에는 인간들이 왜 이토록 입을 모아 성장, 성장을 외치는지 의아했는데 요즘 들어서는 정말 좋아서 하는 말이 아닐 수도 있겠다는 생각이 들었습니다.

오히려 그럴 수밖에 없는 게 아닐까요?

특히 영리 조직인 기업은 어떤 분야라도 이익이【지금보다 좋아진다】를 목표로 하므로 성장 외에는 목표로 세울 게 없겠더라고요. 최근에는 소우의 말처럼 경제적 가치보다 사회적 가치를 중시하는 풍조도 강해지고 있는 듯한데 그것도 결국은 기업으로서 그런 자세를 표명해야 더 많은 투자를 받을 수 있다는【지금보다 좋아진다】를 위한 훌륭한 마케팅 방법의 하나일 뿐입니다. 잘 생각해 보면 지금 세상에 넘쳐 나는 온갖 물질을 만들어 내는 것은 모든 의미에서 【지금보다 좋아지고 싶어】, 【지금보다 더】라는 인간의 바람 때문입니다. 그 바람에서 생긴 물질들이 모인 게 점포이고 점포의 집합체가 거리이고 거리의 집합체가 사회입니다. 즉 【지금보다 좋아지고 싶어】, 【지금보다 더】라는 성장 바람이 모든 것의 토대입니다.

사실 여러분도 다 알고 있죠? 기업과 국가와 개인 모두 【지금보다 더】를 영원히 달성할 수 없습니다.

그렇다고 【지금보다 더】를 중단할 수도 없습니다.

무엇보다 매일 척척 발표되는 신제품을 보세요. 그 기능이 정말 필요한지 의문이 드는 제품만 있지 않나요? 공급이 수요를 압도하고 있다는 걸 다 알면서도 이제 신제품 개발은 그만둡시다, 기업 활동을 중단하자는 말은 절대 안 합니다. 【지금보다 더】를 계속 수행하려면 수요가 있든 없든 무엇보다 일단 다음, 을 만들어 내야 합니다. 그렇게 하지 않으면 【지금보다 좋아진다】가 멈추고 맙니다.

새삼 제가 지금 이런 말을 한다고 해서 변할 것도 없습니다. 소우의 말을 듣던 쇼세이처럼 어이없을 뿐이죠. 인간은 다 알고 있으니까요.

그러나 인간이 이 지구에 나중에 덧붙인 사회구조에는 【지금보다 좋아진다】 이외의 목표는 세울 수 없으므로 멈출 수 없습니다.

영원한 성장이란 존재하지 않는다는 사실을 모두 알면서도 온 힘을 다해 지금보다 나은 성장을 목표하겠다는 자세는 버릴 수 없습니다.

더 가까운 미래에 어찌 될 게 명백한데도 멈출 수 없습니다.

서로 감시하고 있으니까요.

공동체 구성원들이 확대, 발전, 성장을 목표로 하는 영원한 레이스에서 벗어나려는 사람이 없는지, 서로 감시하고 있으니까요.

"영업부로서는."

아, 쇼세이의 맞은편 자리에 있는 수컷 개체가 입을 열었습니다.

"자료에도 있는데 앞으로 신제품 발매 시기가 이어지므로 오히려 전용 회의 공간이 확충되었으면 합니다."

각 부서 대표자가 쇼세이가 미리 정리한 자료에 더해 더 하고 싶은 말을 공유하려는 모양입니다.

"물론 재택근무는 계속 활용할 겁니다. 그만큼 출근하면 대면 업무를 한꺼번에 처리해야 합니다. 그런데 회의실이 부족할 때가 많아 신제품 업무에도 영향이 생기니까 고려해 주셨으면 합니다."

말투는 정중하나 왠지 질책하는 듯한 느낌입니다. 우리 요구는 중시해야지? 우리 업무는 회사 전체의 실적과 직결되잖아. 그런 생각이 또렷하게 전해집니다. 무서워라~.

참고로.

지금 얘기되고 있는 신제품의 특징은 밥을 지으면서 멜라노이딘의 생성을 촉진할 수 있다는 겁니다. 이전 제품에는 없었던 새로운 기능이죠.

멜라노이딘은 보온한 밥이 누렇게 변하는 현상의 원인이라 지금까지는 이미지가 안 좋았는데 식품에서 마이야르 반응으로 생기는 멜라노이딘에는 항노화 효과가 있어서 성인병을 예방한다는 사실이 최근에 알려졌습니다.

바로 그 멜라노이딘 생성을 촉진하는 기능을 새로 탑재한 신제품이 있어서 바쁘다고! 지금 그런 말을 한 겁니다.

"의견 주셔서 감사합니다. 참고하겠습니다."

쇼세이가 대답합니다. 회의실에 있는 각 개체는 이어서 자료를 보거나 쇼세이를 보고 있습니다.

아마도 말입니다, 이 중에 식품의 마이야르 반응으로 생기는 멜라노이딘이 부족하다고 느끼는 개체는 어차피 없을 겁니다.

아마도, 이 회의실 밖 세계 전체에도 해당하는 이야기입니다. 그렇다면 그 기능 필요해? 그 신제품이라는 거, 정말 이 세상에 필요해? 그런 의문이 생길 텐데 그 점은 밥솥만이 아니라 모든 신제품 개발에 참여하고 있는 개체 모두 이미 수백 번은 생각했을 의문입니다. 인간은 똑똑한 종이니까요.

즉 그 점은 이제 어찌 되든 상관없다는 말입니다.

다음 공급이 항상 필요하다. 그것만이 확정되어 있습니다. 인간이 만든 사회구조에 필수적인 【성장】을 계속하기 위해.

달성과 완료가 보이지 않는다. 인간 사회는 정말 문제가 많다고 수없이 생각하는데 이것도 그중 하나입니다.

인간 이외의 종도 아, 네! 이제 종료♪ 같은 상황에는 좀처럼 있을 수 없죠. 그러나 현상 유지는 쇠퇴야! 지난해보다 좋은 성적을 올리자! 이처럼 조금이라도 좋아지는 게 최소한의 조건이라는 강박관념은 없습니다. 곧바로 멸종한 종에 붙어 있었을 때도 있었습니다. 그러나 자기 종의 개체 수 추이를 알 기회가 없으므로 평소처럼 생활할 수밖에 없었죠.

그러나 인간은 일단 뛰기 시작하면 멈추지를 못합니다. 게다가 달리는 동안 계속 속도를 올려야 합니다. 제게 인간의 삶은 그렇게 보입니다. 특히 이번 생은 말입니다.

멜라노이딘이 뭔지는 잘 모르겠으나 정말 몸에 좋은지 확신이 없더라도 멈추기보다는 【다음】이 있는 편이 낫다는 느낌이죠.

게다가 이 문제는 다 알아차리고 있습니다. 이게 핵심입니다. 그러나 진심으로 이 문제를 바로잡으려면 전 세계의 인간이 일제히 확대, 발전, 성장에서 손을 뗄 필요가 있습니다. 그건 현실적으로 불가능하다는 사실도 모두 알고 있습니다.

그 결과 무리한 레이스에서 한 사람이라도 빠져나가지 못하도록 서로를 강력하게 감시합니다.

이대로 계속 달리면 안 된다는 사실을 모두 다 알아차렸기에 더욱더 한 사람이라도 이 레이스를 그만두지 못하게 하는 분위기가 강해집니다.

"총무부로서는 각 부서 여러분이 주신 의견을 참고해 회사 성장으로 이어질 환경을 만들고자 합니다. 기탄없이 의견을 주셨으면 좋겠습니다."

쇼세이가 마음에도 없는 말을 진심 어린 표정으로 술술 내뱉는 이유는 지금 회의실에 있는 스무 개 이상의 눈동자가 쇼세이를 감시하는 카메라 역할을 하고 있기 때문입니다.

쇼세이, 사실은 어찌 되든 상관없습니다. 설사 똥 덩어리 같은 형태의 사무실로 바뀌더라도 그 결과 작업 효율이 오르든 내리든, 본인의 경제적 자립만 유지된다면 상관없습니다.

그러나 내 알 바 아니라는 마음이 쇼세이의 피부를 뚫고 나오지 않는 이유는 회사를 【지금보다 더】좋아지게 만들고 싶다는 마음, 요컨대 공동체에 공헌하고 싶은 마음, 아들러가 말한 공동체 감각을 가진 자가 이 방에 잔뜩 있기 때문입니다. 이 구조에서 너만 내리게 할 수 없다는 시선이 스무 개 이상의 렌즈가 되어 레이저를 쏘고 있죠.

바꿔 말하면 감시가 사라지면 쇼세이, 어찌 되든 상관없다는 마음에 아주 쉽게 집어삼켜집니다.

한 가지, 아주 좋은 에피소드가 있습니다.

그것은 몇 년 전, 사무 집기 교체에 상층부가 드디어 무거운 엉덩이를 들었을 때입니다.

쇼세이의 회사는 상당히 낡은 집기를 사용해 왔습니다. 그중에는 생산이 중단된 것도 있어서 고장 나도 새 제품을 준비하기 어려운 상황이었는데 드디어 데스크 의자의 오르내리는 기능에 문제가 대거 발생했고 의자 재고도 바닥을 드러냈습니다. 그리하여 마침내 데스크 의자만이라도 한꺼번에 교체하자는 이야기가 나왔습니다.

곧바로 거래처가 몇몇 제품을 보여 주겠다고 제안했습니다.

상대가 샘플을 가지고 온다고 해서 쇼세이는 데스크 의자를 반입할 회의실을 예약하고 기시와 기다렸습니다. 쇼세이의 회사는 거래처로서는 절대 놓쳐서는 안 되는 클라이언트였죠.

이윽고 수컷 개체 둘이 찾아왔습니다. 한 개체는 기시와 쇼세이가 여러 차례 대화하고 오래 교류한 영업부원입니다. 이름은 까먹었습니다. 베테랑, 이라고 하죠.

베테랑은 명백한 베테랑이라 늘 단독으로 왔는데 이번에는 후배 개체를 데리고 왔습니다. "얼마 전에 막 이동한."이라고 베테랑이 소개했는데 당연히 이름은 까먹었으므로 눈썹, 이라고 하겠습니다. 정말 눈썹이 짙었거든요.

참고로 지금 (신체적 특징을 별명으로 삼는 건 좋지 않아) 이런 생각을 한 개체가 있다면 당신은 훌륭한 공동체 감각의 소유자입니다. 축하합니다! 어떤 문맥에서든 외모는 언급하지 말자, 차세대 아이들이 편하게 사는 미래로! 이런 생각을 했으니까요. 사회라는 공동체에 공헌하고자 하는 마음이 뜨겁게 전해집니다. 인간이라는 종에 대한 애정도 느껴집니다!

저는 인간에게 어떤 애정도 없으니까 그냥 쓰겠습니다.

"잘 부탁드립니다!"

발랄한 목소리로 인사한 눈썹은 필시 이십 대 후반으로 보였습니다. 베테랑은 기시에게 "아이고, 영업부 인원이 이제야 늘었습니다. 그래서 이 녀석이 얼른 경험을 쌓게 해 언젠가는 혼자 귀사를 담당하게 하려고."라는 말을 했습니다. 옆에 있는 눈썹도 그럴 생각입니다! 하는 표정으로 입가를 올리고 있었습니다.

당분간은 둘이서 담당하게 되었습니다, 앞으로도 잘 부탁드립니다, 라고 말하는 베테랑 옆에서 눈썹은 또 "잘 부탁드립니다!"

하고 성실하게 고개를 숙였습니다.

학창 시절에 엄격한 동아리에서 활동했나? 눈썹의 민첩함을 보면 모든 동작이 스포츠처럼 보인다고 할까, 마치 '영업 동행'이라는 종목을 경기하고 있는 느낌이었습니다. 베테랑은 눈썹에게 일을 계속 맡길 생각인 듯 데스크 의자 후보를 가져오게 했을 뿐 아니라 설명도 주로 눈썹에게 시켰습니다.

눈썹은 모델의 차이와 특징을 알기 쉽게 설명했습니다. 평소의 쇼세이는 다른 개체의 그런 모습을 보면 그 배경에 있는 【우리 회사 제품을 조금이라도 더 팔아 회사에 공헌하고 싶어】라는 강력한 공동체 감각을 눈부셔했을 텐데 왠지 눈썹에게는 그런 반짝임이 없었습니다.

오히려 당시의 쇼세이는 눈썹에게 일종의 공감을 느꼈습니다. 명백히 대조적인 개체인데 왠지 그랬습니다.

이따금 이런 일이 있습니다.

불가사의한 공감의 원인은 눈썹이 보이는 언동의 뿌리에 회사라는 공동체에 공헌하겠다는 마음, 즉 공동체 감각이 없었기 때문입니다. 그저 지금 이 자리의 규칙에 순종하고 있는 듯 느껴졌습니다.

눈썹은 확실히 적극적이었습니다. 그 언동에서는 자사 제품의 장점을 전하겠다는, 새로운 데스크 의자로 채용되기를 바라는 강한 의지가 전해졌으나 그 뿌리는 어디까지나 상사인 베테랑이 그렇게 바라고 있기 때문이지 눈썹이 바라는 바가 아님을 알 수 있었습니다.

알 수 있었다고 했으나 이건 어디까지나 쇼세이의 직감입니다. 그러나 이럴 때 쇼세이의 직감은 상당히 예리하답니다.

어쨌든 쇼세이, 눈썹이 진정한 공동체 감각에 따라 행동하는 게 아니라 감시자에게 들키지 않으려고 행동한다고 느꼈습니다. 상사(베테랑)라는 공동체 감각의 감시 카메라에 의해 달리고 있다고 직감한 겁니다.

쇼세이와 같았습니다. 같아서 느낌이 확 온 겁니다.

쇼세이는 내내 (힘내~) 생각했습니다.

하코네 역전 마라톤* 때 길거리 응원하는 사람의 마음과 비슷했죠. 계속 (힘내~, 그렇게 이 구간을 달려~) 눈썹을 응원했습니다.

"여기 의자를 오르내리게 하는 부분 말인데요, 우리가 직접 수리할 수 있나요? 앞으로의 일을 생각하면······."

"이 팔걸이 떼었다 붙였다 할 수 있나요? 앉아서 책상다리하고 싶어 하는 사람도 있어서······."

"며칠 빌려서 실제로 사원이 직접 쓰게 할 수 있나요? 오랫동안 앉아 보지 않으면 아무래도 몰라서요······."

반면 기시는 질문도 하고 제안도 하며 눈부시게 활약했습니다. 그의 언동은 자신을 포함한 사원들이 데스크 의자를 실제 사용하는 미래를 진지하게 상상해야 할 수 있는 일이라 쇼세이에게서는 절대 나올 수 없는 일이었습니다.

● 1월 2일, 3일 이틀간 열리는 간토 지방의 대학생 마라톤 대회로 일본에서 가장 인기 있는 새해 스포츠 경기다.

그때였습니다.

회의실의 내선 전화가 울렸습니다.

쇼세이가 받는데 기시에게 온 전화였습니다. "잠깐 실례하겠습니다." 기시가 인사하고 회의실을 나갔습니다.

그리고 그때.

베테랑의 휴대전화가 울렸습니다.

베테랑의 휴대전화에 걸려 온 전화이므로 그와 관련된 안건이었죠. "잠시 실례하겠습니다." 베테랑도 인사하고 회의실을 나갔습니다.

회의실에는 쇼세이와 눈썹만 남았습니다.

이거, 어쩌지?

저는 이때, 지이이이인짜 가슴이 두근거렸습니다.

그야 당연하죠. 두 개체 모두 공동체의 감시 카메라가 있었기에 열심히 설명하거나 응응 맞장구를 쳤을 뿐이니까요. 감시 카메라가 없으면 데스크 의자야 어찌 되든 상관없는 일입니다. 피차 행동 원리가 사라지잖아요.

자, 어떻게 되었을 것 같나요?

일단, 말도 안 되는 긴장감이 그 자리를 채웠습니다. 피차 몸 안에 봉인하고 있던 【어찌 되든 상관없는 기분】이 순간 확 팽창해 회의실을 가득 채웠습니다.

다음 순간. 두 개체의 시선이 흠칫 교차했습니다.

(그냥 할까요?)

그때, 쇼세이에게는 틀림없이, 그런 목소리가 들린 느낌이었습니다.

(지금 아무도 안 보기는 하지만, 일단 사회인 놀이 계속할까요? 이런 상황에 내내 입을 다물고 있는 것도 좀 이상하니까. 웃음.)

현실 세계에서는 세 개의 의자를 끼고 두 개체가 서 있을 뿐입니다.

그러나 그때 쇼세이는 확실히 눈썹의 목소리를 들은 느낌이었고 그와 대화하는 감각이었습니다.

(안 해도 괜찮지 않겠어요? 우리한테는 결정권이 전혀 없는데.)

쇼세이, 그렇게 대답했습니다.

(둘 중 하나가 돌아올 때까지 일단 '사회인' 쉬어도 되겠죠?)

(그러죠. 그럼.)

(일단 쉬는 걸로.)

두 개체는 마주친 시선을 피한 뒤 입을 반쯤 벌리고 두 팔을 툭 떨어뜨리고 등을 구부리고 고개를 내민 채 그 자리에 우두커니 서 있었습니다.

저, 감동하고 말았습니다.

분명 집기 교체에 관해 판단, 결단을 내리는 사람은 기시와 베테랑이므로 그 두 개체가 없는 공간에서 대화해 봤자 소용없는 일이죠.

그렇다고 해서 두 성체가 이렇게 깨끗하게 '사회인'을 관두는 장면이 있다니!

"……"

"……"

결국 쇼세이와 눈썹은 한참 그 자리에 그냥 있었습니다. 이런 일은 Maryam까지 포함해 육십 년 가까이 인간의 몸에 있으면서 처음 겪는 일이었습니다. 확대, 발전, 성장의 레이스에서 벗어난 인간이 어떤 형태가 되는지 큰 공부가 되었습니다. 지금도 잊을 수 없는, 인간 시절의 명장면입니다.

몇 분간 계속된 침묵은 "아이고, 실례했습니다."라며 베테랑이 휴대전화를 들고 돌아오며 깨졌습니다.

한참 좋았는데 저 멍청이가, 라며 화가 났으나 눈썹은 이제까지 설명하고 있었다는 듯 "즉 내구성에도 문제가 없을 겁니다."라고 바로 말하기 시작했습니다. 내내 입을 다물고 있어서 목소리가 살짝 가라앉아 있었지만 말입니다. 쇼세이도 "그렇군요."라며 '사회인' 특유의 어정쩡한 표현을 시작으로 자연스럽게 원래 모습으로 돌아왔습니다.

데스크 의자를 포함한 집기 교체는 결국 코로나의 역습으로 흐지부지되었습니다.

이후 쇼세이, 눈썹과는 한 번도 만나지 못했습니다.

"메일로도 알렸듯 레이아웃 변경과 함께 이 기회에 사용하지 않거나 부족한 집기 등을 모아 각 부서에 다시 잘 분배하면……."

지금의 쇼세이는 회의를 판단, 결단, 선택, 선도하는 자리에서 등을 꼿꼿하게 펴고 또박또박 말하고 있습니다. 마치 베테랑이 있을 때의 눈썹처럼, '회의 진행'이라는 이름의 경기에 최선을 다하고 있습니다. 그때 입을 반쯤 벌리고 두 팔을 툭 떨어뜨리고 등을 구부리고 고개를 내민 채 우두커니 서 있던 개체라고는 도저히 생각할 수 없네요.

공동체 감각의 감시 카메라 앞에서 그런 형태는 허용되지 않으니까요.

"오늘 말씀하신 의견을 모아 필요한 부분은 개별적으로 협의를 진행할 생각입니다. 또 곧 최신 도면 작성을 위한 업자가······."

회사에 기여한다는 자세를 드러내고 회의실을 가득 채운 감시 카메라를 보며, 쇼세이가 진짜 무슨 생각을 했는지 아시나요?

그렇습니다, 우설입니다.

아침에 냉장고로 옮긴 자신을 위한 시한폭탄형 선물입니다.

이 일을 끝내고 집에 돌아가면 맛있는 우설이 기다리고 있다. 쇼세이, 오직 그 생각만을 마음에 품고 감시 카메라 앞에서 계속 달리고 있습니다.

저는 자주 생각합니다.

쇼세이 이외의 인간도 사실은 어떤 놀이를 계속하고 있는 게 아닐까.

사회인 놀이. 가족 놀이. 인간 놀이. 상사나 아이, 세상 등 형태를 바꿔 다양하게 나타나는 공동체 감각의 감시 카메라 앞에서 그때마다 들키지 않으려고 모두 열심히 달리고 있는 게 아닐까.

물론 그런 놀이를 하게 만드는 근본 같은 존재인 제가 할 말은 아니지만요.

그러나 생각하고 맙니다. 그때의 쇼세이와 눈썹처럼 모든 개체가 일제히 놀이를 중단하면 어떨까.

여기서 그만 끝내도 돼, 달성이어도 돼, 더는 【다음】을 억지로 찾지 않아도 된다고 하면 이 세계의 모든 개체, 그때의 쇼세이와 눈썹처럼 입을 반쯤 벌리고 두 팔을 툭 떨어뜨리고 등을 구부리고 고개를 앞으로 내밀지 않을까.

사실은 다, 그만 내리고 싶은 게 아닐까.

인구도 경제도 다【지금보다 더】를 끊임없이 계속하지 않으면 설 자리가 없는 이 세계의 구조로부터.

누구나 앞으로 영원히 계속될 수 없다는 사실을 아는, 공동체의 존속 조건으로부터.

쇼세이, 슬쩍 시계를 봤습니다.

종료 예정 시각까지 얼마 안 남았습니다. 이야기의 내용이 정리되지 않더라도 회의실 예약 시간이 끝나면 일단 이 상황을 접을 수 있습니다.

쇼세이, 이미 알고 있습니다. 회사 회의에서 요구되는 일은 의제의 근본적인 해결이 아니라 미리 정해진 회의 종료 시각까지 올바른 형태로 계속 달리는 것임을.

여기에 있는 감시 카메라들에게 자기의 공동체 감각을 주장할 수 있는지가 중요함을.

자, 응원해 볼까요?

힘내, 힘내, 힘내! 쇼세이! 힘내, 힘내, 힘내! 쇼세이! 야~~~! 이 순간에도 우설이 조금씩 해동되고 있다고~!

5

쇼세이, 퇴근길 전차에 흔들리고 있습니다.

탔을 때는 자리가 없었는데 기숙사에서 가장 가까운 역까지 두 정거장 남은 지금은 여기저기 빈자리가 있습니다. 그래도 쇼세이, 그냥 서 있네요.

빈자리가 생겼는지 모를 정도로 열중해 그 책을 읽고 있네요.

드디어 마지막에 도달한 듯 집중력을 최대로 올리는 쇼세이, 반대로 오감은 둔해집니다. 여전히 생물학 전문서의 마지막 장을 읽고 있습니다, 동물의 동성애 행위의 진화적 의의를 논하는 부분입니다.

어라.

커브인가요? 차가 크게 흔들립니다.

쇼세이, 비틀거리다가 옆 개체의 구두를 힘껏 밟았으나 조그맣

게 죄송하다고 중얼거렸을 뿐 시선은 여전히 책에 집중하고 있습니다. 너무하네.

이 책의 마지막 장에서는 적어도 천오백 종류의 생물에서 확인된 동성애 행위가 도태하지 않고 그대로 남아 있는 이유가 다양한 시점에서 검증되고 있습니다. '종의 보존에 반한다', '생물학의 근간을 흔든다'라는 정치가의 말을 생물학 전문가는 어떻게 표현했을지, 쇼세이는 계속 배우고 있습니다.

저로서는 이 학습, 그다지 권하고 싶지 않습니다만.

읽어, 읽어.

…….

응.

…….

보라고. 역시 그렇게 해석하지?

쭉쭉 올라갔던 쇼세이의 체온과 집중력이 완전히 평소, 아니 평소보다 더 떨어집니다. 내내 긴장했던 어깨가 툭 떨어지고 겨드랑이 땀구멍도 평소 상태로 돌아왔습니다. 그래서였겠죠. 다른 커브가 나타나 전차를 크게 흔들었을 때 이번에는 구두 정도가 아니라 옆 개체에 거의 매달리다시피 몸의 균형을 잃고 말았습니다.

"죄송합니다."

두 번째 접촉이라는 점도 있어서 드디어 상대의 얼굴을 보고 사죄했습니다.

"아까, 발, 아팠거든?"

쇼세이는 그제야 옆 사람이 이쓰키였다는 사실을 깨달았습니다.

"어!"

쇼세이는 놀라면서 동시에 책 표지를 숨깁니다. 이미 늦었어.

"진짜 집중하고 있더라."

이쓰키가 "아침에도 그러더니."라며 살짝 웃습니다.

"미안. 아까 발."

쇼세이, 절로 이쓰키의 발을 확인합니다. 이 로퍼를 짓밟았다고 생각하니 새삼 미안함이 커졌습니다.

"맞아. 아까 의외로 아팠다니까."

(아, 이건 화내는 게 아니네.)

바로 그렇게 판단한 쇼세이, 사죄 모드를 종료하고 바로 다른 화제로 옮겨 갑니다.

"웬일이야? 이렇게 일찍 퇴근하고?"

정말입니다. 이쓰키는 신규 사업부라는 아주 바쁜 부서에서 일해서 거의 매일 정시에 자리를 뜨는 쇼세이와 퇴근이 겹치는 일이 거의 없습니다.

"그냥 집중이 잘 안돼서. 과감하게 퇴근했지."

응?

이쓰키, 표정이 좀 어둡지 않나?

"총무부 사람들 덕분에 집에서도 그럭저럭 작업할 수 있고." 이쓰키의 음색이 확 변합니다. 쇼세이, 불길한 예감을 느낍니다. "저녁, 아직 안 먹었지?"

불길한 예감이, 단숨에 커집니다.

"응."

쇼세이, 각오합니다.

"오랜만에 밥이라도 같이 먹을래? 실은 가고 싶었던 음식점이 있어."

가고 싶지 않은데.

그야 당연히, 오늘은 줄곧 우설을 고대하며 살았으니까. 어떤 음식점보다 맛있다고 해서 택배로 받은 특 등급 우설을 위해 점심에는 별로 좋아하지도 않은 생선을 먹었으니까!

"좋지. 오랜만에."

"역 바로 근처에 얼마 전 오픈한 가게가 있어. 알아?"

어떤 가게? 적당히 대충 이야기를 이어 가며 쇼세이, (우설에 대한 마음이 오늘보다 더 완벽한 날이 있을까) 생각합니다. 그야, 큰맘 먹고 사들인, 고급 우설이라니까요. 한 팩 150그램에 3천 엔 정도였다고요. 택배비를 안 내려고 네 팩이나 샀다니까요! 우설에 대한 마음이 완벽하지 않은 날 먹는 건 절대 용납할 수 없습니다.

냉장 보존할 수 있는 기간 안에 우설과의 거리감을 다시 조정해야겠네. 전차가 다시 크게 흔들렸으나 새로운 결의를 다진 순간이라 그런지 쇼세이, 꿈쩍도 하지 않았습니다.

쇼세이, 얼굴이 창백합니다.

"와! 맛있겠다!"

건너편에 앉은 이쓰키가 붉게 물든 뺨 앞에 두 손을 모으고 있습니다. 이쓰키가 가고 싶다던 가게는 역에서 잠깐 걸으면 나오는 상업 시설에 오픈한 우설 전문점이었습니다.

하필 이럴 때 말입니다.

자신이 미리 준비한 깃보다 못한 그저 그런 우설을 먹는 일은 쇼세이가 오늘 한 일 중에 가장 피하고 싶은 것이었습니다. 그러나 이쓰키는 가게에 도착하자마자 "짜잔! 다쓰야, 너 우설 좋아했지? 여기 오픈한 거 알았어?"라며 잔뜩 신이 나 떠들었습니다. 쇼세이, (지금 이 사람이 내뱉은 짜잔 소리, 자기 입으로 낸 거 맞지?) 생각하면서 "어? 내가 우설 좋아하는 거 어떻게 알았어?"라며 맞장구를 칠 수밖에 없었습니다.

"역시 전문점이라 두껍네."

"그러네."

그렇지 않습니다. 한 팩 150그램에 3천 엔 쪽이 단연코 더 두껍습니다.

"결국은 그런 시간이었어."

보리밥에 간 마를 뿌리면서 이쓰키가 입을 엽니다.

"우리랑 영업부가 실랑이를 벌이고 심지어 회의실도 늘려 달라고 떼를 쓰는 느낌이던데."

쇼세이, 몇 초쯤 생각하고 (레이아웃 변경 이야기인가!) 알아차렸습니다.

"그래. 그랬지."

쇼세이, 공동체 감각의 감시 카메라가 없으면 해당 공동체를 자발적으로 생각하는 일이 없습니다. 이쓰키는 회사 동기라는 의미에서 【회사】라는 공동체의 감시 카메라에 해당합니다. 그러나 지금은 퇴근했으므로 쇼세이의 입장에서는 꺼진 카메라입니다.

"두 부서 다 물러날 생각이 없는 분위기지? 괜히 미안하네."

쇼세이, (딱히 이쓰키가 사과할 일은 아닌데) 생각이 들어 "이쓰키가 사과할 일은 아니야."라고 말했는데 거의 동시에 이쓰키가 입을 열어 "사실 내가 사과할 일은 아닌가?"라고 웃어서 (조금은 사과하면 좋을 텐데) 다른 생각이 들었습니다.

오늘 회의에서 레이아웃 변경과 관련해 대립한 의견은 뚜렷했습니다.

이쓰키가 속한 신규 사업부는 발족 당시 핵심 상품 이외의 상품에 도전하자는 실험적인 부서였습니다. 영업부가 다루는 회사가 총동원해 판매하는 대형 핵심 상품만 챙기면 소소한 수요를 놓칠 우려가 있으므로 작고 빠르게 운영되는 조직을 사내에 하나 만들자는 것이었습니다. 따라서 신규 사업부에는 부서 안에 기획, 개발, 영업, 홍보, 마케팅 담당자가 다 있어서 회사 안의 작은 회사 같은 모양새입니다.

그런데 최근 몇 년 사이 균형이 바뀌었습니다.

코로나로 해외 공장 가동이나 물류에 영향이 생기자, 기존 방법과 규모대로 핵심 상품을 세상에 내놓는 게 어려워졌습니다. 그때 활약한 부서가 이제까지 독자적인 방법으로 기획부터 판매를 다 담당해 온 신규 사업부였습니다. 역사가 짧다는 것은 곧 얽힌 이해관계가 없다는 뜻이라 관계를 끊기 힘든 스테이크홀더*가 아직

● Stakeholder. 이해관계가 있는 개인이나 그룹. 기업은 주주나 사채권자, 소비자, 하청업체 등이 있다.

적은 신규 사업부는 날마다 변화하는 상황에 발 빠르게 대응할 수 있었습니다. 영업부의 핵심 라인업이 궁지에 몰린 상황에서 신규 사업부의 이익과 주목도가 올랐고 그에 따라 인원도 근무 공간도 부족해졌습니다.

그러자 영업부를 비롯한 핵심 라인업을 이끌어 온 인물들이 곤란해졌죠. 영업부와 마케팅부 등이 총력을 다해 내놓은 신제품보다 신규 사업부가 개발한 제품이 화제가 되는 경우가 한두 번이 아니었고 그때마다 영업부는 속을 태웠던 모양입니다.

게다가 영업부의 임원은 밑바닥부터 차근차근 올라온 업계에서 유명한 개체, 신규 사업부의 톱은 다른 업계에서 전직한 개체라는 구도 역시 사태를 더 복잡하게 만들었습니다. 이런 점이 정말 인간답습니다. 어느 부서의 제품이든 이익을 내면 회사로서는 만만세잖아요? 전 그렇게 생각하는데 인간은 논리보다 감정이 앞서는 동물이라, 그런 생각은 영 안 드나 봅니다.

영업부 임원을 포함한 상층부의 주장은 아무리 신규 사업부의 개발 제품이 성공했더라도 이는 과거 제품들이 도전적인 기획에 나설 수 있는 경제적 기반과 도매업자와의 관계, 기업에 대한 소비자의 신뢰도를 구축했기 때문이다. 즉 과거부터 안정적인 이익을 낸 자신들을 존중하는 자세를 잊어선 안 된다는 겁니다. 눈치 채셨겠지만, 신규 사업부는 이쓰키를 비롯한 젊은 개체가 많아 구태의연한 상층부의 행태에 진저리를 내고 있습니다.

더불어 그런 상층부의 태도는 신규 사업부 이외의 부서도 비판하고 있습니다. 영업부는 인원이나 업무량에 비해 사무 공간이 너무 넓지 않냐, 사물함이나 창고까지 포함해 개체당 업무 공간이 지나치게 넓다는 지적이 전부터 이어지고 있었습니다. 거꾸로 인원도 업무량도 계속 늘고 있는 신규 사업부의 공간이 너무 부족한 것은 누가 봐도 명백했죠. 인당 업무 공간의 차이를 산출해 총무부에 보낸 개체도 있었을 정도입니다. 그렇게 쌓여 온 문제가 레이아웃 변경 시기에 한꺼번에 분출된 겁니다.

개체들은 모두, 수군대고 있습니다.

야! 여기서 신규 사업부 플로어가 단숨에 늘어나면 우리 회사는 개혁되는 거지만, 총무부와 영업부 중역은 예전부터 관계가 깊어서 대충 타협하겠지, 그보다 재택근무가 많이 늘었으니 플로어 자체를 줄일지 몰라, 아니지, 원래는 조직 구조를 전체적으로 개혁해야지, 신규 사업부 안에서 뭐든 다 하는 지금이 오히려 문제야…….

"그런 이야기, 총무부 안에서 안 나와?"

쇼세이, 이쓰키의 이야기를 전혀 듣고 있지 않습니다. 우설의 마지막 한 조각을 씹으면서 (역시 내가 사 둔 녀석을 이길 수 없는 수준이었어) 생각했습니다.

"미안. 뭐라고?"

"플로어 전체를 축소하자는 이야기가 안 나오냐고. 요즘 그런 회사 늘어나고 있잖아? 사무실은 필요 없다는 주장 말이야."

쇼세이, 기시나 더 높은 개체와 비슷한 이야기를 했던 듯도 한데 그때도 쇼세이는 적당히 맞장구를 쳤을 뿐일 테니까 무슨 말을 했는지는 기억 못 합니다.

"글쎄, 가능성이 제로는 아니지."

맞습니다. 말하든 안 하든 하나도 다를 게 없는, 아무 의미 없는 대답입니다.

"만약 그러면 어떤 부서는 더 힘들어진다고. 회의실을 늘리자는 사람도 있고."

영업부, 신규 사업부는 자신들의 유용성을 무기로 업무 공간의 확대(또는 최소한 유지)를 어필하고 있는 만큼, 당연히 사무실의 전체 면적이 늘어나는 기적이 일어나지 않는 한 업무 공간이 줄어드는 부서가 나오겠죠. 회의실을 늘리거나 사무실을 전체적으로 축소하면 더욱 그렇습니다. 상한이 정해져 있는 자원을 분배할 때 사람이랄까, 동물은 끝내 생산성에 근거해 공동체에 얼마나 유용한지를 바탕으로 다양한 일을 판단, 결단, 선택, 선도합니다.

"오늘 회의도 다들 직접 대놓고 말하지는 않았지만 결국은 우리 부서는 의미가 있다, 그러므로 확대해야 한다는 어필 싸움이었잖아. 만약 플로어 전체를 축소한다면 그런 경향은 더 가속될 거야."

이쓰키의 표정이 갑자기 흐려졌습니다.

"그거, 마음이 무거워져."

쩝쩝 쩝쩝. 쇼세이, 된장 고추 무침을 반찬으로 마 밥을 넘기고 있습니다. 이제는 듣고 있지 않다는 정도가 아니라 들리지 않습니다.

"나, 옛날부터 연극 보는 걸 아주 좋아했어."

이쓰키도 이쓰키대로 쇼세이가 어떤 태도를 보이더라도 개의치 않고 이야기를 계속합니다. 쇼세이도 쇼세이지만, 이 개체도 정말 대단합니다.

"코로나가 유행하기 시작했을 때 기억해? 불요불급이라는 단어가 덩달아 유행하며 연극이 상당히 집중포화를 받았어."

쇼세이, 종이 냅킨으로 입가를 한 번 닦습니다.

"연극은 불요불급한 게 아니다, 아니다, 무대 문화는 중단해선 안 된다, 이런 때일수록 엔터테인먼트가 필요하다, 그런 의견들이 엄청나게 오갔잖아?"

쇼세이, 이 식당의 우설을 인정하지는 않았으나 된장 고추 무침도 채소 절임도 다 먹어 치울 작정입니다. 지금 당장 집중하게 해주는 음식에 대한 집착이 최근 더 강해진 느낌입니다.

"그때 난 연극을 좋아했던 터라 연극에 의미가 없다는 얘기를 듣는 게 힘들었어. 그런데 연극에도 의미가 있다고 주장하는 사람들의 모습을 보는 것도 어쩐지 힘들더라. 동감하면서도."

쩝쩝 쩝쩝.

"왠지 둘 다 옳다는 생각이 안 들더라."

쩝쩝, 쩝쩝. 쇼세이, 마 보리밥을 다 먹었습니다.

"지금도 그때와 비슷한 느낌이야."

후루룩. 쇼세이, 다음은 테일 수프[•]입니다.

"나도 신규 사업부에서 일하면서 정말 좁다고 생각해. 회의실도 사물함도 창고도 다 부족해. 이만큼 이익을 내니까 대우 좀 해 달라는 생각도 들어. 하지만 뭐랄까. 그 점을 어필하면 그렇지 못한 부서가 있다는 것도 어필하는 거잖아? 그게 영 찜찜해."

완전히 식은 테일 수프가 의외로 맛있는 듯 쇼세이, 단숨에 들

● 소꼬리를 넣어 끓인 국물 음식으로, 한국의 꼬리곰탕과 비슷하다.

이켜지 않도록 조정 중입니다. 구강 안에 천천히 스며들게 후, 루, 룩, 마십니다. 모든 음식을 다 먹고 나면 맞장구를 일일이 해줘야 하기 때문입니다.

"전혀 다른 이야기일지 모르지만."

이쓰키, 마치 쇼세이가 없는 것처럼 이야기를 계속합니다. 무적입니다.

"코로나가 있기 조금 전에 생산성이 어쩌고저쩌고 떠든 국회의원 발언에 난리가 났었잖아?"

후.

쇼세이의 테일 수프 마시는 소리가 순간 멈춥니다.

지금 이쓰키는 아주 대충 표현했는데 정확하게는 한 국회의원이 행정 서비스에 대해 【생산성이 없는】 LGBTQ+ 커플에 【세금을 쓰는 건 문제가 있다】라고 잡지에 기고한 건입니다.

"그때, 생산성 없는 사람은 없다고, 엄청나게 많은 목소리가 나왔잖아. 오히려 난 그쪽이 인상에 남았어."

그래, 맞아. 그립기도 하네. 그 생산성 발언과 이후 논쟁을 쇼세이, 어쩐지 눈부시게 쳐다봤습니다. 공동체로부터의 거절은 너무나 일상적인 일이라 더는 일일이 감정이 움직이지도 않을 시기였으니까요.

그래도 일단, 여러 분야에서 나온 【목소리】는 다 훑어봤습니다. 역시 조금쯤은 위로받는 느낌도 들었죠.

그리고.

당시 다양한 처지의 개체가 열렬하게 발신하는 생산성 발언에 대한 【목소리】를 읽고, 쇼세이는 생각했습니다.
 (영 온전히 와닿지 않네.)
 자기 같은 처지의 개체를 옹호하는 발언인데 【온전히 와닿는】게 없었습니다.
 "나도 생산성 같은 걸로 사람을 판단하는 건 반대야. 전혀 의미가 없다거나 가치가 없는 사람은 없다고 생각하는데 이번 레이아웃 건에서도 결국은 생산성이라는 부분이 중요시되는 거잖아? 이 세상은 도대체 뭔가, 하는 생각이 들어."
 쇼세이, 이후 어떤 개체가 발신하는 【목소리】도 읽지 않습니다. 특기인 두뇌 트리밍, 발동입니다.
 "솔직히, 신규 사업부 사람들 평소에 그런 부분이 있어."
 이쓰키, 순간 망설이는 모습을 보입니다.
 "뭐랄까. 내근직 사람들을 깔보는 경향이 있다고 할까."
 아아, 알리고 싶네. 당신 눈앞에 있는 내근직의 제왕은 회사라는 공동체 안의 평판에 전혀 신경 쓰지 않으므로 마음껏 말씀하세요.
 "직접 이익을 내지 않더라도 진정한 의미에서 생산성 없는 부서는 없다고. 우리 부서 사람들이 관리 부분 사람들을 깔보는 시선이, 글쎄, 그 의원 같아서 기분이 안 좋아."
 맞습니다, 바로 이런 느낌이었습니다. 쇼세이가 (온전히 와닿지 않네) 생각한 다양한 【목소리】는.
 지금 이쓰키의 발언과 똑같은 생각을 당시 다양한 처지의 개체가 이구동성으로 발신했습니다.
 [아이를 낳든 안 낳든, 누구나 다양한 형태로 사회에 관여하고

공헌한다.], [세상은 복잡하게 얽혀 있으므로 특정 배경의 사람만을 '이 나라의 생산성에 기여하지 않는다'라고 말할 수 없다.] 이런 SNS 글 같은 거 말입니다.

[생산성으로 국민을 측정하다니 우리나라에서는 있을 수 없는 일이다.], [우리나라에서는 동성혼을 통해 아이를 기르는 커플이 많습니다.] 동성혼이 가능한 생식지에 있는 개체들의 이런 기사라든가.

어쨌든 다들 온갖 이유를 들어 '생산성 없는 사람은 없다'라는 점을 발신했습니다.

쇼세이, 생각했습니다. 왠지 다【온전히 와닿는】게 없네.

기분이 좋아야 하는데 왜 그렇지 않을까요.

"레이아웃 변경을 놓고 이런 생각까지 하니까 좀 피곤해져서."

이쓰키가, 눈썹을 늘어뜨리며 웃습니다. 쇼세이, "딱히 이상할 일도 아니지."라고 말합니다. 역시 말하든 말든 하나도 다를 게 없는 답을 내놓습니다.

두 개체 모두 우설 정식을 깨끗하게 먹어 치우고 여기서 조금, 침묵합니다.

생각해 보면 쇼세이, 지금도 당시도, 똑같은 일이 되풀이되는 느낌입니다.

자신은 그냥 살고 있을 뿐인데 느닷없이 공동체로부터 "유지, 균형, 확대, 발전, 성장에 기여하지 않네, 혹은 저해하는 존재이므로 인정하지 않겠습니다."라는 말을, 생산성이 없네 종의 보존에 반하네 생물학의 근간을 흔드네, 같은 자기들 마음대로 내뱉은 의견을 듣게 됩니다. 동성혼 소송 보도가 나올 때마다 그런 표현이 더 다듬어져 힘듭니다. 패소 때마다 "당신의 삶을 거절하는 일을 헌법이 인정합니다."라는 말을 친절하게 설명해 주는 덕분에 신경을 죽이고 (또 듣고 말았네. 아차) 흘려들어야만 합니다.

　말은 그렇게 해도 그다음에는 꼭 속이 후련해지는 반론이나 의견을 찾아다닙니다. 대체로 SNS에 흘러넘치는 [다른 종에도 동성혼 개체는 많다니까!]라거나 [생산성 없는 인간은 없어요!], [해외에서는 동성혼 커플이 아이를 키운다고요!] 같은 느낌의 발언에 잠시 위로받습니다.

　여기서 끝나면 좋았겠지만요.

　쇼세이, 곰곰이 생각에 빠지고 【온전히 와닿지】 않아, 답답한 단계가 다음에 찾아옵니다.

　게다가 이번에는 지난번의 반성을 상기하고 세상에 널린 【목소리】가 아니라 생물학자의 전문서를 한 권 다 읽었음에도 말입니다.

　"생각보다 든든하다."

　물까지 다 마시고 배를 문지르는 이쓰키 앞에서 쇼세이, 침묵을 지키고 가만히 있습니다.

　이 느낌, 혹시.

　새삼 새로운 【온전함】의 새싹을 얻게 될지도 모르겠습니다.

　정확하게 말하면 【온전히 와닿을】 듯해 접한 다양한 단어와 문장이 【온전하지】 않는 이유를 간신히 언어화할 수 있을지도.

　저로서는 그 언어화, 인간, 이라고 해야 할까요, 인간에게는 적합하지 않은 느낌이라 그다지 추천하지 않습니다만.

"아."

"아."

갑자기 비슷한 뉘앙스의 목소리가 머리 위와 눈앞에서 각각 날아들었습니다.

"너희들도 왔어?"

쇼세이, 고개를 듭니다. 다이스케가 쇼세이와 이쓰키가 앉은 테이블을 간신히 내려다보고 있습니다.

"아! 안녕!"

쇼세이의 얼빠진 목소리.

"다이스케도 왔구나."

이쓰키의 목소리는 쇼세이와 달리 왠지 긴장해 있습니다.

"전단지 받고 궁금해서."

다이스케가 말합니다.

"응. 나도."

이쓰키가 말합니다.

그리고 잠시의 침묵.

이거, 뭐라 표현하기 힘든 분위기네요.

이럴 때 배려심 있는 개체라면 복잡한 분위기를 알아차리고 대화를 이어 나가려 할 테지만 쇼세이, 굳게 닫은 입을 우물우물 움직일 뿐입니다. 참고로 대화의 실마리를 찾고 있는 게 아닙니다. 이 사이에 낀 테일 수프의 파를 혀로 빼내려 하고 있을 뿐입니다.

"오늘, 일찍 퇴근했네."

이쓰키가 침묵을 깹니다.

"아, 일을 가져왔어. 너야말로 빠르네."

다이스케가 대답합니다. 쇼세이는 춘하추동 정시 퇴근이라 '너야말로'에 해당하는 사람은 물론 이쓰키입니다.

"응. 나도 마찬가지야."

그리고 다시 잠시의 침묵.

"그럼 나 간다."

"응. 잘 가."

계산서를 든 다이스케가 계산대로 걸어갑니다.

이쓰키의 시선이 명백하게 다이스케의 등을 쫓습니다.

(두 사람, 헤어졌나?)

쇼세이, 멀거니 생각하며 구강 안에서 혀를 열심히 움직이고 있습니다.

이쓰키와 다이스케는 한 쌍이 된 지 꽤 오래되었는데 확실히 이 미묘~한 분위기, 무슨 일이 있었을 가능성이 큽니다.

그야, 어차피 모든 개체가 같은 맨션에 가야 하니까 다 같이 계산하고 같이 가게를 나가면 될 텐데 이런 분위기라니, 역시 뭔가……

"잠깐만 나, 화장실 다녀올게."

보라고요! 이 타이밍에 화장실이라니! 이쓰키, 가게를 나가는 타이밍을 다이스케와 맞추지 않으려는 겁니다. 아무래도 쇼세이가 평소의 얼빠진 목소리로 "우리도 다 먹었어. 다이스케, 같이 가자~."라는 말을 꺼내리라 생각했을 겁니다.

"다쓰야."

자리에서 일어난 이쓰키가 높은 곳에서 쇼세이를 내려다봅니다.

"돌아가는 길에 공원에 들를래?"

쇼세이, 커피에는 우유와 시럽을 두 개씩 넣습니다.
"헤어진 건 아닌데."
공원 벤치에 앉자마자 이쓰키가 중대한 고백이라도 되는 양 포문을 열었습니다. 쇼세이, 우유와 시럽이 손에 묻지 않도록 각 마개를 여는 데 온 신경을 집중하고 있었습니다. 티슈를 받아 올 걸 그랬네요.
쇼세이, (달고 맛있네~) 한 모금 맛보고 있습니다.
"다쓰야는 다이스케에게 무슨 말 들었어?"
이쓰키가 묻습니다. 제대로 듣지 못한 쇼세이는 순간 (무슨 말이지……?) 망설였습니다. 그러나 다이스케에게 무슨 말을 들었더라도 잊었을 가능성이 극히 높았으므로 질문 내용에 절묘하게 저촉되지 않을 대답을 내놓기로 했습니다.
"무슨 문제라도 있어?"
"음." 이쓰키는 떨떠름한 표정을 지으며 블랙커피를 들고 있습니다. "오히려 명확한 문제가 있었으면 좋겠어."
사뭇 대단한 일이라도 되는 듯한 말투네요. 쇼세이, 전혀 흥미도 없는데.
"전부터, 기숙사를 나가면 같이 살자는 식으로 얘기했어. 그 말은 곧 그때 결혼하자는 말 아닌가 해서 생각이 많아지잖아?"
"응."
쇼세이, 식사 후의 구강이 달콤한 카페인으로 상쾌해져 기쁨을 느끼고 있습니다. 이쓰키의 말은 큰 흐름을 흩트리지 않는 범위 안에서 맞장구치며 흘려듣고 있습니다.

성체 이성애 개체의 고민은 기본적으로 연애와 가족, 일까지 주로 다른 개체와의 관계, 즉 '지금보다 더 행복해지고 싶다'라는 바람이 바탕에 있으므로 쇼세이에게는 죄다 남의 일일 뿐입니다. 수준이 너무 높다고 해야 할까요. 인생의 구축 단계에서 발생하는 고민이라니, 쇼세이에게는 액자로 장식된 그림 같은 겁니다.

만약 '무사히 살아남고 싶어', '개체 감각을 공동체 감각에 압도당하는 일 없이 생명체를 다음 시간으로 보내고 싶어'라는 생존에 관한 고민이라면 쇼세이는 아주 큰 도움이 될 겁니다. "특정 공동체의 비호가 필요하지 않을 만큼의 경제적 자립을 목표로 비축에 힘쓰자."라는 지극히 실용적인 조언을 할 수 있으니까요.

"동거라면 부동산 물건을 찾을 때 조건이 완전히 달라지잖아. 이제 슬슬 구체적인 얘기를 시작해야 할 거 같아서 얼마 전에 말을 꺼냈어."

"응."

쇼세이, 내심 (성질 급하네) 생각합니다. (아직 일 년 가까이 더 살아야 하는데 벌써 이사 이야기라고?)

"그랬더니 잠시 생각할 시간을 달라고 하더라. 동거 얘기냐고 물었더니 그렇대."

"그랬구나."

"그러니까 그 말은 두 사람의 미래를 다시 생각해 보고 싶다는 말이냐니까 그럴지도 모른대. 뭐야? 지금 본인 생각을 말하는 거 아닌가? 물론 그 말까지는 못 했어."

"그래?"

쇼세이, 머들러를 빙글빙글 돌립니다. 시럽이 가라앉아서는 절대 안 되니까요.

"후."

이쓰키, 한숨을 내쉬고 침묵하고 맙니다. 아무도 없는 밤의 공원, 벤치에 두 개체, 부드러운 어둠에 감싸인 침묵입니다.

"저기, 복잡한 얘기 좀 해도 돼?"

"끅, 응."

이쓰키, 쇼세이의 트림도 완벽하게 무시합니다.

"우리 사이를 아는 건 회사에서 다쓰야밖에 없어서 말이야. 상담이랄까, 이런 얘기 할 사람이 없어."

"응."

"우리 말이야."

이쓰키의 목소리가 살짝 작아집니다.

"내내 리스야."

"리스?"

"응. 리스."

상상보다 쇼세이와 먼 이야기가 튀어나오고 말았습니다. 이 개체, 리스는커녕 네버인데 말입니다.

"나, 남자를 영 모르겠어."

이런 말, 쇼세이에게 해 봤자 전혀 의미가 없을 텐데요.

"남자는 역시 오래 사귀면 여자로 안 보이나? 특히 여자가 자기보다 훨씬 크면?"

"음."

쇼세이, 그제야 (리스가 섹스리스였나?) 깨달은 모양입니다. 둔하기는.

"글쎄. 남자가 다 그렇다고 할 수는 없지. 둘의 문제가 그게 원인인지는 아직 모르고."

아, 방금 신기술이 나왔으므로 소개하겠습니다. 이건, 쇼세이가 종종 사용하는 기술 중 하나로 그 이름하여 【주어 해체】입니다.

이번 경우에서는 남자가 그 대상입니다. '여자가 자기보다 훨씬 크면'이라는 표현을 노린 겁니다. 주어의 중요 부분, 다이스케라는 남자를 일반 남자로 바꾸면 마치 상담 내용에 대한 해답처럼 보이게 하는데 이를 주어 해체라고 합니다.

"그야 그렇지. 하지만 다이스케에게 신장 차이가 원인이냐고 물을 수는 없잖아."

확실히 다이스케는 쇼세이의 집에 있는 스마트 체중계에도 등록된 대로 신장 154센티미터로 성체 인간의 수컷 개체로서는 상당히 작은 편입니다. 반대로 이쓰키는 177센티미터로 성체 인간의 암컷 개체로서는 꽤 큰 부류에 들죠. 참고로 쇼세이는 성체 인간의 수컷 개체에서 거의 평균치인 173센티미터입니다.

이쓰키, 다시 침묵하고 맙니다. 그렇습니다. 어딘가 부족한 문답이 이어지고 있군요.

참고로 두 개체가 쇼세이에게만 교제를 밝힌 이유는 같은 맨션에 사는 유일한 동기라는 점도 있겠으나 아마도 쇼세이가 흥미 위

주로 이리저리 캐묻는 개체가 아니라고 인식했기 때문일 겁니다. 실제로는 이성애 개체의 삶에 전체적으로 흥미가 없죠.

틀림없이 두 개체도 여러 번 경험했겠죠. 한 쌍을 이룬 두 개체 각각의 사귀는 상대가 누군지 알게 된 순간, 키 차이라거나 키스할 때는 어떻게 하냐, 할 때 힘들지 않냐 같은 질문을 별로 친하지도 않은 개체가 느닷없이 던지는 일을.

흔하지 않은 일이라는 이유만으로 사적인 질문을 해도 된다고 함부로 인식되는 국면을.

그러한 바깥공기에 고스란히 노출되는 일이 번거로운 건 이미 탈출한 가정이나 학교라 불리는 공동체에게도, 특히 【커밍아웃】을 하지 않은 쇼세이에게도 마찬가지인 듯합니다.

"난 말이야."

오! 이쓰키가 다시 말을 시작했습니다.

"아이, 갖고 싶어."

꺅!

있잖아, 상담 상대가 틀렸다고!

보라고! 쇼세이, 하품을 참고 있습니다. (이제 슬슬 집에 가고 싶네) 이쓰키에게 들키지 않도록 콧구멍을 부들부들 떨며 하품을 참고 있다고!

"이제까지는 확실하게 아이를 갖고 싶다고 생각해 본 적 없었어. 그런데 혹시 헤어질지도 모른다고 생각하니까 실감이 되더라."

쇼세이, (갖고 싶다, 갖고 싶지 않다, 무슨 물건처럼 말하네) 생각했으나 물론 입 밖에 내지는 않았습니다. 죄송합니다. 우리 쇼세이, 이쪽 얘기가 나오면 이상하게 예민해집니다. 어느 개체가 봐도 피해자 감정의 발로로 보일 테지만 절대 발설하지는 않으니 용서해 주세요.

"이제 와서 다시 새로운 사람을 만나 사귀려 해도 금방 삼십 대 후반이라고. 어느 쪽이든 아이를 가지려면 당장이라도 구체적인 행동에 나서야 한다고."

"그야 그렇지."

확실히 저라도 지금 서른둘 또는 셋의 인간 암컷 개체에 있다면 여러모로 승부에 나섰을 겁니다. 이쓰키에 있는 【저】 역시 매일 고생하는구나!

"오늘, 집중이 안 되어서 일을 갖고 왔다고 했잖아?"

쇼세이, 물론 그런 말은 기억하지 못합니다. 전차 안에서 했지롱~.

"친구가 임신했어."

"그랬구나."

쇼세이, 고개를 끄덕이고 커피를 홀짝홀짝 마십니다.

"친구의 임신은 전에도 여러 번 경험했어. 하지만 이번에는 사정이 좀 달라."

이제 쇼세이, 커피에 아까 테일 수프 같은 역할을 맡기려 합니다. 다 마셔서 꼼짝없이 반응해야 하는 상황만을 피하려는 겁니다.

"대학 친구였는데 뭐든 터놓고 말하고 뭐든 상담할 수 있는 사람이었어. 다이스케 일도 다 얘기했고 다른 일도 다. 늘 객관적인 의견을 주어서 든든했지."

"응."

후룩, 후룩, 후룩.

"그 애 말이야, 남자를 좋아하지 않아."

후.

커피 마시는 쇼세이의 동작이 멈춥니다. 이것마저 테일 수프와 똑같습니다.

"하지만 여자 애인이 있는 것도 아니야. 연애나 연인 같은 데 전혀 관심이 없는 애였어. 그래서 내 연애 상담도 냉정하고 정확한 의견을 줄 수 있었지. 정말 고마웠어."

쇼세이, (흠, 흠) 귀를 기울입니다. 어딘가 비슷한 개체의 이야기라 그렇겠죠, 아주 조금 관심을 가집니다.

"그 애한테 연락이 왔어. 임신했다고."

아, 네. 전혀 비슷한 개체가 아니었네요~.

"나, 속으로 생각했어. 무슨 소리야? 결혼도 임신도 출산도 내가 먼저 할 줄 알아서, 그런 우월감 비슷한 게 있어서 뭐든 다 얘기했을지도 모르겠더라. 한심하지?"

중얼거리는 이쓰키에게 쇼세이, "한심하지는 않아."라고 대답합니다. 정말 하든 안 하든 다를 게 없는 맞장구를 치는 능력만큼은 대단합니다.

"어젯밤에 그 애한테 연락이 왔어. 전화로 축하한다고 했지. 그런데 이후로 왠지 답답하고 일에도 전혀 손이 안 가더라."

후, 이쓰키가 벤치 등받이에 몸을 기댑니다. 이쓰키는 어느새 커피를 다 마셨는지 빈 컵을 이쓰키와 쇼세이 사이에 놓습니다.

"아이만 갖고 싶었대. 남편도 연인도 파트너도 필요 없는데 아이만. 그래서 앱으로 상대를 찾아 타이밍에 맞춰 섹스만 해서 임신했대. 상대는 이후 한 번도 만나지 않았고 임신 사실도 알리지 않았고."

나왔습니다! 이런 경우. 최근 도시라고 불리는 생식지 부근에서는 종종 듣는 이야기입니다. 잘 생각해 보면 차세대 개체 육성에 수컷 개체 자체는 필요하지 않다, 오히려 방해만 된다는 사실을 암컷 개체가 깨닫기 시작한 모양입니다. 정자 외에는 필요 없다는 생각이죠.

이유야 무엇이든, 결과적으로 수컷이 필요 없어지는 경우는 제 경험에도 있습니다. 있고 말고요.

예를 들어, 물벼룩.

오래전 물벼룩에 있었던 적 있는데 물벼룩은 생식 환경이 안정되면 암컷 개체가 단위생식으로 암컷 차세대 개체만을 발생시켜 급속히 증식합니다. 환경이 안정되어 멸종 가능성이 낮아지면 다양성보다는 양을 선택한다, 개체 수를 계속 증식시키자는 종의 방침이 내려집니다. 반대로 생식 환경이 불안정해지면 멸종을 막기 위해 종의 다양성이 필요해지므로 수컷 개체의 협력을 얻어 유성생식을 개시해 나쁜 환경에 견딜 수 있는 차세대 개체를 발생시킵니다.

이거, 현대 인간에게도 해당하는 얘기 아닐까요?

우선 일본이라는 공동체의 생식 환경은 낮은 유아 사망률만 봐도 최고 수준의 안정성을 자랑합니다. 공중위생도 인프라도 의료

제도도 정비되어 있어서 뭔가 이례적인 사태라도 일어나지 않는 한 유체는 생명 활동을 유지할 수 있습니다. 기생충이나 감염증, 기후변동 같은 걸로 인류가 한꺼번에 도태될 가능성은 있으나 그거야 일본이라는 공동체에만 적용되는 이야기는 아니죠. 이처럼 문명이 발전한 지금, 다소의 이례적인 사태는 기술로 극복할 수 있죠. 지금의 인간이라면 빙하기가 오더라도 방한 용품을 멋있게 입는 방법이나 빙하기의 맛집이나 떠들 겁니다.

그러므로 일본이라는 공동체의 생식 환경에 관해서는 공동체를 가정이라는 단위로 세분화해야 차이가 현저해지는 경우가 대부분입니다.

그리고 그 차이란 대체로 경제 상황이죠. 어쩔 수 없이 자본주의 안에서 살아야 하는 인간에게는 금전 조달이 생식 환경의 안정과 직결됩니다.

이제까지 그 금전 조달을 주로 담당해 온 당사자가 인간 수컷 개체였습니다.

바꿔 말하면 이제까지 인간 수컷 개체가 차세대 개체의 육성에서 담당한 역할은 정자 제공을 제외하면 【금전 조달】뿐이었다고 할 수 있죠.

즉 그 역할을 암컷 개체가 담당하게 되면 이런, 수컷 개체는 정자 외에는 필요 없지 않나?라는 말이 됩니다. 요즘은 돈 문제만 해결되면 수컷 개체를 버리고 차세대 개체를 혼자 육성하는 암컷 개체, 꽤 있잖아요. 그 정도로, 생식 환경이라는 의미에서 보자면, 이 생식지의 치안은 상당히 높은 수준으로 유지되고 있습니다.

앞으로 인간 암컷 개체가 수컷 개체와 동등하게 금전을 조달하기 쉬운 공동체가 되면, 차세대 개체 육성을 위해 필요한 것은 인간 수컷 개체 자체가 아니라 정자뿐이라는 【온전히 와닿는】 생각이 더 퍼지겠죠. 여전히 수컷 개체가 금전 조달 이외의 역할을 담당하려 하지 않는다면 말입니다.

그러므로 이쓰키의 친구라는 암컷 개체는 물벼룩의 방침에 스스로 도달한 게 아닐까요? 어라, 수컷 개체가 없어도 될 만큼 우리 생식 환경은 불안정하지 않구나. 그렇다면 정자만 손에 넣으면 되겠다고. 아마도 경제적 자립을 이루었고 서로 도울 공동체도 있는 개체겠죠. 그 경우, 이 【온전한】 생각은 매우 자연스러운 일입니다.

그보다 앞으로 이 【온전한】 생각이 더 보편화되면 물벼룩처럼 수컷 개체 없이 완전히 차세대 개체를 낳게 진화할지도 모릅니다. 그야 차세대 개체의 다양성과 양, 어느 쪽을 택해야 하냐고 묻는다면 당연히 양이죠. 이 생식지의 차세대 개체 수는 계속 감소하고 있고, 게다가 생식 환경은 안정되어 있으니까요.

종의 보존에 부적합한 요소는 선택되지 않고 도태된다. 그게 자연계의 철칙입니다.

참고로 Maryam의 생식지에서는 그런 일은 좀처럼 생각할 수 없었네요. 그만큼 암컷 개체 혼자 자금을 조달하는 게 어려운 공동체였습니다. Maryam 자신도, 재산 유출을 막으려고 사촌끼리 결혼해야 했으니까요. 애당초 혼전 관계는 신이 금하고 있었고요.

"벌써 안정기래."

아, 이쓰키의 이야기, 계속되고 있었네요.

"걔, 아무한테도 상의하지 않고 전부 혼자 결정했어."

후룩, 후룩. 쇼세이, 얼마 안 남은 커피를 정성껏 마십니다.

"어떤 사람인지도 모르는 사람과 임신만을 위해 섹스하다니 너무 위험하지만 그렇게 해서라도 아이가 갖고 싶었대."

여기서, 이쓰키의 목소리 톤이 더 낮아집니다.

"나 말이야. 자주 생각해. 요즘 들어."

(도치법으로 말하네.)

쇼세이, 여전히 이야기 내용에 집중하고 있지 않습니다. (이 말은 즉 다음에 충격적인 내용이 나온다는 소리겠지?) 현대문 수험서처럼 분석하고 있네요. 좀!

"아이를 갖고 싶다는 이 기분은 뭘까?"

그리 대단한 이야기도 아니잖아, 아니, 좀!

뭐긴 뭡니까? 이쓰키 씨. 저요, 저라고요! 당신들 생명체에 반드시 있는 확대, 발전, 성장 정신의 화신인 저, 생식 본능 말입니다. 제가 열심히 활동하고 있다니까요~.

"굉장하지 않아? 그 친구, 이제까지 누군가를 좋아한 적도 어떤 사람을 만져 보고 싶다고 생각한 적도 없어. 그런데 처음 만난 사람과 바로 섹스했다고. 아이를 갖고 싶다는 마음만으로 과거의 자신은 절대 하지 못할 일을 할 수 있다니."

"그러네."

쇼세이가 맞장구를 칩니다.

"나, 아이는 갖고 싶은데 앱으로 만난 누군가에게 정자만 받는 일은 생각해 보지 못했어."

 그야, 한 쌍을 이룬 개체가 있으면 좀처럼 할 수 없는 생각 아닐까요.

 "아이는 정말 갖고 싶은데 그런 행동까지는 못 하겠어. 그렇게 생각하니 그럼, 난 정말 아이를 갖고 싶은 거냐는 마음이 들더라."

 아니, 그게 뭐든 상관없잖아. 인간이란 정말 고민을 좋아한다니까요.

 생존만으로는 만족하지 못하고 구축과 행복이라는 영역까지 고민하는 이 압도적인 여유. 보세요. 쇼세이도 (그래?) 그냥 흘려버리잖아요. 이제 완전히 질렸습니다.

 "시간에 쫓겨 초조해하는 건 다이스케의 아이를 갖고 싶어서잖아? 그런데 그건 곧 아이를 갖고 싶다기보다 다이스케와 가정을 이룬다는 미래를 갖고 싶은 게 아닐까? 아이를 갖고 싶으면 그 친구처럼 행동하면 되잖아. 그게 제일 빠른 길인데."

 이제 슬슬 커피를 다 마셔 가고 있습니다.

 "만약 다이스케와 결혼했는데 둘 중 하나가 불임이라면 입양할까? 아이라고 했는데 그게 피가 섞인 아이를 원하는 건지, 그건 아닌지. 온갖 생각이 들었어."

 "응."

 "덧붙이자면."

 (덧붙이기까지?)

 "나, 어쩌면 주위 친구들과 이야기가 안 통하게 될까 봐 두려운지도 몰라. 나만 다른 사람들과 다른 인생이 되거나 내내 혼자 살 수 있다는 불안이【아이를 갖고 싶어】로 변환되었을 수도 있겠지. 생명에 관한 건데 너무 내 멋대로지?"

"네 멋대로라고 생각하지는 않아."

훨씬 예전에 남들과 다른 인생을 내내 혼자 살아갈 미래를 받아들인 쇼세이, (우아한 고민이네~) 만개한 벚꽃을 바라보는 기분으로 이쓰키의 옆얼굴을 보고 있습니다.

"그렇게 아기를 원하면 얼른 다이스케와 헤어지고 결혼이나 출산에 적극적인 사람을 찾는 게 좋을 텐데 또 누군가를 만나 처음부터 다시 관계를 쌓아야 한다고 생각하면 정신이 아득해져. 그러면 또 처음부터 다시 시작하는 게 귀찮아서 다이스케와 있으려 한다는 얘기인가?"

후~. 이쓰키가 자조 섞인 한숨을 내뱉습니다. 이쓰키는 일부러 어렵게 고민하는 걸 좋아하나 봅니다. 윤택한 환경에서 자란 개체의 특징입니다.

"나랑 다이스케, 어쩌면 처음부터 어긋나 있었을지도 몰라. 그게 지금 리스라는 형태로 드러난 것일 뿐이고."

"그렇구나."

그렇다니까. 이쓰키가 고개를 끄덕입니다. 그리고 잠시 침묵한 후 "지금부터 나, 정말, 정말 이상한 말을 할지 모르지만 들어 줄래?" 갑자기 뭔가를 조심스럽게 확인합니다.

"응. 좋아."

어찌 되든 상관없으니까.

"다쓰야는 늘 부정하지 않고 들어 줘서 뭐든 털어놓게 된다니까."

"응. 해 봐."

(아! 방귀가 나올 것 같아.)

"나, 마음속 어딘가에서."

이쓰키, 다시 침을 삼킵니다.

"줄곧 난 삽입하는 쪽 사람이 아닐까 하고 생각했어."

오호!

좀 들어 볼까요?

"이상한 말이지? 나도 잘 알아. 하지만 말이야, 늘 난 삽입할 때 더 온전한 것 같아."

온전해?

쇼세이의 키워드가 다른 개체의 입에서 나왔습니다.

"그 얘기, 좀 자세히 들려줄 수 있어? 물론 싫으면 안 해도 돼."

정작 쇼세이도 관심이 생긴 듯 적극적인 자세를 보입니다. 웬일 이래?

"아, 그러니까."

이쓰키가 실시간으로 단어를 고르면서 이야기를 이어 나갑니다.

"나, 이제까지 어떤 집단에서든 반장이나 간사처럼 리더 자리에 자연스럽게 올랐어. 남자가 잔뜩 있는 자리에서도 어딘가 아버지 같은 존재였지."

"응."

"힘들지도 않았어. 그게 오히려 내게는 더 편하다고 해야 하나 그럴 때 더 온전해."

확실히 동기 모임 등에서도 이쓰키가 자연스럽게 간사를 맡을 때가 많습니다. 명확한 추천이나 입후보가 아니라 자연스럽다는 말로밖에 표현할 수 없는 흐름으로.

"운전도 좋아해서 차를 가져오는 역할도 자주 하고 남자 친구와 둘이 있어도 애교는 상대가 부리고. 어쨌든 가장 같은 역할을 할 때가 정말 많았어."

"그랬구나."

앗!

이 이야기 어쩐지 기시감이 드는데, 그거다.

Maryam이 결혼할 때다.

"다이스케는 사람들 앞에서는 이끄는 사람처럼 보이지만 사실은 수동적인 사람이야. 의외로 우유부단하고 기가 약한 면이 있달까. 아마 키가 작아서 사람들 앞에서는 더 다른 사람보다 커 보이려고 노력했겠지. 얕보지 못하게 의지할 수 있는 사람처럼 행동하는 거야."

Maryam은 그 생식지에서 종종 있는 사촌 간 결혼을 했습니다. Maryam은 교육도 받았으나 결혼과 임신, 출산에 관해 개체의 의사가 반영되는 일은 거의 없었습니다. 수컷과 암컷 모두 일본에 생식하는 개체와는 결혼의 의미가 크게 다릅니다.

"데이트도 물론 상대가 리드할 때도 있지만 굳이 말하자면 내가 가고 싶은 데를 예약하는 정도? 동거 얘기도 포함해 늘 주도권은 나한테 있어. 그게 우리 둘에게 더 와닿는 느낌?"

"응. 응."

그런 생애에서 딱 한 번 Maryam의 강한 의지를 느낀 순간이 있었습니다.

"그런데 말이야, 섹스할 때만은 내가 수동적인 처지가 돼. 물리적으로나 주도권이라는 면에서 다 내가 밑에 있어야 하잖아."

Maryam의 생식지에서는 혼전 관계가 금지되었기 때문에 Maryam은 결혼하고 처음으로 생식 행위를 경험했습니다. 그것은 Maryam의 남편이 된 Maryam의 아버지 쪽 사촌의 수컷 개체도 마찬가지였습니다. Maryam의 생식지에서는 결혼하고 나서 연애가 시작됩니다.

그렇습니다. 일본에 생식하는 인간이 보기에는 미경험자에 사촌끼리의 결혼이 개체의 의사와 무관하게 결정되다니【목소리】를 내고 싶어질 겁니다. 그러나 Maryam과 그 남편이 보기에는 "미경험자라 비교할 상대가 피차없으므로 결혼 후 둘의 관계가 단단해진다.", "오히려 친척도 아닌, 전혀 가정환경을 모르는 사람과 결혼하는 게 무섭다."라고 생각할 수 있죠. 저는 쇼세이가 두 번째 인간인데 굳이 따지자면 처음에는 일본 방식이 더 놀라웠습니다.

Maryam의 생식지에는 부부의 성생활은 물론 생활에 관한 모든 규칙이 코란에 적혀 있습니다. 수많은 판단, 결단, 선택, 선도는 주로 신이나 코란이 하므로 나름대로 쾌적한 면도 있었습니다. 일본은 그런 신이 없지만 개체의 감각을 압도할 만큼의 농후한【그냥 그런 분위기】가 존재하고 그 안에서 자유의지를 길러야 하므로 그 또한 힘든 일입니다.

"정말 섹스 말고는 없어. 내가 내 의사와는 상관없이 자연스럽게 통제되는 쪽에 놓이는 일은."

"그렇구나."

Maryam은 결혼식에서 남편에게 반지를 받았습니다. 일본처럼 반지가 특별하고 커다란 의미를 지니는 【그냥 그런 분위기】는 없는 생식지였으나 의외로 유복한 환경이었는지 아니면 단순히 서양의 관습을 모방한 것인지, 신랑이 신부에게 반지를 주는 행위는 Maryam 주위에서는 비교적 일상적이었습니다.

　자, 하객들이 지켜보는 가운데 남편이 반지를 끼워 주는 순간이 찾아왔습니다. 남편은 명백히 아주 긴장한 상태라 반지를 든 손을 덜덜 떨고 있었습니다. Maryam은 막연히 (이 사람, 괜찮을까?) 생각했습니다. 참고로 Maryam의 남편이 되는 수컷 개체도 Maryam보다 작았습니다.

　결혼하고 안 사실인데 그 남편은 Maryam보다 훨씬 섬세한 성격이라 말하자면 판단, 결단, 선택, 선도에 적합하지 않은 타입이었습니다.

　그러나 자기 기질과는 상관없이 당연히 판단, 결단, 선택, 선도의 역할을 맡아야 했죠. 수컷 개체였으므로.

　그리고 Maryam은 원래 이쓰키처럼 판단, 결단, 선택, 선도에 아주 적합한 기질의 개체였습니다. 다만 환경이 그 기질을 활용할 기회를 주지 않아서 Maryam 본인도 실은 자신이 어떤 기질의 개체인지, 아마 죽을 때까지 거의 이해하지 못했을 겁니다. 그 생식지에는 Maryam 이외에도 그런 식으로 생애를 마감하는 암컷 개체가 많았을 겁니다.

　그런데 Maryam의 기질이 얼굴에 드러난 순간이 있었습니다. 반지를 든 남편의 손이 덜덜 떨리는 걸 인지했을 때입니다.

대체로 수컷 개체가 먼저 암컷 개체의 손가락에 반지를 끼우잖아요? 암컷 개체는 손가락을 펴고 가만히 반지가 끼워지는 순간을 기다리죠. 수컷 개체가 암컷 개체에 쓱 반지를 끼워야 암컷 개체가 공주가 되어 분위기가 고조되는, 그거 말입니다.

그것을, 남편이 제대로 해내지 못했습니다.

부들부들 손을 떨더니 반지를 떨어뜨리기도 해서 좀처럼 매끄럽게 이루어지지 않았죠.

당시의 Maryam, 살짝 짜증이 나서 직접 해 버리겠다고 마음먹고 막대기처럼 단단하게 펼친 손가락을 귀금속 구멍에 휙 삽입했습니다.

Maryam 쪽에서 막대기 모양의 것을 남편에 삽입한 거죠.

"만약 하반신을 붙였다 뗐다 할 수 있고 섹스할 때만 바꿀 수 있다면 난 꼭 남자 성기를 선택해 삽입하는 쪽에 설 자신이 있어. 간사나 운전사 역할을 자연스럽게 한 것처럼 그 순간에도 그쪽이 훨씬 내게 온전해."

반지 구멍에 손가락을 삽입한 밤, Maryam은 남편과 처음으로 생식 행위를 치렀습니다. 두 개체에게 당연히 생애 최초의 생식 행위였죠.

그날 밤 남편은, 반지를 줄 때보다도 훨씬 더 긴장했습니다.

Maryam도 긴장하기는 했지만 자기보다 훨씬 긴장한 개체가 옆에 있으면 이상하게도 차분해집니다. Maryam은 모든 게 순조롭게 진행되도록 자연스럽게 판단, 결단, 선택, 선도의 역할을 맡았습니다. 그리고 Maryam은 그런 자신의 행위에 온전함을 느꼈습니다.

다만 막상 생식의 핵심에 해당하는 장면에 도달하자, Maryam의 몸은 자연스럽게 남편의 통제 아래 놓였습니다. Maryam은 삽입되는 쪽으로 모든 걸 상대에게 맡겨야 하는 자세를 취해야 했죠.

"이런 얘기, 다쓰야 외에는 절대 할 수 없어. 그러니까 비밀이야."

이쓰키가 한 번 더 못을 박고 이야기를 계속합니다.

"다이스케도 사실은 삽입되는 쪽이 더 나을 것 같아. 그걸 하고 있을 때 말이야, 뭐랄까? 억지로 애쓰는 느낌이 들어. 그때만 내 앞에서 수컷이 되려고 하는 느낌이 전해진달까. 그래서 오히려 내가 당황스러워."

첫 번째 생식 행위가 끝난 뒤 Maryam은 침대에 누운 채 자기 손가락에 끼워진 반지를 바라봤습니다. 옆에서는 피로에 지쳤는지 긴장의 끈이 끊어져서인지 완전히 곯아떨어진 남편의 배가 깊은 숨소리와 함께 오르내렸습니다.

조용한 방에서 Maryam은 생각했습니다.

남편에게 삽입될 때보다 반지에 삽입했을 때가 훨씬 온전했어.

남편도 마찬가지 아니었을까.

물론 그런 생각도 잠시였고 Maryam도 곧 잠들었습니다.

"지금의 나와 다이스케의 상황, 섹스리스라기보다는 뭐랄까, 성기의 불일치 같은 느낌이야."

"성의 불일치 같은 얘기인가?"

"표현만 그렇다고. 의미는 전혀 다르지만. 정말 이상한 소리를 했지?"

이쓰키, 중얼거리고 시선을 발로 떨어뜨립니다. 아래를 향한 옆

얼굴은 유체처럼 무방비합니다.

"이상한 얘기라고 생각 안 했어."

자, 쇼세이의 두뇌, 지금 이쓰키의 이야기를 계속 생각하고 있습니다.

확실히 지금 이야기, 이제까지 정말 온갖 종에 있었던 제게도 아주 흥미로운, 그보다 공감이 가는 이야기였습니다.

저, 지금까지 손에 꼽을 수 없을 만큼 많은 수컷 개체도 암컷 개체도 담당했습니다. 이를 통해 번식해 개체 수를 늘리려면 결국은 수컷 개체가 먼저 움직여야 할 경우가 많음을 실감했습니다.

암컷 개체에게 자기 매력을 뽐내 생식 행위로 이끌거나 생식 행위에 도달할 때까지의 판단, 결단, 선택, 선도는 수컷 개체에게 맡겨진 경우가 많았죠. 개체의 내면이나 기질과는 전혀 관계없는 일입니다. 생식기가 볼록한 형태이기 때문입니다.

단순한 논리죠.

볼록한 형태의 생식기는 외부에 노출된 경우가 많고, 오목한 형태의 생식기는 깊숙한 곳에 숨어 있는 경우가 많습니다. 그렇다면 구조적으로 볼록이 나서서 움직이는 게 수정 성공 확률이 높아집니다. 보세요. 인간도 귀를 청소할 때 면봉을 빙글빙글 돌리며 귓속에 넣잖아요? 귓속에 있는 목표에 도달하고 싶을 때 귀를 움직이는 것이 더 나은 경우는 좀처럼 없습니다.

그냥 그 정도의 이야기랍니다.

체내수정을 하는 육상의 대형동물이라면 상당한 확률로 개체 크기가 큰 쪽, 즉 수컷 개체에 삽입하는 형태, 즉 볼록한 생식기가 달려 있습니다. 단순히 그게 더 체내수정, 나아가 종의 보존에 유리해서입니다. 개체의 크기가 작은 쪽에 볼록한 생식기가 달려 있으면 막상 삽입했을 때 상대를 놓칠 가능성이 크기 때문입니다.

생식기의 형태에 따라 이미 정해진 종 보존의 역할이, 특히 인간의 경우 생식 행위 이외의 시간대까지 슬금슬금~ 침식한 느낌입니다.

의미, 아시겠어요?

그러니까 아무리 내성적이라도, 확대, 발전, 성장을 위한 판단, 결단, 선택, 선도에 부적합한 기질이라도, 개체의 크기가 그 종의 수컷 평균치보다 훨씬 작더라도, 볼록한 생식기가 달린 이상 생식 행위를 시작하면 삽입하는 쪽을 맡아야 합니다. 그러므로 중요한 장면에서 문제가 생기지 않도록 평소에 행동을 조정하는 것도 어쩔 수 없는 일이죠.

반대도 역시 마찬가지입니다.

아무리 기가 세더라도, 확대, 발전, 성장을 위한 판단, 결단, 선택, 선도에 적합한 기질이라도, 개체의 크기가 그 종의 암컷 개체 평균치보다 훨씬 크더라도, 오목한 생식기가 달린 이상 생식 행위를 시작하면 삽입되는 쪽을 맡아야 합니다. 나아가 암컷의 경우, 이후 출산까지의 육성 기간도 담당해야 합니다. 그것에 아무리 【온전히 와닿는】게 없더라도 이게 유성생식을 위한 체내수정, 즉 종의 보존에 유리하기 때문이니까요.

인간의 경우, 바로 여기에, 온갖 문제의 근원이 있죠.

인간 이외의 종은【지금 환경에서는 이 구조가 종의 보존에 유리하다]라는 흐름에 따르면 그만이라 한없이 편하답니다. 자연의 섭리에 몸을 맡길 수밖에 없어서 문제가 발생할 일이 없죠.

그러나 인간은, 자연의 섭리 위에 자본주의를, 인권을, 국가를, 그리고 감정을, 자연계에서는 존재하지도 않을 온갖 것을 잔뜩 올려놓습니다. 이러면 무엇을 가장 우선 사항으로 놓고 진화해야 하는지 판단하기 힘들어집니다.

Maryam이 결혼한 날 밤, 저는 처음으로 생식기의 형태와 개체의 기질이 맞지 않을 수 있음을 깨달았습니다. 그때까지 있었던 종은 가장 합리적인 논리에 따른 구조로 번식하기만 하면 되어서 생식기의 형태와 개체 기질의 불일치 같은 건 상상한 적도 없었습니다.

그랬기 때문에, 제가 Maryam 다음으로, 그러니까 쇼세이 전에 있었던 종의 구조에 정말 놀랐답니다. 아, 그 종은······.

"있잖아."

어라? 웬일로 쇼세이가 먼저 입을 열었습니다.

"다듬이벌레라고 알아?"

어!

"어?"

알아! 방금 제가 설명하려던 종이 바로 책벌레! 저, 쇼세이 전에는 다듬이벌레의 암컷에 있었다고요!

흥분하고 말았네요. 죄송합니다. 안심하세요. 긴장하실 필요는 없으세요.

"다듬이벌레?"

"응. 아주 작은 벌레인데 그 종 가운데 최근 네오트로글라라는 종류가 생물학 분야에서 주목받고 있어."

"그게 뭔데?"

이쓰키, 의아함을 담은 목소리로 일일이 되묻습니다. 그야 당연하겠죠. 일생일대의 고민을 털어놨는데 영문 모를 벌레 얘기가 나왔으니까요.

"네오트로글라. 암컷과 수컷의 생식기가 바뀌었다고 해서 난리야."

"응? 무슨 소리야?"

"그 벌레는 암컷이 삽입해. 암컷이 수컷 등에 올라타서 뒤에서 자기 페니스를 수컷에 삽입해."

"암컷에." 이쓰키, 순간 말을 망설입니다. "암컷에 페니스가 있다고?"

"응. 암컷이 성기를 삽입해. 생식 행위에서 수컷과 암컷의 역할이 뒤바뀌어 있지."

그래, 맞아. 그립구나. 네오트로글라 시절.

처음에는 저도 놀랐습니다. 다음에는 네오트로글라 암컷에 있게 된다는 걸 알았을 때는 물론 자신이 생식 행위 중에 삽입하는 쪽에 설 줄 몰랐으니까요.

네오트로글라의 수컷 개체는 정자와 영양이 든 캡슐을 가지고 있는데 교미할 때 그것을 암컷 개체에게 바칩니다. 즉 정자와 함께 영양분까지 다 줘서 교미 후 수컷은 텅 비고 말죠. 반면 암컷 개체는 일전을 끝내면 영양까지 얻으므로 의욕이 충만해져 수컷 개체보다 빨리 "좋았어! 다음으로 가자!"라는 상태가 됩니다. 그 결과 암컷끼리의 경쟁이 수컷끼리의 경쟁보다 치열해지고 교미에서도 자연스럽게 암컷 개체가 수컷 개체보다 적극적입니다.

이 성적 역할의 역전이 생식기 구조의 역전, 즉 암컷의 페니스 진화를 촉진한 것 같습니다.

아, 이쓰키의 표정이 당혹스럽기 짝이 없네요.

"희귀한 곤충을 자세히도 아네."

죄송합니다. 우리 쇼세이가 당신의 절절한 고충을 희귀한 곤충의 생태에 빗대어서. 하지만 나쁜 의도는 없답니다.

"그리 자세히 아는 건 아니야. 그냥 생각나서."

맞습니다. 아까 전차에서 읽던 책에 네오트로글라를 언급한 부분이 있었습니다. 그러나 이렇게 인상에 남아 있을 줄은, 놀랍네요.

"인간도." 쇼세이, 이쓰키를 힐끔 봅니다. "적합한 쪽에 그에 맞는 형태가 달려 있으면 좋을 텐데."

쇼세이의 말에 이쓰키가 "그러게 말이야."라며 고개를 끄덕입니다.

"인생에 아주 중요한 것일수록 스스로 선택하지 못하네."

쇼세이, 정말 혼자만 들을 수 있을 만한 목소리로, 중얼거립니다.

두 개체만 있는 밤의 공원의, 침묵.

자.

쇼세이가 네오트로글라 이야기를 하는 바람에 이쓰키가 적절하게 위로받은 듯한 분위기가 되었지만 말입니다.

이래서는 쇼세이, 그 국회의원과 똑같습니다. 다른 종의 생태

이야기를 끌어오고 전문적 용어를 써서 상대를 포섭했으니까요.

인간이 자주 사용하는 방법이죠. 사실보다 감정을 앞세워 기분을 푸는 데 자기에게 유리한 정보를 이용하는 거 말입니다.

아니, 네오트로글라는 속(屬) 전체가 암컷이 삽입하는 측이라고요? 딱히 삽입에 적합한 기질의 개체에게 볼록한 형상의 성기가 달리는 게 아니니까요.

"인간이 곤충보다 머리가 좋을 텐데 왜 곤충이 하는 일을 인간은 못 할까?"

"그러게."

아, 분위기 좋게 대화가 진행되고 있습니다. 제멋대로 해석했을 뿐인데 말입니다.

인간이 인간 이외의 종을 예로 들 때는 진실을 전하려는 게 목적이 아닙니다. 상대와 그 자리의 분위기를 그냥 자연스럽게 정리하고 싶을 뿐입니다.

"나, 어릴 때 커서 성기 모양을 고를 수 있으면 좋겠다고 생각했어."

이쓰키, 기분이 좋아진 모양입니다. 다시 기어를 넣은 듯합니다.

"몸의 성장이 어느 정도 끝난 스무 살쯤일까? 내가 어떤 기질의 사람인지 알 때쯤 성기를 고르는 거야."

이쓰키, 평소라면 거의 입 밖으로 꺼내지 않을 성기라는 단어를 수없이 내뱉어서인지 이상하게 달아올랐습니다.

"그런 구조였다면 난 자연스럽게 삽입하는 쪽 성기를 선택했을 거야. 아까, 뭐랬지? 네오 뭐라는 곤충 암컷처럼 말이야."

아, 정말! 네오트로글라는 예외 없이 암컷이 삽입하는 쪽이라니까! 그쪽 역시 자기 내면에 【온전함】이 없는 개체가 많을 것 같은데요.

"인생에서 중요한 부분은 스스로 선택하지 못한다는 말, 진짜네. 어른이 될수록 그 뜻이 이해돼."

이쓰키, 감상적인 표정으로 중얼거립니다.

그래서 그다지 추천하지 않는다고 한 겁니다, 쇼세이가 전문서 읽는 거요.

인간은 어차피 자기가 듣고 싶은 정보만 받아들인다니까요. 애당초 전문서란 【그것】과 관련된 삼라만상이 적혀 있기보다는 저자가 인지한 정보, 저자가 연구한 주제와 관련된 정보가 모여 있으니까요. 인간은 항상, 한 방향으로 편향된 정보를 취사선택합니다.

감정을 갖고 살아가는 이상, 【그것】에 대해 조사하면 할수록 【그것】의 진실에서 멀어집니다.

하지만, 그냥 놔둘까.

인간이란 진실에는 정말 흥미가 없으니까요.

지금을(이 【지금】은 제가 본 인간에게 있어서의 【지금】이고, 고작 백 년 전후의 기간을 가리킵니다) 무사히 넘기기 위한 언어가 필요할 뿐입니다.

"그런 의미로 보자면 게이는 좋겠어."

뭐라고!?

생각지도 못한 전개가 나왔습니다.

"게이 친구, 아니다, 지인이라고 해야겠다. 그 사람이 말했어.

자기는 삽입하는 쪽도 당하는 쪽도 가능하다고. 상대와 그날 기분에 따라 고른다더라."

친구를 지인으로 바꾼 게 조금 걸리기는 하는데 쇼세이, 그런 것쯤은 어찌 되든 상관없습니다.

"확실히 동성애자들은 임기응변이 가능하겠어."

이쓰키, 밤하늘을 올려다봅니다.

"모두가 어느 쪽으로든 갈 수 있다면 우리도 더 다양한 부분에서 자유로워질 거야."

자유로워진다, 네요.

천부적으로 그 자유를 받았을 쇼세이, 왠지 전혀 자유롭다는 느낌이 없네요.

(후······.)

쇼세이, 한숨을 쉽니다.

(집에 가고 싶다~.)

앗, 집에 가고 싶어 하네요.

놀랐습니다. 언제부터 지쳤을까요. 먼저 네오트로글라 얘기를 꺼내는 바람에 이상하게 이야기가 길어지고 말았다고 생각했군요.

"어쩐지 다쓰야 앞에서는 다른 사람한테 못 하는 말을 하게 돼."

이쓰키, 두 팔을 올리고 벤치 등받이에 기대고 있던 상반신을 곧게 뻗습니다. 이쓰키는 좀 더 이곳에 있고 싶은가 봅니다.

"왜 그럴까? 부정하지 않고 들어 줘서 그런가?"

아, 틀렸습니다.

어찌 되든 상관없기 때문입니다.

자신과 너무 먼 세계 이야기라 어떤 감정도 들지 않기 때문입니다.

이성애 개체가 동성애 개체를 자기 마음대로 좋은 상담자로 인정하는 이유는 이성애 개체의 삶에 본질적으로 관여하지 않는 동성애 개체는 무슨 짓을 해도 말하는 이의 적군도 아군도 아니기 때문입니다.

이성애 개체가 동성애 개체에게 보이는 "네게는 다 말할 수 있어."라는 태도 역시 일종의 입실 거부 선언이라고 생각하면 너무 뒤틀린 생각일까요?

"아까 나, 생산성이 어쩌고 얘기하지 않았어? 그, 화제가 되었던 국회의원 말이잖아."

(우와. 아직 더 떠들 거야? 화장실에 가고 싶은데.)

"아이를 낳는 게 당신의 생산성이라는 문맥, 나 지금도 너무 화가 나."

하지만, 이라고 이쓰키가 말을 잇습니다.

"평생 내 인생에 아이가 없을지 모른다고 생각하니까 너무 불안하더라."

(기숙사에 가기 전에 공원 화장실에나 갈까?)

"이유는 모르겠는데 그냥 무서워."

(그렇지만 아, 공원 화장실은 그다지 쓰고 싶지 않은데.)

"요즘 세상에 아이가 있고 없고는 문제도 아니고, 아이가 있어야 행복하다고 생각하지도 않는데."

(일단 다리를 꼬고 참아 보자.)

"아이를 갖고 싶다는 마음이 무엇인지에 관해, 댈 이유가 없다는 게 좀 두려워."

어, 이 이야기 오랜만이네!?

이유에 해당하는 부분은 없고 기정사실만이 강력하게 존재하는 상황, 오랜만이지 않아!?

(아, 다리를 꼬았더니 괜찮아졌다. 좋아!)

맞습니다. 쇼세이가 예전에 품었던, 친구나 가족에게 동성애 개체임을 절대 들켜서는 안 된다고 생각했던 마음입니다.

그 마음에, 왜 같은 의문이나 이거다 싶은 근거는 거의 없었습니다. 오로지 주위에 들켜서는 안 된다는 확정적인 금지 사항만이 쇼세이에게 떨어졌습니다.

당시의 쇼세이, 나름대로 이유를 고민한 결과, 자기의 성적 정체성을 밝히지 못하는 이유는 공동체의 확대, 발전, 성장을 저해하는 개체로 보여 공동체로부터 추방되는 일만은 막아야 하기 때문에, 라는 결론에 도달했습니다. 인간이 품은 【이유도 없는 강한 마음】은 사실 공동체와 종의 확대, 발전, 성장과 관련되어 있을 때가 많습니다.

무엇보다 지금 이쓰키가 품고 있는 아이를 갖고 싶다는 마음도 그렇습니다.

공동체와 종의 확대, 발전, 성장은 의식적으로 생각하는 게 아니라 디폴트로 모든 생명체에 탑재된 욕구, 곧 【제】가 그 정체입니다. 그러므로 의식이 조종하는 영역 밖에 있습니다. 다른 종에는 없는 언어능력으로 모든 현상을 의식의 지배 아래 둬 온 인간은 통제할 수 없는 사안을 대면하면 아무리 시간이 흘러도, 오히려 문명이 진화될수록 더 다스리지 못하는 듯합니다.

"정말 아이를 원하는 게 아닐지 몰라."

어라?

이쓰키, 정말 예리합니다.

맞습니다. 인간이 차세대 개체를 원하는 이유는 어디까지나【종과 공동체의 확대, 발전, 성장에 어떤 형태로든 관여하고 싶다】라는 욕구의 일부분이니까요. 다른 종과 달리 인간에게는 사회와 국가라는 공동체가 있고, 그에 기여해 확대, 발전, 성장 욕구를 채우는 방법도 있습니다. 다만 이쓰키는 지금, 【제】가 눈부시게 활약하고 있을 테고, 친구의 임신도 충격적이어서 자신의 확대, 발전, 성장 욕구는 차세대 개체를 발생시킴으로써 충족된다는 감각에 압도당하고 있을지 모릅니다. 원래 완전히 다른 형태로 그 욕구를 채울 타입일지도 모르는데.

"난, 아마도 이 정체 모를 불안을 형태가 있는 어떤 걸로 메우려는 걸지 몰라."

아, 자각했네요. 그렇다면 얼른 말해. 대단한 고민인 듯 그만 떠들고.

"하……."

이쓰키, 깊은 한숨을 쉽니다.

"내가 정말 원하는 게 뭘까?"

(화장실!)

쇼세이의 요의, 한계치를 돌파합니다. 역시 유체 때부터 억지로 참는 건 좋지 않아요.

쇼세이, 갑자기 벤치에서 일어납니다.

"미안. 화장실에 가야겠어. 이제 돌아가지 않을래?"

급하게 알리는 쇼세이를 바라보는 이쓰키의 표정에서 힘이 스르륵 빠집니다.

"그보다 내내 궁금한 게 있었는데."

나아가 쇼세이, 다른 질문으로 화제를 바꾸려고 합니다. 아주 대단하죠. 이 개체가 이렇게 자리를 이끌다니.

"우리, 앞으로 일 년쯤 기숙사에서 살잖아?"

"응?"

이쓰키가 앉은 채 일어난 쇼세이를 올려다봅니다.

"아니, 이사 얘기를 꺼내기는 너무 이르지 않아?"

"기시 과장에게 못 들었어?"

불길한 예감이 쇼세이의 오감을 지배합니다.

"인사 제도 변경돼서 우리 반년 뒤에는 방 비워야 한다던데?"

이번에는 자리에서 일어난 이쓰키를 넋을 놓은 쇼세이가 4센티미터쯤 올려다봅니다.

쇼세이 in 화장실입니다.

소변은 다 봤습니다. 그러나 쇼세이, 그대로 움직이지 못하고 있습니다. 벌써 십 분쯤.

큰 것도 작은 것도 앉아서 보는 쇼세이는 평소 볼일을 마치자마자 일어나는데 오늘은 새하얗게 불태웠다고 표현할 만한 자세로 정지해 있습니다. 입을 반쯤 벌리고 허벅지에 팔꿈치를 올려놓은 상태로 두 팔을 툭 떨어뜨리고 등을 구부리고 고개를 앞으로 내밀고 있습니다.

어쩐지, 벌거벗은 상태의 저를 들여다보고 있는 느낌이기도 합니다. 그렇게 보지 좀 마.

(어느 쪽일까?)

쇼세이, 저를 바라보면서 이쓰키와의 대화를 떠올립니다.

……줄곧 난 삽입하는 쪽 사람이 아닐까 하고 생각했어.

……게이는 좋겠어.

……모두가 어느 쪽으로든 갈 수 있다면 우리도 더 다양한 부분에서 자유로워질 거야.

(애써 자유를 선택할 수 있는 처지인데 아무것도 경험하지 못한 난, 어느 쪽 인간인지도 전혀 모르는구나.)

이런! 이 상태, 오랜만에 찾아왔네요.

움직이지 않는다기보다 움직일 수 없는 상태입니다. 쇼세이, 이성애 개체와 아주 긴 시간을 보내고 오면 이 상태에 잘 빠집니다.

쇼세이의 사고가 정신없이 돌아갑니다.

만약 유체였을 때 개체 감각을 공동체 감각에 압도당하지 않았다면.

이 생식지가 동성혼을 이성혼과 똑같이 취급하고 두 가치관을 모두 평등하게 형성하는 곳이었다면.

이 생식지에 발생한 1989년 시점에서 동성애 개체 자체나 동성애 개체들의 연애와 결혼이 혐오나 추방의 대상이 아닌【그냥 그런 분위기]로 형성되어 있었다면.

즉 이쓰키와 다이스케, 여기서 나간 다른 동기들처럼, 선택지가 있는 상태로 살았다면.

(나는 어떤 인간으로 무엇을 원했을까.)

쇼세이, 이런 상태가 되면 좀처럼 움직이질 못합니다.

(내가 어떤 인간인지 전혀 모르겠네.)

이럴 때 쇼세이의 고뇌를 얼버무릴 수 있는 게 뭔지 아세요?

맞습니다. 맛있는 음식입니다.

그러나 지금, 쇼세이는 화장실 좌변기에서 움직일 수 없고 움직인다고 해도 선물 받은 과자도 없고 자신을 지탱해 준 냉장고에 옮겨 놓은 우설에 대한 마음도 줄어들어 버렸습니다.

좋아하는 사람과의 미래, 좋아하는 사람과의 아이. 부모가 된다는 사실, 홀로 살아야 하는 불안을 잊을 무언가.

이쓰키가 "내가 정말 원하는 게 뭘까?"라고 고민하는 모든 것은, 쇼세이가 오래전에 포기하고 그와 관련된 감정을 관장하는 안테나마저 버린 것들입니다.

쇼세이, 모든 걸 트리밍해 왔습니다.

이성애 개체가 원하는 걸 하나도 누리지 못해도 계속 걸을 수 있도록 신경을 봉인하고 마음을 바꿔 온 인생이었습니다.

그러나 아무리 심신을 단련했더라도 이렇게 갑자기 멈춰 설 때가 있습니다.

(정말 원하는 거라.)

저는 지금 바지가 필요합니다. 계속 내놓고 있었더니 춥습니다.

(아무것도 없구나.)

어쩐지 오늘은 정말 기네요.

인간의 수컷 개체는 암컷 개체와 달리 정신적 부조화에 익숙지 않습니다. 젊을 때 호르몬의 영향을 거의 의식하지 않고 살 수 있기 때문입니다. 아아, 앞으로 남성 호르몬이 감소해 점점 우울해질 걸 생각하니 진저리가 납니다.

부활까지는 시간이 걸릴 듯하니 저도 잠시 생각해 보겠습니다. 쇼세이가 정말 원하는 것.

쇼세이, 태어나고 자란 생식지에서 나올 때까지는 오로지 일단 자기 욕구를 숨기고 공동체에 맞도록 의태하는 것을 가장 우선시했습니다. 이후로는 경제적 자립을 확보해 자기 감각을 어떤 공동체에도 압도당하지 않고 살아남는 일을 중시했으므로 다른 무엇보다 항상 자제심과 자율성이 뛰어났습니다. 자기 욕구에 충실히 따른다고 해서 열매를 맺을 가능성이 너무 낮았으므로 그럴 바에는 잊는 게 편했습니다. 그래서 이쓰키의 친구처럼 쇼세이가 자기 상식을 무너뜨리면서까지 얻고 싶은 게 무엇인지, 애당초 그런 게 있기는 했는지, 저로서는 잘 모르겠습니다.

Maryam처럼 특정 신을 믿는 것도 아니고(그 경우 대체로 신이 인간 생애의 최종 목표를 결정하므로 생각할 필요가 없습니다), 기시와 이쓰키와 다이스케와 소우처럼 이성애 개체를 중심으로 한 공동체의 균형, 유지, 확대, 발전, 성장에 공헌하고 싶은 마음, 즉 공동체 감각을 원동력으로 삼을 것도 아니고, 무엇보다 서바이벌 다음이 없다는 말입니다.

맞습니다. 쇼세이라는 개체에는 경제적 자립【다음】이 없습니다.

더는 다음이 없다는 밥솥 세계조차 멜라노이딘이 어쩌고 하면서 어떻게든 신제품을 쥐어짜 내고 있는데 말입니다.

저, 인간을 두 번 경험한 육십 년 동안, 작은 발견을 했습니다.

수요를 넘어서 신제품을 계속 발매해야 성립하는 자본주의와 마찬가지로 인간도 아주 적당한 순간에 자신을 다시 새롭게 상품화합니다.

대체로 인간은 다음 세 단계 중 무언가를 선택하고 조합하며 상품화합니다.

첫 번째는 Maryam처럼 차세대 개체를 낳아 가족이라는 공동체를 확대하는 단계. 이쓰키도 지금, 이 패턴의 가능성을 생각하고 있겠죠. 다른 하나는 기시처럼 노동으로 회사라는 공동체를 발전시키는 단계. 마지막은 소우가 말하는 SDGs로 대표되는, 그야말로 사회의 성장과 지구 전체의 개선과 이어지는 구조에 도전하는 단계입니다.

이쓰키의, 자신이 원하는 게 진짜 뭔지 모르겠다는 어정쩡한 고민도 다음에는 어떻게 자신을 새로 상품화할지를 고민하는 겁니다.

인간은 대체로 이 세 가지 패턴 중 하나에서 벗어나는 길, 즉 자신을 전혀 새롭게 상품화하지 않는 삶을 좀처럼 선택할 수 없습니다. 너의 【다음】은 무엇이냐고 공동체 감각의 감시 카메라가 감시하고, 본인도 자신을 새롭게 상품화해 새로운 생산성을 얻음으로써 자신은 확대, 발전, 성장한다고 생각하고 그에 따라 행복 수준도 오르니까요.

쇼세이, 그런 환경에서 자신을 어떤 형태로도 새로 상품화하지 않는 길을 홀로 걸어왔습니다.

그래서 좀 걱정됩니다. 당신 그냥 살고만 있는데 괜찮아? 본인 선택이므로 괜찮다고 단언하기도 힘들고 무엇보다 그런 상태로 계속 있기에는 인간의 수명 너무 길지 않아?

(…….)

아, 드디어 머릿속이 새하얘졌습니다.

…….

할 일이 없네~.

갑자기 발기나 해 버릴까. 평소라면 아주 곤란한 상황이 될 테니 재미있겠죠.

이대로 내내 멍하니 있기도 그러니까 또 다른, 드문 【저】였을 때의 이야기라도 할까요? 참, 네오트로글라 얘기, 두 개체 모두 멋대로 해석하고는 마음대로 기분을 풀었던 그 얘기요. 그거, 엄청나게 몰입되지 않았나요?

저, 푸른줄무늬청소놀래기라는 물고기에 있었던 적이 있는데 그때는 상황에 따라 성전환을 했답니다. 집단 안에서 몸집이 얼마나 큰지에 따라 수컷 개체와 암컷 개체를 오가는 겁니다.

푸른줄무늬청소놀래기는 산호초에서 집단생활을 하는 종인데 몸집이 작을 때는 암컷 개체로 지내고 그 집단에서 가장 커지면 수컷 개체가 됩니다. 만약 자기보다 큰 물고기와 동거하면 다시 암컷 개체로 돌아옵니다.

대단하지 않나요?

집단생활이라면 몸집이 가장 큰 개체가 외적으로부터 공동체를 지키는 역할을 맡죠. 그 역할을 다하려고 집단에서 가장 몸집이 큰 개체가 자동으로 수컷 개체가 되는 겁니다.

지금 생각해 보면 네오트로글라보다 푸른줄무늬청소놀래기가 더 이쓰키의 고민에 맞겠습니다. 개체의 크기와 맡겨지는 역할에 대한 대답이므로. 맞아요, 푸른줄무늬청소놀래기네요. 쇼세이가 읽은 책에는 푸른줄무늬청소놀래기를 다룬 내용이 없었으므로 어쩔 수 없죠.

(그러고 보니.)

앗, 사고 재개. 뭔데, 뭔데?

(네오트로글라, 그 자리를 넘기는 수단에 불과했네.)

앗, 깨달았다!

(말하면서도 이게 무슨 짓인가 싶었어.)

인간의 문제에 다른 종의 생태를 빗대면 잠시 해결되는 느낌만 들 뿐임을 의외로 깨달았습니다!

이거 말이죠, 어떤 문맥에서나 마찬가지입니다.

대상을 경멸할 때는 물론이고 대상을 격려할 때조차도 같습니다.

예컨대 생산성이나 종의 보존에 반한다는 발언이 화제가 되었을 때 말입니다.

그때 굳이 같은 모래판에 올라가 그 말을 한 사람에게 반론을 시도하는 개체가 정말 많았습니다.

"다른 종에도 동성애 개체가 많아!", "이제까지 다양한 종에서 동성애 개체가 도태되지 않은 데는 어떤 의미가 있을 거야." 같은 발언 말입니다. 그러나 그 옹호에서 이런 느낌을 받는 개체도 적지 않을 겁니다.

많이 있으면, 뭐?

의미가 있으면, 뭐?

그보다 공동체의 축소가 멈추지 않는 일본에서 무엇을 어떻게 하면 좋을지를 구체적으로 얘기해 주면 좋지 않을까요?

다른 누구도 아닌 쇼세이가 그렇습니다. 아무리 옹호의 【목소리】를 확인해도 이상하게도 【온전히 와닿는】 느낌이 없었습니다. 그러니까 '많으니까', '어떤 의미가 있기 때문에'라는 것보다 나은 뭔가를 발견하고 싶어서 생물학 전문서를 열심히 읽는 겁니다.

그리고 드디어 다 읽은 오늘.

화장실 안에서 움직이지 못하고 있습니다.

(하…….)

어라? 이번에야말로 사고가 재개되나?

(오늘은 좀처럼 부활이 안 되네.)

지레짐작했네요.

이렇게 오래 몸을 움직이지 못할 줄이야. 인간의 감정이란 정말 생명 활동에 적합지 않습니다. 다른 종이라면 이러고 있는 사이에 쉽게 잡아먹히고 만다니까요. 아이고! 또 나왔네요. 다른 종의 생태를 빗댄다는 거 말입니다. 이 논법의 무의미함을 얘기하고 있었으면서.

(여러모로 마음이 무거워서 그래.)

확실히 레이아웃 변경 회의도 오늘이었으니까요. 또 자기만을 위한 선물인 우설도 놓치고 서바이벌 단계를 일찌감치 통과한 이성애 개체의 고민에 푹 빠져 오랜만에 자신을 돌아보게 되었네요. 응. 정말 긴 하루였네요.

(아.)

응?

(도서 반납일, 언제였더라?)

반납일? 아아, 그 책?

(언제 빌렸지?)

아주 천천히 읽어서 반납 기일까지 아슬아슬할지도. 확인해 보는 게 좋지 않을까?

(후유.)

"후유."

드디어 뇌와 입에서 동시에 한숨이 나옵니다.

(다음에 빌릴 책이 있나?)

애써 도서관까지 책을 반납하러 갈 테니까 다른 걸 빌려 올 생각인가 봅니다.

(…….)

다음에 읽을 책, 뭐가 있을까요?

(없나?)

어라?

(또 알고 싶은 게 하나도 없네.)

아이고야.

…….

부활할 때까지 오늘 다 읽은 책 이야기나 하자고요.

쇼세이, '많으니까', '어떤 의미가 있으니까'라는 것보다 나은 답을 발견하려고 생물학 책을 빌렸습니다. 적어도 천오백 종의 생물에서 확인되는 동성애 행위가 도태되지 않고 지금도 남아 있는 이유가 적힌 장이 마지막에 준비된 책입니다.

쇼세이, 다소 기대했습니다. 이 책을 읽으면 순간의 감정적인 위안 너머에 있는 【온전히 와닿는】무언가를 얻을지 모른다고요.

결과부터 말하자면 No 온전함으로 Finish, 였습니다.

일단 이 책의 마지막 장에서는 수컷끼리의 교미 행위라도 차세대 개체는 발생하지 않으므로 엄밀하게 말하면 【교미】라고 할 수 없으나 그렇다면 왜 존재하는지, 곤충 세계를 무대로 다양한 가설을 소개하고 있었습니다. 여기까지는 쇼세이가 알고 싶은 내용과 완전히 합치했습니다.

문제는 그다음입니다. 어디까지나 쇼세이의 문제이기는 하지만요.

소개된 첫 번째 가설은 수컷끼리의 교미 행동을 수컷끼리의 투쟁으로 보는 내용이었습니다. 강한 지위를 과시해 결과적으로 더 많은 암컷과 교미하려는 행위라는 설입니다.

두 번째는 수컷끼리의 교미 행동은 암컷과의 교미를 위한 사전 연습, 이라는 설입니다.

세 번째는 수컷끼리의 교미 행동은 자기 정자를 다른 수컷에 부착시켜 그 수컷이 암컷과 교미했을 때 자기 정자를 암컷에게 옮기려는 장치, 라는 설입니다.

그렇습니다. 그 책에 적힌 모든 가설은 수컷끼리의 교미 행동이 어떤 이유든 최종적으로는 암컷 개체와의 교미와 차세대 개체의 번식에 유의미하기에 존재한다는 문맥이었습니다.

어디까지나 그 책에는 그렇게 적혀 있다는 소리입니다. 다른 책에는 다른 관점의 가설이 적혀 있을 겁니다.

쇼세이, 낙담하고 말았죠. 전차 안에서 비틀대다가 이쓰키의 구두를 힘껏 밟을 정도로.

저야 물론, 책의 개요를 파악한 순간 그런 이야기가 전개되겠구나~ 예상했답니다. 그래서 계속 읽는 걸 그리 추천하지 않았던 겁니다.

그야, 동성애 행동의 진화적 의의를 논하는 책이니까요. 【진화적 의의】라니까요? 그렇다면 종이 존속하는 데 동성애 개체가 어떤 의미가 있는지를 소개하는 게 당연하지 않을까요? 그런 주제의 책이니까요.

그러나 쇼세이는 이런 개체로 발생한 자기 정당성을 증명할, 이런 개체로 발생한 것을 확대, 발전, 성장과는 다른 관점에서 인정할 수 있는, 인간미 넘치는 내용을 기대했습니다. 솔직히, 그런 내용을 생물학 전문서에서 찾으려 한 것부터가 생각이 좀 부족한 듯합니다. 인간미란, 이 별에서 인간만이 소중히 여기는 거니까요.

그리하여 쇼세이, 두 번째로 (그렇다면 영 동기부여가 되질 않네~) 생각하는 상태에 빠집니다.

첫 번째는 구직 활동을 시작했을 때입니다. 그때 쇼세이는, 이 세계에서 노동하는 것은 곧 이성애 개체를 주체로 한 인간이라는 종과 공동체에 어떤 형태로든 공헌해 유의미한 영향을 준다고 해석하고 바로 (그렇다면 일할 의욕이 생기질 않네~) 같은 상태가 되었습니다.

이번에는 (영 동기부여가 되질 않네~) 느낌이 【일한다】라는 행위를 넘어선 듯합니다. 노동 이외의 모든 게 【이성애 개체를 주축으로 한 인간이라는 종과 공동체에 어떤 형태로든 공헌해 유의미한 영향을 준다】로 수렴된다는 사실에 낙담한 겁니다. 그때 쇼세이는 전차 안에 서 있었는데 만약 좌석에 앉아 있었다면 그대로 한동안 움직이지 못했겠죠.

(…….)

지금처럼 말입니다.

그러나 쇼세이, 이로써 드디어 자기편 같은 【목소리】가 영 【온전히 와닿지】 않았던 이유를 알았습니다.

해외에서는 동성혼을 거쳐 아이를 키우는 커플이 많습니다. 아이를 만들든, 안 만들든 누구나 어떤 형태로든 사회에 관여하고 공헌합니다. 세상은 복잡하게 얽혀 있어서 어떤 특정 배경의 사람만을 【이 나라의 생산성에 기여하지 않는다】라고 말할 수 없습니다. 생산성 없는 사람은 없습니다…….

그렇습니다.

이런 말들도 결국은 "동성애 개체는 【이성애 개체를 주축으로 한 인간이라는 종과 공동체에 어떤 형태로든 공헌해 유의미한 영향을 주는】 데 기여한다고. 그러니까 이해해!"라는 주장 아닐까요? "동성애 개체는 생식 말고는 우리 이성애 개체와 똑같아. 그러니까 인정해 주자."라는 문맥에 해당하는 게 아닐까요?

【목소리】를 내는 개체가 다 그런 마음은 아닐 겁니다. 그러나 인간이 고안한 공동체 시스템과 구성원의 비율을 봤을 때 아무래도 그런 문맥이 되고 맙니다. 물은 높은 데서 낮은 데로 흐른다는 이야기와 마찬가지로 누구의 잘못이라는 말이 아닙니다.

생산성 없는 사람은 없다는 옹호는 결국 이 개체들도 국가의 확대, 발전, 성장에 어떤 형태로든 유의미한 영향을 주니까 세이프입니다. 다른 형태의 생산성이 있으므로 괜찮답니다. 이렇게 이성애 개체를 주축으로 한 공동체의 허락을 얻고자 하는 겁니다.

결국, 일단 심사가 존재합니다. 공동체를 구성하는 대다수인 이성애 개체가 오케이 사인을 낼 것인지라는 첫 번째 심사가 말입니다.

동성혼도 마찬가지입니다.

만약 동성혼의 옳고 그름을 묻는 국민투표가 이루어진다고 해도 다수결인 한 모든 동성애 개체가 찬성에 투표해도 일부 이성애 개체가 반대에 투표하면 아주 쉽게 부결됩니다. 최근에는 이성애 개체의 오케이 사인을 받으려고 다양한 활동이 이루어지고 있는데 애당초 동성애 개체끼리 혼인 관계를 맺는 데 왜 이성애 개체의 허가가 필요할까요. 이성애 개체끼리의 결혼에 동성애 개체는 찬성도 반대도 하지 않는데. 그럴 여지도 없잖아요?

그 역시 확대, 발전, 성장이라는 문맥이라면 이성애 개체 쪽의 승리이기 때문입니다.

이야기를 바꾸죠.

최근 드디어 오케이 사인을 받는 게 "생산성 없는 사람은 없다."라는 계통의 발언입니다. 이에 준하는 【목소리】가 지금의 【그냥 그런 분위기】를 형성하고 있습니다. "호모는 기분 나빠."라는 【목소리】가 【그냥 그런 분위기】를 형성했던 이십 년 전과 비교하면 정말 많이 변했으나 저로서는 지금이나 이십 년 전 분위기나 모두 인간적이구나~! 이런 생각이 듭니다.

보세요? "생산성 없는 사람은 없습니다."라는 말은 곧 "어떤 개체나 의미와 가치로 시작되는 생산성과 관계가 없을 수 없답니다."라는 선언, 이지요?

그러므로 전혀 다정한 말이 아닙니다.

오히려 자신이 앞으로 어떤 상태가 되더라도, 언제 어느 순간에도 공동체에 유용한 개체여야 한다는 느낌, 굉장하지 않나요?

인간이 아닌 종의 생태를 끌고 와 인간의 동성애 개체를 긍정하는 내용의 발언도, 인간이라는 종 안에서 다양한 예를 제시하는 발언도 결국은 이성애 개체를 주축으로 한 공동체에 공헌할 수 있는지를 묻는 것인데 그중 "생산성 없는 사람은 없습니다."라는 말은 결정타에 해당하죠.

이 말이 아름다운 말로 퍼지는 지금, 너무나 인간적이구나~! 이런 생각에 감탄하고 맙니다.

도무지, 의미나 가치에서 벗어나지를 못해요.

생산성을 놓지 못한다고요.

항상 의미나 가치를 의식하면서 확대, 발전, 성장의 레이스에서 누군가가 빠지지 않도록 서로 감시하고, 딱히 원하지도 않은 멜라노이딘을 생성시키는 신제품을 개발하거나 다른 개체와 쌍을 이루어 차세대 개체를 발생시켜 【지금보다 더】를 끊임없이 추구하고, 자신을 끊임없이 새로운 상품으로 만들어 공동체에 기여하고 다른 개체에 공헌해 행복 수준을 유지하는 수십억 초.

인간의 생애.

저는 지금까지, 수없이 그저 발생했다 소멸하는 개체에 있었습니다.

그런 일, 자주 있으니까요.

만약 모든 개체가 그 결과 멸종하더라도 이 종의 역사는 그런 거였다, 이상! 그런 정도의 이야기입니다. 하나의 종이 수천 년 동안 한 별의 패권을 쥐어 온 게 오히려 이상한 사태입니다. 어떤 형태로든 인간에게도 멸종의 순간이 찾아옵니다. 무엇이 그 방아쇠가 될지는 십 년이나 이십 년 주기의 사건으로는 알 수 없으므로 개체 단위의 범인 찾기는 불가능합니다. 그러므로 생산성으로부터 완벽하게 거리를 두는 행위는 다른 개체의 질책을 받을 게 전혀 아니고 자책감에 시달릴 일도 아닙니다.

그러나 인간의 경우.

(어쩌지?)

생산성으로부터 완벽하게 거리를 둔다는 것은 곧.

(일어설 수가 없네.)

그 개체가 행동 원리를 잃는 것과 거의 같은 뜻입니다.

(몸에 힘이 들어가질 않아.)

자, 쇼세이. 본격적으로 움직이지 못하게 되었습니다.

(하지만.)

움직일 수 없다기보다 움직일 이유를 전혀 찾을 수 없다고 해야 할까요?

(몸에 힘을 어떻게 줬더라?)

벌써 얼마나, 입을 반쯤 벌리고 허벅지에 팔꿈치를 놓은 상태에서 두 팔을 툭 늘어뜨리고 등을 굽히고 고개를 앞으로 내밀고 있었을까요?

아, 이제 깨달으셨나요?

그렇습니다. 이 자세, 서 있는지 앉아 있는지의 차이는 있을지언정 그때와 거의 같습니다.

데스크 의자를 소개하다가 눈썹과 공모해 나란히 모든 걸 내려놨던 때 말입니다.

【사회인】이나 【인간】이라는 사회적 동물의 무대에서 내려와 오로지 생명체인 상태로만 있었던 그때와 거의 같습니다.

저, 생각하고는 합니다.

인간이란 결국 이 자세가 되고 싶지 않은 게 아닐까요?

그래서 어떤 달성이나 완료에도 고개를 젓고 항상 【지금보다 더】를 선택하고, 의미나 가치 있는 사회적 동물이어야 하고, 새로운 생산성을 위해 자신을 새로 상품화해야 하고, 언제나 늘 성장, 성장, 성장이라는 주문 아래에서 【다음】을 발견하려고 등을 꼿꼿이 펴고 있는 게 아닐까요?

아직 움직이질 못하네요.

저, 오늘 이런 말을 했죠. 레이아웃 변경 회의 중에 사실은 회의에 참여한 개체 모두, 영원히 이어질 확대, 발전, 성장의 레이스에서 내려오고 싶은 게 아닐까? 【지금보다 더】를 영원히 계속할 수 없다는 사실을 다 알고 있으면서도 공동체 감각을 서로 감시하며 사는 일을 이제 슬슬 때려치우자고.

어쩌면 정반대일지 모르겠습니다.

인간은 오히려, 공동체 감각을 감시하는 카메라를 늘리고 싶은지도 모릅니다.

자신을 【인간】이나 【사회적 동물】에서 내려오지 못하게 하는 스토퍼를 하나라도 많이 갖길 바랄지 모릅니다.

그러지 않으면, 이렇게 되니까요.

밤, 변기에 딱 붙어 앉아 축 늘어져 버리니까.

일이나 가정, 사회 공헌 활동은 알 바 아니고 자신을 계속 달리도록 만들 게 필요한지도 모르겠네요.

……내가 정말 원하는 게 뭘까?

만약 지금, 이쓰키와 직접 대화할 수 있다면.

……정말 아이를 원하는 게 아닐지 몰라.

그렇다고, 고개를 끄덕여 주고 싶네요.

공동체 감각을 완전히 놔 버리지 않게 자신을 감시할 무언가를 원하는 거야. 그렇게 알려 주고 싶네요.

지금의 쇼세이처럼 되지 않도록, 몸에 힘을 넣게 해 주는 것.

자신을 새로 상품화하는 일을, 【성장】을, 인간이 아니라 【사회적 인간】임을 내버리지 않도록 감시해 줄 것.

그런 게 필요한 게 아닐까? 이 질문은 틀림없이 이쓰키를 즐겁게 할 겁니다.

(…….)

쇼세이, 여전히 움직이지 못합니다.

너무 길지 않나!?

안 좋은 사인 아닐까!?

자, 전에 이 자세가 되었을 때 쇼세이는 어떻게 원래대로 돌아왔지?

맞다, 맞아! 감시자가 회의실에 돌아왔습니다. 덕분에 쇼세이도 눈썹도 다시 몸에 힘을 줄 수 있었습니다.

그 말은 곧, 지금 위험한 거 아닐까?

생각해 보세요. 개체 혼자 사는 집 화장실에는 아무도 오지 않을 테니까요.

아무도 공동체와 종의 확대, 발전, 성장에 일단 손을 얹고 보자는 마음을 북돋울 수 없습니다.

역시, 달리는 게 낫네요. 【생산성 없는 사람은 없습니다】라는 멋진 말이 울려 퍼지는 세계에서는 확대, 발전, 성장의 레이스에서 내려오지 않도록 스스로 몰아붙이는 편이 오히려 건강하게 살 수 있겠습니다.

그런 의미에서는 차세대 개체는 가장 유효한 감시 카메라입니다. 육성해야 하는 차세대 개체가 있는 한 부모 개체는 달리는 수밖에 없습니다. 유체의 두 눈동자야말로 공동체 감각의 스위치를 켜는 초고성능 렌즈입니다.

그러나 쇼세이, 그것을 손에 넣을 자리에서 가장 멀리 있는 데다 무엇보다 지금은 모든 게 어찌 되어도 상관없습니다.

의지했던 생물학 책은 종의 생산성을 다시금 인정하고 있었습니다. 그렇다고 개체 감각을 검게 지워 버리는 공동체에 공헌하고 싶은 마음 따위 새삼 가질 수 없습니다. 다음에 읽고 싶은 책도 딱히 없습니다. 이는 곧 다음에 열고 싶은 문이 하나도 없다는 소리입니다.

없습니다. 아무것도.

이제는 머릿속도 도통 움직이고 있지 않습니다.

무(無).

무, 가 이어지고 있습니다.

…….

한가~.

한가, 가시, 시집살이, 이사, 사망, 망둑어, 어이.

앗!

…….

그렇구나. 진짜 【다음】이 사라지면 이렇게 되고 마는군요.

받침점도 중점도 작용점도 전혀 없다고 해야 할까요. 응. 그런 느낌입니다.

하~아. 이제부터 어떻게 해야 하지?

이 상태에서 나타날 【다음】은 뭘까요? 굶주림?

그렇다면 여정이 너무 긴데~.

아, 그런데 【다음】이라 하면.

이성애 개체들은 다음에는 어떤 【목소리】에 오케이 사인을 낼까요. "동성애 개체들은 비웃어 마땅하다."라는 시대에서 이삼십 년이 지난 지금, "생산성 없는 사람은 없습니다."="이성애 개체 주축의 공동체에서 동성애 개체도 유용하게 존재할 수 있습니다."라는 말에 오케이 사인이 났습니다. 그러나 이대로 개체 수가 계속 감소해 국가라는 공동체의 축소, 붕괴가 드디어 현실로 드러나면 다시 동성애 개체 혐오에 오케이 사인이 나올 가능성도 전혀 없다고 할 수 없겠죠.

쇼세이에 있게 된 지 약 삼십 년, 저, 드디어 깨달았습니다.

신이 없는 생식지에서는 결국 공동체의 대다수를 차지하는 이성애 개체가 신을 대신하고 있다는 겁니다. 그 생식지에서의 【그냥 그런 분위기】는 신의 대리인들이 유행처럼 만들어 내는 【다음】에 따라 거침없이 변합니다.

그러므로 쇼세이가 유체였을 때 사실은 의태 같은 거 안 해도 되었습니다.

당시의 쇼세이, 【그냥 그런 분위기】에 조준을 맞춰 의태한 것인데 기준이었던 【그냥 그런 분위기】 자체가 휙 바뀌었으니까요.

어차피 그때 쇼세이를 비웃었던 암컷 개체도, 화장실 앞에서 길을 막았던 수컷 개체도 지금은 "다양성은 중요하지."라고 떠들고 있을 겁니다. 한술 더 떠서 발생시킨 차세대 개체에 "어떤 삶이라도 괜찮단다."라고 부추길지도 모릅니다. 그럴 바에는 마지막 한 개체가 남을 때까지 책임지고 동성혼에 반대하는 기백을 보여 줬으면 합니다. 아무리 【그냥 그런 분위기】가 바뀌었어도 쇼세이가 지내 온 삼십여 년은 변함이 없으니까요.

다른 사람 눈은 신경 쓰지 마. 인간세계에서 자주 듣는 말인데 쉽게 말해 【다른 사람의 눈】 자체가 정신없이 바뀌어서 좀처럼 기준으로 삼을 수 없다는 겁니다. 그러면 자신답게 살라거나 개성을 존중하라는 말이 떠오릅니다. 아니, 아닙니다. 그것도 다른 사람의 주장일 뿐입니다. 다른 사람의 눈은 온통 이성애 개체들이 오케이 사인을 낸 유행에 지나지 않으므로 그때마다 이리저리 휘둘리며 의태했다가는 한도 끝도 없습니다.

즉 이대로 동성애 개체의 차별이나 편견이 해소되더라도 그 역시 대다수 개체가 '다음은 이거려나~'라고 판단한 유행의 일종인 겁니다. 공동체의 새로운 상품화라고 해야 할까요. 자본주의인 이상 인간도, 인간의 집합체인 공동체도, 결국은 이런 느낌으로 계속 새로운 상품이 되어야 합니다. 유행이 바뀐다는 사실은 그러지 않으면 새로 금전을 조달하는 게 어려워진다는 뜻입니다. 또 궁극적으로 "자본주의에 반대한다!"라는 주장 역시 그런 메시지를 내세운 신상품이 자본주의 아래에서 돈을 벌기 시작해서 발생한 겁니다.

그러므로 좋든 나쁘든 【그냥 그런 분위기】를 기준으로 자신을 형성해서는 안 됩니다. 전부 진심으로 생각해서 주장하는 게 아니라 그저 유행일 뿐이니까요.

그 증거로 주류의 개체는 입을 모아 말하잖아요? "지금은 그런 시대니까."라고요. 소수의 개체를 보고, 사람은 저마다 달라요, 지금은 그런 시대잖아요, 라고 하잖아요? 그거 말이에요. 용서하고 받아들이는 쪽의 태도로 싱긋 웃는 거요. 전혀 그렇지 않았던 수십 년을 만들어 온 일원이면서 과거 행동에 눈을 감고 우월한 시선으로 갑자기 "우리 용서를 받아 기쁘지 않아?"라며 두 팔을 활짝 벌리잖아요?

이야말로 머리를 쓰지 않고【그냥 그런 분위기】에 맞추는 행동일 뿐입니다. 소수자를 차별하지 않는 건 그런 시대라서. 이전 시대를 구축한 과거를 진심으로 반성하고 사죄하고 개선하는 게 아니라 그냥 그런 시대가 되었으니까. 이대로 가면 수십 년 뒤, 공동체와 종이 지금보다 훨씬 축소될 텐데 여전히 체내수정을 비롯한 유성생식 외에는 차세대 개체를 발생시킬 방법이 없는 상태가 이어진다면 역시 똑같은 흐름으로 다시 동성애 혐오 분위기가 재구축될 가능성도 아주 큽니다. 그렇잖아? 그런 시대니까요.

뭐, 저야, 인간의 미래는 어찌 되든 상관없지만요.

어, 아직도 안 움직이네~.

쇼세이, 여전히 똑같은 자세로 낮게 호흡하고 있을 뿐입니다. 그럴 때마다 살짝 배가 부풀었다가 줄어들고 다시 부풀고 줄어들기를 반복합니다.

그건 그렇고.

쇼세이 같은 개체의【목소리】는 그다지 세계에 나오지 않습니다. 자기가 동성애 개체라고 밝히지 않는 개체의【목소리】는 밖으로 나오지 않는 게 당연하겠죠.

이성애 개체가 누리는 걸 하나도 누리지 못해도 살 수 있게 장시간에 걸쳐 마음을 바꿔 왔는데 새삼 "동성애자도 이성애자처럼 결혼할 수 있게 해 주자고요. 지금은 그런 시대니까요."라니. 느닷없이 그딴 소리를 할 바에는 먼저 이제까지의 일을 무릎 꿇고 사과하는【목소리】를 더 내줬으면 좋겠습니다. 물론 이는 이제까지 줄기차게 동성애 개체의 입을 막아 온 대다수 개체에게는 불편한【목소리】이기에 가령 그런 소리가 나오더라도 오케이 사인은 나오지 않겠죠.

그래서 퍼지지 않는다, 유행이 되지 않는다, 신상품으로 선택되지 않는다. 그걸로 끝.

이런 일이, 저와 쇼세이의 인지능력이 닿지 않는 곳에서 수없이 일어납니다.

그보다.

이 몸, 확실히 쪘네요.

쇼세이, 다이스케와 사 온 그 스마트 체중계에, 올라간 직 있나? 안 올라가지 않았나?

정말 원해서 샀다기보다 남아도는 휴일을 적당히 소화하려고 사러 간 거지만요.

그보다 어디에다 뒀더라?

기억도 안 나네요.

…….

눈썹, 잘 지내고 있을까.

눈썹의 현재를 생각하다니, 정말 말도 안 되게 한가하다는 증거입니다.

눈썹, 아직도 두꺼울까.

눈썹을 다듬어 버렸으면 뭐라고 불러야 할까.

깎은 눈썹, 일까?

…….

아니.

이제 정말로 어떻게 좀 해야 할 텐데…….

응?

지금, 집 벨이 울렸죠!?

막 울리고 있죠!?

오호! 역시! 또 딩동!

누가 왔나 봅니다!

"네."

아, 목소리를 냈다. 성대에 힘이 들어갔다! 상대에게는 절대 들리지 않을 크기였으나 몸이 움직였습니다!

"네."

다시 소리를 내고, 이게 웬일! 쇼세이가 자리에서 일어났습니다.

다행입니다. 움직였다~. 영영 그러고 있을 것 같아서 무서웠어~.

또 울렸습니다. 딩동. 이 정도로 계속 울리는 걸 보니 택배는 아닙니다.

"나가요!"

쇼세이, 아까보다 큰 목소리를 냈습니다. 보세요! 벌써 세 번째 딩동입니다. 서둘러, 서둘러!

쇼세이, 문을 엽니다.

다이스케가 서 있습니다.

"체중계, 고장 나서."

최근 매일 쟀다는 다이스케. 쇼세이의 반응을 기다리지 않고 스마트폰 화면을 보여 줍니다. 체지방률 데이터가 앱에 전송되는 듯합니다.

"그래서 네 길 씨야겠어."

편안한 옷차림의 다이스케는 쇼세이가 가타부타 대답하기도 전에 샌들을 벗고 방에 들어옵니다.

"그건 좋은데 잠깐만!"

어디에다 뒀더라? 입 밖에 꺼내지는 않고 쇼세이, 조심스레 기억을 더듬습니다. 맞다. 신발장 안에 있습니다.

"땡큐. 살았다."

매일 재지 않으면 영 찜찜하다는 다이스케. 쇼세이가 바닥에 놓은 체중계의 디스플레이를 발가락으로 조작합니다. 쇼세이의 데이터인 설정 1을 넘어 설정 2를 설정합니다. 분명 이 설정도 다이스케가 했었죠.

"Wi-Fi도 오케이."

다이스케, 휴대전화를 바닥에 놓고 뜨거운 물에 발을 넣듯 조심스레 체중계에 올라섭니다. 이 방에는 여러 번 놀러 와서 Wi-Fi 설정도 자연스럽습니다.

"악! 역시 우설을 너무 많이 먹었어."

다이스케는 투덜대고 "체지방률은 어떻게 떨어뜨리지?"라면서 체중계에서 내려옵니다.

"정말 도움이 됐어. 고마워."

다이스케, 멋대로 개체 홀로 떠들어 대며 스마트폰을 조작합니다. 데이터가 제대로 반영되었는지 확인하는 듯합니다.

(굳이 이것 때문에 왔다고?)

쇼세이, 샌들을 신는 다이스케의 등을 바라보고 있습니다.

그러자, "있잖아." 다이스케, 문을 바라보는 상태로 말합니다.

"이쓰키가 뭐래?"

"음."

쇼세이, (뭐라고 하기는 했지. 정말 많은 말을 하기는 했는데 애당초 무슨 말이었지?) 고민합니다.

응, 이렇게 말했어. 그렇게 대답하기에는 들은 정보량이 너무 많았네요.

쇼세이가 (일단 무슨 말이든 해야 하는데) 입을 여는데 동시에 "아니, 됐어. 고마워!"라고 다이스케, 또 툭 내뱉고 마음대로 방을 나갑니다.

쇼세이, 한동안 그 자리에 우두커니 서 있습니다.

어쨌든 다행입니다. 변기에서 일어났으니 말입니다. 저는 정말 내내 그대로 있을 줄 알았으니까요.

쇼세이, 갑작스러운 방문객이 만들어 낸 동요가 가라앉자, 문을 잠그고 방으로 돌아옵니다.

그 순간 이미 시커멓게 변한 체중계 화면과 눈이 마주친 느낌이 들었습니다.

(…….)

쇼세이, 말없이 5월에 받은 건강검진 결과를 떠올립니다.

삐.

쇼세이, 드디어 처음으로 체중계 전원을 직접 켭니다.

6

쇼세이, 등을 꼿꼿하게 펴고 기시의 이야기를 듣고 있습니다.
"반입과 반출 공간 확보에서 조금 매끄럽지 않은 부분이 있었어. 그러니까 자세하게 기록해 두는 게 좋겠네."
"네."
"주변 지도 사진이나 경찰허가 절차도 함께."
"알겠습니다."
쇼세이, 기시의 지시를 따르면서 키보드를 또각또각 두드립니다. 여전히 지시받은 업무를 수행하는 데 특별한 문제는 없습니다. 이 정도 범주라면 얹은 손에 힘을 주는 일은 누워서 식은 죽 먹기입니다. 보세요, 키보드에 얹은 손가락에 힘을 줘서 또각또각.
그로부터 오 개월이 지났습니다. 그렇습니다. 좌변기 위에서 움직이지 못했던 그날 밤으로부터 말입니다.

지난 오 개월 동안 사무실의 레이아웃 변경 프로젝트도 무사히 끝났습니다. 수고하셨습니다! 프로젝트 리더를 무사히 끝낸 쇼세이, 지금은 기시와 함께 두 개체가 반성회를 하고 있습니다. 모든 공정이 끝나고 한 달이 지난 지금이 반성할 점을 정리하기에 딱 좋은 시기랍니다.

"참, 신규 사업부에서 문의했던 전화선 문제는?"

기시가 힐끗 쇼세이에게 시선을 던집니다.

"때마침 오늘 오전 NTT 사람이 오는 날이라 정보시스템과에 연락해 작업하게 했습니다. 문제는 해결되었다고 들었습니다."

"그렇다면 다행이네."

기시, 미간을 찌푸린 채 여전히 컴퓨터 화면을 노려보고 있습니다. 앞으로 또 사무실의 대대적인 규모 변화가 있을 때는 이번 정리 자료가 거의 인수인계서 같은 역할을 하게 되겠죠. 빠진 부분이 없어야 한다는, 기합이 전해집니다.

아, 쇼세이, 기시가 장고에 들어간 걸 알아차리고 이때다 싶어 온몸의 힘을 빼고 멍하게 있습니다. 이 빈틈없는 태만이라니, 역시!

쇼세이, 레이아웃 변경 프로젝트 리더로 임명된 초기에는 【리더】라는 너무나도 판단, 결단, 선택, 선도를 담당하는 지위에 상당한 부담을 느꼈습니다. 그런데 막상 끝내고 보니 쇼세이가 두려워했던 국면은 찾아오지 않았습니다.

쇼세이의 일은, 한마디로 말해 다양한 조정 놀이였습니다. 변경 작업 중에도 일상 업무를 계속하는 사원에게 최대한 영향이 가지 않도록 주말이나 평일 야간을 중심으로 작업 일정을 짰습니다. 매사를 막힘없이 신행하려고 수많은 업자와 빌딩 관리 담당자들 사이를 오가며 끊임없이 조정하는 역할입니다. 그야, 생각해 보면 당연하죠. 사무실 레이아웃을 변경한다는 대대적인 작업에 쇼세이처럼 프로도 아닌 일개 회사원이 직접 관여하는 일은 없을 겁니다.

그런 이유로 쇼세이는 여러 업자 사이를 묵묵히 오가며 의견을 조정하고 집기 이동 등의 큰 작업이 벌어질 때는 그저 자리만 지키고 있으면 되었습니다. 전문 기술이 없는 종합직 회사원은 실무적으로는 도울 일이 전혀 없습니다. 키보드를 두드려 발주할 뿐 실제로 손을 움직이는 작업은 다른 개체에게 맡깁니다. 그런 주제에 공동체 안에서는 위세를 부리며 더 많은 돈을 받아 갑니다.

업자 사이의 조정이나 공사 입회는 세세한 확인 사항과 시간적 구속은 많아도 의사나 의지를 동원할 필요는 없는 업무라 오히려 【손을 얹을 뿐 힘을 싣지 않는다】라는 생각을 체현하고 있는 듯했습니다. "주말에 업자의 작업을 지켜보다니. 난 절대 못 해."라며 안타까워하는 다이스케의 표정에는 '조정만 하면 되고 입회만 하면 되는, 누구나 할 수 있는 생산성 제로의 업무를 이 연차에 하다니 안됐다'라는 감정이 담겨 있었으나 당당하게 【손을 얹을 뿐 힘을 싣지 않는다】라는 걸 하고 있기에 쇼세이로서는 뜻하지 않게 만난 반가운 업무였습니다. 게다가 근무시간 이외의 입회는 대신 특별 휴가도 받을 수 있어서 쇼세이, (이런 일이 앞으로도 계속 있었으면 좋겠는데!) 생각했을 정도입니다. 다이스케나 이쓰키, 소우 같은 개체는 이런 일을 계속하면 "이런 일을 하려고 회사에 들어온 게 아니라고!"라고 하겠죠.

　유일하게 판단, 결단, 선택, 선도를 담당할 가능성이 있었다면 그건 집무 공간을 어떻게 배분하는지의 문제였습니다. 그렇습니다. 영업부와 신규 사업부가 실랑이하던, 그거 말입니다. 그게 어떻게 되었냐면…….

"응."

기시가 고개를 듭니다.

공동체 감각의 감시 카메라가, 쇼세이를 포착합니다.

"보고서에 더는 문제가 없네. 수고했어."

"감사합니다."

쇼세이, 내려놓았던【사회인】으로 순식간에 돌아옵니다.

"참고로." 기시가 키보드에서 손을 떼고 커피가 든 종이컵을 잡습니다. "집무 공간 배분에 관한 의견 청취는 어떤가? 진행하고 있나?"

"네."

"대충 현재까지의 반응을 들려주게."

"물론 부정적인 의견이 전혀 없는 건 아니나 대체로 호평입니다."

자기 답변으로 이 대화에 새로운 흐름을 만들지 않겠다는 강한 의지를 담은, 정말 기가 막히게 공허한 대답을 건넵니다.

"그래?"

기시, 그렇게 중얼거리고 커피를 한 모금 마십니다.

어째, 공기가 딱딱하지 않아?

참고로 제가 감지하는 한, 이번 레이아웃 변경을 놓고 다른 개체들은 상당히 마음대로 지껄이고 있답니다.

일단 시작 전에는 쇼세이라는 비교적 젊은 개체가 프로젝트 리더를 맡았다는 점에서 현장의 목소리가 잘 반영되리라고 기대하는 개체가 많았습니다. 각 부서의 대표자를 모아 의견을 교환하는 자리를 만들었을 정도니까, 신규 사업부처럼 역사는 짧아도 이익을 내는 부서가 정당한 평가를 받을 거라고 쑥덕이기도 했죠. 인간 삶의 최종 단계인 레지스턴스, 즉 저항에 대한 기대감입니다.

그런데 말입니다, 새삼 말할 것도 없이 쇼세이는 생존 단계에 계속 남아 있는 개체입니다. 저항은커녕 회사라는 공동체를 확대, 발전, 성장시키려는 구축 단계에도 없습니다.

결과적으로 어떻게 되었냐면 쇼세이, 오로지 위의 지시에 따랐을 뿐입니다.

각 부서의 정보를 수집한 것도, 의견 교환의 자리를 마련한 것도, 위에서 그렇게 하라고 했기 때문이지 애당초 쇼세이의 의사는 아니었습니다. 멋대로 기대한 개체들의 착각일 뿐입니다.

그런 까닭에 쇼세이, 모아 놓은 현장의 목소리를 바탕으로 어떻게든 교섭하려는 움직임은 전혀 보이지 않았습니다.

뭐, 그냥 통상 운전이었죠.

그 결과, 영업부의 집무 공간은 증감 제로로 결론 났습니다. 다만 신규 사업부의 집무 공간은 반드시 확대할 필요가 있어서 경리부 등 재택근무가 가능한 부서의 공간이 예상보다 줄어들었습니다. 회의실 증설은 굳이 말하자면 "종합적으로 판단해 이번에는 실현이 어렵습니다. 귀중한 의견으로 참고하겠습니다."라고 끝났는데 요구만 실컷 듣고 조용히 무시하는 방식으로 끝난 거죠.

"경리부를 비롯해 공간이 줄어든 다른 부서 사람들 반응은 어떤가?"

"제가 듣기로는 물론 비판이 전혀 없는 건 아니나 지금까지 특별한 문제는 없습니다."

따지고 드는 기시에게 쇼세이, 필터링을 건 철벽 가드로 대응합니다. 정말 부정적인 의견이 있더라도 상사에게, 그것도 무슨 일이든 키우는 기시에게 전달하는 일은 쇼세이를 성가시게 할 뿐입니다. 기시는 상층부라는 감시 카메라에 자신의 공동체 감각을 어필하려고 항상 【다음】을 원하므로 공동체 구성원들로부터 조금이라도 안 좋은 소리가 나온다는 걸 알면 곧바로 【레이아웃 변경 후의 개선점을 찾아내는 프로젝트】를 시작할 겁니다.

참고로 현재 특히 젊은 세대 개체들은 상당히 불평이 많습니다. 역시 현장 의견을 듣기만 하고 반영하지 않는다, 더불어 영업부 임원의 체면을 세워 주는 구태의연한 방식을 싫어하는 소우 같은 개체들은 진절머리를 냈습니다. 기시에게도 그런 분위기가 전해졌을 테죠. 그래서 쇼세이에게 레이아웃 변경 후의 의견을 들어 보라고 지시했겠죠.

다만 기시의 오산은 쇼세이가 회사 내외의 평판이나 부정적인 감정을 다 모아 흘려버리는 개체였다는 점입니다.

다시 말하지만, 쇼세이에게 직장은 확대, 발전, 성장의 맥락을 이용해 금전을 얻는 매개이자, 다른 구조를 지닌 별의 파견 근무지입니다. 경제적 자립을 흔드는 해고라는 결과로 이어질 만큼의 악평만 없으면 회사라는 공동체의 평가는 딱히 어찌 되든 상관없습니다. 두 달 보름이면 소문은 시들해지기 마련이라는 속담도 있잖아요? 평소로 돌아올 때까지 그저 지나칩니다.

"그럼."

기시가 입을 엽니다.

"자네는 어떻게 생각하나?"

어라?

(어라?)

뜻밖의 전개네요.

"우선, 이번에 자네 같은 젊은 사원을 프로젝트 리더로 임명한 이유는 젊은 사원들의 의견을 잘 들을 수 있다고 생각해서였어."

"네."

"최종적으로 반영될지는 차치하고 앞으로 회사를 이끌 세대의 분위기라는 걸 나도 알고 싶었어. 회사의 성장을 위해서는 꼭 필요하다고 임원들도 인식하고 있어서 자네에게 그 징검다리 역할을 기대했다네."

나왔네요.

회사의【성장】을 위해.

아아, 대머리가 되기 시작한 이 개체에게 알리고 싶습니다.

소용없습니다. 쇼세이라는 개체에 그런 역할을 기대해 봤자 말입니다.

"극단적인 말일지도 모르겠지만, 예를 들어 회사 전체의 요구를 모을 때 육아휴직 신청률을 기준으로 삼아도 좋겠다는 의견이 내

귀에도 들어왔어. 그런 의견은 우리 세대에서는 나오지 않을 것이라 아주 신선하더라고."

아, 그거 소우가 말하지 않았나? 그 얘기를 했을 때 쇼세이는 그리 좋아하지도 않는 방어구이를 껍데기까지 정성껏 먹느라 흘려들었죠.

"그런 의견은 나보다 자네가 더 많이 들었을 텐데."

들었을 텐데.

말을 제대로 끝내지 않고 대충 얼버무린 채 기시가 말을 잇습니다.

"자네 생각은 어떤지 말해 보겠나? 이번 레이아웃 변경뿐만 아니라 지금 우리 회사의 상태를? 의견이 반영되지는 않더라도 뭔가 아이디어를 제안할 수 있지 않을까 싶어서."

그의 양복 깃에 SDGs 배지가 빛나고 있습니다.

음, 어쩐지 위험한 상황인 듯하네요.

쇼세이의 공동체 감각을 감시하는 감시 카메라 성능이 한층 높아진 모양입니다.

(어떻게 생각하냐고 물어도.)

아, 당황하고 있네~.

(변함없이 월급을 받았으면 좋겠다는 생각밖에 없는데.)

그야 당연하지~. 정직원인 이상 웬만한 일이 아니면 해고되지는 않지만, 전혀 실수하지 않더라도 맡겨진 업무만 처리해서는 공동체 감각이 부족하다는 평가를 받게 되죠.

(아, 하던 대로 넘어가자.)

"맞습니다. 프로젝트 리더가 처음이라 제 의견을 적용하려 하기보다 무사히 프로젝트를 끝내는 데만 필사적이었습니다. 개인적인 의견이시만, 신규 사업부처럼 지금 기세가 있는 부서가 더 정당한 평가를 받아야 한다고 생각합니다. 회사 전체적으로 약간 구태의연한 부분을 느꼈달까요, 육아휴직을 비롯한 다양한 제도도 신청률이 낮습니다. 저보다 아래 세대는 일과 개인 생활의 균형, 기업의 사회적 가치도 중시하는 경향이 있으므로 회사도 그 방향에 주력해야 합니다. 그게 앞으로의 채용 활동에도 영향을 줄 겁니다. 앞으로는 총무부도 이런 부분에 의식적으로 움직여야 합니다."

별 알맹이도 없는 말을 술술술! 이미 여기저기서 이야기되고 있는 말들을 이어 붙였을 뿐입니다. 여전히 흐름을 읽고 그 공간에 슬쩍 손을 얹는 재주만은 볼만합니다.

그건 그렇고 기시가 젊은 세대의 의견이나 쇼세이의 주체성을 묻다니 아주 드문 일입니다. 그보다 처음 아닌가요? 기시라고 하면 타고난 성실함과 순종으로 '그거…… 필요해?'라는 일만 계속 만들어 내는 기계 같은 존재이고, 시키는 일들만 처리하면 유능하게 보인다는 점에서 쇼세이로서는 딱 좋았는데 말입니다.

그런데 갑자기 의견을 요구하다니. 상사로서 젊은 세대의 의견을 받아들여 【성장】해야 한다는 생각이라도 했을까요? 아저씨가 되었으니까 오히려 시야를 【확대】해 【성장】을 계속해야 한다고 생각했을까요? 자신의 【다음】을 발견하는 건 좋은데 다른 개체까지 끌어들이지는 말아 주세요.

기시의 반응이 썩 좋지 않아서 쇼세이는 마지막 결정타를 날립니다.

"프로젝트를 추진하며 여기까지 신경 쓰지 못한 점 죄송합니다. 앞으로는 제 의견을 적극적으로 개진하도록 나름대로 방법을 고민하겠습니다."

쇼세이, 감시 카메라에 잘 보이도록 공동체 감각을 뿜뿜 뿜어냅니다.

이 정도 했으면 됐겠죠.

…….

응?

"그래? 알았네."

아, 살았다.

놀랐잖아~. 갑자기 이상한 짓 좀 하지 말아 줘!

"그럼, 이대로 정기 면담을 시작할까?"

기시가 자세를 바로잡습니다.

"이전 면담, 아, 6월이었나? 반년은 안 지났지?"

기시, 컴퓨터 화면을 확인합니다. 평가 목록 파일이라도 열고 있겠죠.

기시, 다시금 쇼세이에게 시선을 돌리고 말합니다.

"그때와 비교하면 상당히 말랐어."

그렇습니다. 쇼세이, 말랐습니다.

말랐다기보다 변기에 앉았던 그날 밤부터 오 개월, 쇼세이의 몸을 끊임없이 움직이게 한 【다음】은 다이어트였습니다.

설명하겠습니다.

그날 밤, 다이스케가 방을 떠난 후 쇼세이는 새 체중계에 처음으로 올라가 봤습니다. 애당초 건강검진을 계기로 산 체중계였는데 그때까지는 그다지 신경 쓰지 않고 살았습니다. 당연히 몸무게도 체지방률도 더 늘어 있었답니다. 쇼세이와 관련된 것들 가운데 몸무게와 체지방률만이 확대, 발전, 성장의 노선을 폭주하고 있었습니다. 웃기죠.

(아무래도 살을 빼야겠다.)

그 결의가, 그날 밤 쇼세이의 손을 떠났던 의미나 가치로 시작되는 온갖 생산성 중 몇 가지를 단숨에 끌어당겼습니다. 생물학 책을 반납할 때 다이어트와 몸만들기 책도 빌리자. 자신에게 맞는 방법을 찾자, 음식을 직접 만들자. 빛에 모여드는 벌레들처럼 【다음】에 해야 할 일이 엄청나게 생기기 시작했답니다.

"개인 트레이닝이라도 받았나?"

"아닙니다. 식생활을 전체적으로 수정하고 정기적으로 운동했습니다."

"늘 도시락을 싸서 다니더군."

"대충 싸 왔을 뿐입니다."

쇼세이, 잊지 않고 겸손을 유지합니다.

처음 목표는 몸무게와 체지방률을 자신과 같은 키를 지닌 삼십 대 남성의 평균치까지 내리는 거였습니다. 진실과 가짜가 마구 뒤섞여 범람하는 다이어트 세계입니다만, '몸을 의식적으로 움직이고 섭취 열량을 소비 열량보다 적게 유지한다', '식이 섬유와 물의 섭취가 중요하다', '매일 반신욕을 한다', '일곱 시간 이상 잔다'라는 의견에는 특별히 반대가 없어서 일단 이 네 가지를 실천하기로 했습니다.

그랬더니 어떻게 되었을까요? 이 네 가지 약속 사항을 지켰을 뿐인데 쇼세이라는 개체는 점점 시간 속에서 전진했습니다.

아침에 점심 도시락을 준비하고 낮에는 칼퇴근하려고 일에 집중, 퇴근할 때는 몇 정거장 전에 내려서 걸었고 집에 와서는 빨리 식사를 마치고 느긋하게 목욕합니다. 그리고 일곱 시간 수면을 확보하기 위해 일찍 취침. 휴일은 채소 수프에 닭고기 햄, 데친 브로콜리와 현미 주먹밥 등을 미리 만들고 수영하거나 산책합니다. 네 가지 약속 사항을 지킬 뿐인데 【다음】에 해야 할 일이 끊임없이 나타납니다. 입을 반쯤 벌리고 두 팔을 툭 떨어뜨리고 등을 구부리고 고개를 앞으로 내밀 틈이 전혀 없습니다. 특히 운동은 여러 시간을 해도 겨우 수백 킬로칼로리를 소비할 뿐이라 쇼세이의 시간을 상당히 잡아먹습니다. 식욕에 충실했던 시간을 만회하려면 주말을 통째로 바쳐 몸을 움직여야 할 때도 많아 그만큼 입을 반쯤 벌릴 기회도 잃고 말았습니다. 다이어트라는 감시 카메라는 쇼세이의 상상보다 몇 배나 고성능이었습니다.

뇌의 가장 꼭대기에 불변의 약속 사항이 군림하고 있고 그걸 따르기만 하면 괜한 생각 없이도 지낼 수 있었습니다. 그것은 어릴 때부터 스스로 사고하고 언어화한 후 행동해 다시금 【온전함】을 얻어야만 했던 쇼세이에게는 매우 편안하고 아주 행복한 상태였습니다.

이제까지의 쇼세이는 매사 자기만의 【온전함】을 찾아 늘 의식적으로 사고하고 언어화했습니다. 그러지 않으면 이성애 개체를 주축으로 늘 확대, 발전, 성장을 목표로 하는 자본주의적 공동체 안에서 언젠가 개체 감각이 공동체 감각에 압도당하기 때문입니다. 그런 시간을 두 번 다시 경험하고 싶지 않다는 생각이 쇼세이에게 끈질기게 사고와 언어화를 재촉했습니다.

그날 밤, 쇼세이는 나름대로 해석하고 말았답니다. 아무리 다른 종의 생태를 빗대거나 인간이라는 종 안에서 다양한 예를 제시해도 최종 질문은 이성애 개체를 주축으로 끊임없이 확대, 발전, 성장을 목표로 하는 자본주의적 공동체에 있어서의 의미와 가치와 생산성임을. 자신이 원하는 형태의 구원은 존재하지 않음을.

뒤집어 말하면 길고 긴 인간의 수명이라는 시간 속에서 대다수 개체의 행복 수준 상승과 이어지는 【일】이나 【사회 공헌】이나 【차세대 개체의 육성】도 아닌 【다음】을 계속 찾아야 한다는 겁니다. 이는 앞으로 아무리 【그냥 그런 분위기】가 변하더라도 또 다른 차원에서 계속 존재할 과제입니다.

그러므로 의심할 여지없이 공동체 감각과는 관계가 없는 네 가지 약속 사항을 만난 것은 쇼세이에게는 매우 혁명적인 일이었습니다. 이대로만 하면 심신에 긍정적인 일만 일어나는데 공동체의 확대, 발전, 성장에는 공헌하지 않고 모든 일에 일일이 브레이크를 밟는 자기만의 【온전함】을 탐구할 필요도 없습니다. 다이어트는 쇼세이에게 최적의 감시 카메라였습니다.

"아, 지금까지는 개인 업무 이야기를 들었는데."

어?

기시의 이 말투……, 벌써 면담을 끝내려는 걸까요?

"마지막으로 지난 반년 동안 총무부의 개선점이 있다면 꼭 듣고 싶군."

쇼세이, 표정근을 움직이지 않고 "네."라고 고개를 끄덕입니다.

속으로는 물론 (오늘은 어째 성가신 질문만 하네) 중얼거리고 있습니다.

사회로부터 금전을 조달하는 매개로만 회사를 생각하는 쇼세이에게는 전혀 관련 없는 질문입니다.

쇼세이, 입을 엽니다.

"특별히 없습니다."

그렇게 말하고 곧이어 "그 말은."이라고 이야기를 계속합니다.

"잘 모르는 게 있어도 사람들이 정말 따뜻하게 알려 주셔서 특별히 이렇다 할 불만은 없다고 해야 할까요."

"그런 얘기가 아니야."

기시가 딱 자릅니다.

"총무부 전체적으로 업무 효율을 올릴 제안이 없냐는 거지. 특히 자네는 다른 부서 경험도 있잖아? 이렇게 하면 좀 더 부서 전체가 성장할 수 있다고 느끼는 부분이 있을 텐데."

(없다고요.)

없습니다. 부서 전체의 성장이라니, 생각해 본 적도 없습니다.

젊은 사원의 의견도 듣는다는 행위를 하고 싶으면 자신과 마찬가지로 【성장】을 좋아하는 개체에게 물어보라고요. 소우 같은 사람이요. 【지금보다 더】에서 완전히 내려온 쇼세이를 자신의 성장 도구로 이용해 봤자 피차 좋을 게 없잖아요?

아, 그런데 소우는 곧 사라집니다.

소우가 사라져서 오히려 젊은 사원의 의견을 듣겠다고 나섰는지도 모르겠네요. 소우처럼 공동체 감각으로 충만한 젊은 개체에게 버림받는 건 공동체에 타격이 크니까요.

"알겠습니다."

쇼세이, 머리를 정신없이 굴립니다. 프로펠러였다면 날아올랐을 정도로 굴립니다. 한동안 나름의 【온전함】이 필요치 않았던 터라 사고와 언어화 근력이 쇠퇴했나 봅니다.

그 결과, 쇼세이는 이 정도 대답으로 끝맺습니다.

"생각해 보겠습니다."

완전히, 이걸로는 부족하다는 분위기입니다.

"그러면 말이야?"

기시가 입을 엽니다.

"다쓰야 씨는 앞으로 이 부서에서 어떤 성장을 하고 싶나?"

이보세요! 그런 질문을 쇼세이에게 해도 소용없다니까요!

"지난 반년, 처음으로 프로젝트 리더를 맡아 사람을 이끄는 재미를 알았겠지. 오히려 지금까지 내 지시로 움직이는 지원 업무만 해서 재미없지 않았나? 자네는 거의 표현하지 않는 타입이지만."

"어땠을까요?"

쇼세이, 이상한 맞장구를 치고 말았습니다.

"앞으로는 내가 맡은 업무도 돌릴 거야. 성장하고 싶은 분야를 알면 나눠 줄 업무를 파악하기도 쉽고."

이거 곤란합니다. 다른 개체들의 성장 욕구에 휘말려 사고를 당하는 상황이네요.

더 큰 성장을 찾아 이직을 결정한 소우와 그의 이직을 통해 젊은 사원에 대한 태도를 개선하기 시작한 기시. 하나의 일에서 도미노처럼 성장 욕구가 퍼져 나가 마침내 쇼세이에까지 도착했습니다.

(일단 이 자리를 넘기자.)

응. 그게 좋겠습니다. 그렇게 하죠.

(생각해 보겠다고 말하자.)

응. 일단 그걸로 지금은 넘겨.

쇼세이가 입을 열려는 순간이었습니다.

"생각해 보겠다는, 건가?"

앗!

선수를 쳤습니다!

매우 좋지 않은 상황입니다. 어, 어쩌죠? 갑자기 오줌이라도 싸 버릴까요? 그러면 화장실로 도망칠 수 있겠죠?

"전부터 생각했는데 말이야."

기시가 가만히 쇼세이를 응시합니다.

"자네는."

공동체에의 공헌을 감시하는 고해상도 카메라가 쇼세이를 비춥니다.

"아니, 아무것도 아니야."

이때 점심시간을 알리는 벨이 울렸습니다.

후유. 쇼세이가 길게 숨을 뱉어 냅니다.

"수고하게."

기시는 그렇게 말하고 컴퓨터를 닫고 일어납니다.

"수고하셨습니다. 면담 감사했습니다."

쇼세이도 같이 자리에서 일어납니다.

(후. 놀랐다, 놀랐어.)

조금 전의 기시, 틀림없이 내밀한 질문을 던지려고 했던 거죠?

그나마 다행입니다. 인간이 자연계에 여러 가지를 덧붙여 온 결과 어느 개체나 내밀한 내용을 질문하거나 말하는 건 괴롭힘이라는【그냥 그런 분위기】가 형성되었으니까요. 지금은【다양성의 시대】인 레이와•니까 삶의 방식은 저마다여야 하죠? 할 일은 하는 쇼세이, 다른 개체에 잔소리를 들을 이유는 없죠.

자, 쇼세이의 발걸음은 가볍습니다. 점심은 집에서 싸 온 도시락. 내용물은 주말에 한꺼번에 만들어 놓은 닭고기 햄, 소금을 넣어 데친 브로콜리, 삶은 달걀, 현미 주먹밥. 그리고 슈퍼마켓에서 묶음 판매한 그릭 요거트. 먹는 장소는 휴게실.

【다음】에 해야 할 일이 다 정해져 있습니다. 쇼세이, 그게 무엇보다 쾌적합니다.

쇼세이, 소우를 발견하고 손을 흔들며 달려갑니다.

"미안해. 조금 늦었지? 장소도 내 마음대로 정해 놓고."

"아뇨, 아니에요. 괜찮아요. 저, 꼬치구이 좋아해요."

쇼세이, 소우 옆에 앉습니다. 이자카야입니다. 외식 자체가 정말 오랜만입니다.

● 2019년 5월 1일부터 현재까지 사용되고 있는 일본 연호

"좀 오랜만이기는 한데요." 소우, 쇼세이의 온몸을 거침없이 훑어봅니다. "더 말랐어요? 계속 빼시는 거예요?"

"지금은 요요가 오지 않도록 유지하는 중이야. 딱히 빼고 있지는 않아."

"와! 대단하세요. 제 친구 중에 다이어트를 하다가 몸만들기에 완전히 빠져 요즘에는 대회에도 나가는 애가 있는데, 다쓰야 선배도 그런 거예요?"

"글쎄. 그런 사람도 있긴 하더라."

쇼세이, 소우의 이야기를 흘려들으며 코팅 가공해 번쩍이는 메뉴판을 바라봅니다.

회사 근처의 꼬치구이 음식점의 카운터 자리, 저녁 7시가 지났습니다.

다이어트라는 감시 카메라를 손에 넣은 뒤로는 한가득 준비된 음료수와 요리 가운데 저지방 고단백 음식을 순식간에 찾아내게 되었습니다. 조금의 망설임도 없이 【온전한】 선택지를 얻는 이 상황이 정말 좋습니다.

참고로 네 가지 약속 사항을 오 개월 동안 유지해 왔기 때문에 쇼세이, 원래 목표는 이미 달성했습니다. 다이어트 완료의 영역에 도달한 겁니다.

그러나 【다음】 감시 카메라로 바꿀 생각은 없습니다. 쇼세이, 다이어트가 끝났어도 몸만들기, 피지크*나 보디빌딩** 단계로 나아가는 일은 무의식적으로 피하고 있습니다.

왜냐하면 그것은 곧 확대, 발전, 성장의 레이스에 참여하는 것으로, 결국에는 【지금보다 더】의 한계에 직면하는 일이나 마찬가지이기 때문입니다. 쇼세이는 멜라노이딘을 생성시키기 시작한 회사 제품을 보고 통감했습니다. 어차피 막다른 골목을 맞닥뜨릴 여정을 시작하는 짓은 거부하고 있는 겁니다.

이미 달성과 완료의 영역에 있는 다이어트에 지금의 쇼세이가 어떻게 대응하고 있냐면······.

모둠 꼬치가 왔습니다! 맛있어 보입니다~.

"외식은 거의 안 하세요?"

"그렇지." 쇼세이, 모둠 꼬치가 올려져 있는 커다란 접시를 두 개체 가운데에 놓습니다. "특히 술 마시는 장소는 오랜만이야."

"그래요? 괜히 죄송하네요. 제가 마시자고 해서."

"아! 그런 뜻으로 한 말은 아니야."

쇼세이는 하이볼, 소우는 맥주로 건배합니다. 쇼세이, 딱히 술을 좋아하지도 않고 그렇다고 못 마시지도 않으나 감시 카메라의 관점에서 음주는 하이볼로 정했습니다. 이번에도 스스로 생각하기를 포기함으로써 쾌적함을 손에 넣었습니다.

"그 말은 요리도 직접 한다는 거잖아요? 매일?"

"매일은 아니야. 일주일에 몇 번 한꺼번에 만들어 냉동하는 식이지."

"대단해요!"

● 반바지를 입고 몸매를 겨루는 피트니스 대회. 몸뿐만 아니라 바지 디자인이나 헤어스타일 등 전체적인 감각도 심사에 포함된다.
●● 전신의 근육 발달 정도에 집중한 대회

소우, 일찌감치 맥주를 반이나 들이켰습니다.

"용케 계속하시네요. 요리는 정말 시간과 노력이 많이 들던데."

(그게 좋잖아.)

쇼세이, 하이볼을 한 모금 마십니다.

"내 것만 하는 거라 그리 힘들지 않아."

"아니, 오히려 일 인분 만드는 게 더 귀찮죠. 혼자 있으면 저는 늘 시간을 아끼는 쪽으로 가던데."

(이 세상에서 하고 싶은 일이 잔뜩 있는 사람의 생각이지.)

쇼세이, 하이볼을 또 한 모금.

"어느 게 더 대단할 건 없어. 저마다 우선하는 게 다를 뿐이지."

그래요. 사람은 저마다 다르죠. 잘 알겠습니다요. 정말 편리한 말입니다.

"회사 사람들은 여전한가요? 요시키는 잘 있고요?"

일찌감치 잔을 비운 소우, "다음은 뭐로 할까?"라며 음료수 메뉴를 마주합니다.

"다 잘 지내. 요시키도 잘 지내고. 밝고 착한 애지."

요시키는 소우의 동기 암컷 개체입니다. 소우 대신 총무부로 이동했습니다.

"요시키, 그렇게 보여도 술이 무척 세요. 자주 불러 주세요."

사복 차림의 소우가 쇼세이의 눈에는 낯섭니다. 소우는 현재 유급휴가를 소화 중입니다.

"아, 맞다. 까먹기 전에." 소우, 갑자기 배낭을 마구 뒤지기 시작합니다. "다쓰야 선배, 얼마 전에 생일이었죠?"

소우, 배낭에서 조그만 종이봉투를 꺼냈습니다.

"자, 생일 축하드려요!"

"어? 어떻게 내 생일을 알아?" 쇼세이, 놀라면서 종이봉투를 받습니다. "놀랐네. 고마워."

이거 솔직히 좋아하고 있는 겁니다. 체온이 올라갔거든요. 후후. 생각해 보니 사회인이 되고 처음 아닐까요? 쇼세이가 동기 이외의 개체로부터 생일 선물을 받는 일 말입니다. 이 개체, 선배나 후배 모두와 관계를 쌓지 않았으니까요. 이렇게 업무 시간 외에 두 개체끼리만, 그것도 후배와 만난다는 자체가 처음일지 모릅니다.

"최근 제가 좋아하는 가게에서 파는 마카롱이에요."

소우, 조금 쑥스러웠는지 "냉장고에서 일주일 정도는 괜찮아요. 지금은 보냉제를 넣어 놨고요."라며 빠르게 말을 이어 갑니다.

"이 가게, 제 친구가 하는데 전부 직접 만들어요."

"그래? 대단하네."

쇼세이, 긴장이 풀렸는지 툭 이런 말을 내뱉었습니다.

"마카롱 만들기 정말 힘든데."

소우, 순간 눈만 껌뻑이고 있습니다. 그리고 바로 "어? 다쓰야 선배. 마카롱까지 직접 만들어요!?"라고 소리를 높였습니다.

"직접 식사를 준비한다는 수준 정도가 아니잖아요? 마카롱을 직접 만들다니."

(괜한 소리를 하고 말았네.)

쇼세이, 선물을 가방에 넣으면서 살짝 후회합니다.

"만들어 본 적 있다는 정도의 얘기야. 그렇게 어려운 걸 매일 양

산하다니 프로는 정말 대단해."

"그렇죠. 베이킹과 다이어트를 동시에 하는 것도 대단해요."

쇼세이, 이번에는 속으로만 생각합니다.

(일부러 그러는 거야.)

"어쨌든 고마워. 굳이 이렇게 선물까지."

흥분이 사그라든 쇼세이, 괜한 소리는 하지 않는 평소 모드로 돌아옵니다.

"마카롱을 직접 만들다니. 다쓰야 선배의 새로운 정보를 얻었네요." 소우, 왠지 잔뜩 신이 나 있습니다. "다쓰야 선배는 정말 수수께끼 같은 사람이에요. 한 번쯤 제대로 얘기하고 싶었어요."

오늘 이 자리는 소우가 제의한 겁니다.

쇼세이, 굳이 나서서 개체끼리 교류하는 편은 아니지만, 모든 제의를 완벽 차단하는 것도【손을 얹을 뿐 힘을 주지 않는다】라는 것 이상의 노력이 필요하므로 청하면 응하기도 합니다.

특히 오늘 이 자리는 소우가 이미 회사라는 공동체에서 이탈한 거나 마찬가지이므로 쇼세이로서는 응하든 응하지 않든 상관없는 제의였습니다. 그러나 이렇게 다른 개체와 식사하면 대체로 과도한 열량을 섭취하게 되므로 그 결과 소비를 위한 운동에 방대한 시간을 쓸 수 있습니다. 주말을 앞둔 쇼세이에게는 그게 오히려 좋았습니다. 열량 소비를 위해 몸을 움직이는 동안에는 확대도 발전도 성장도 사고도 언어화도 다 멀어지니까요.

"다쓰야 선배는 제 주위에도 없고 이전에 만난 적도 없는 타입이에요. 뭐랄까?"

"그렇구나."

그렇겠죠.

"제가 이직하겠다는 말을 꺼냈을 때도 다음은 어떤 일을 할 거냐고 묻지 않았죠?"

"그랬어?"

전혀 흥미가 없었으니까요.

"대개는 다 질문을 던져요. 다음은 어떻게 할 거냐고."

인간은【다음】이야기를 정말 좋아하죠.

"친구와 NPO*를 할 생각이라고 하면 대단해, 굉장해, 라며 웃으면서 응원해 주죠. 그러나 속으로는 집이 부자라 좋겠다, 지금보다 더 벌 수는 없겠네, 잘 안돼서 몇 년 뒤에 후회하겠어, 그렇게 생각하는 게 다 들려요."

"그렇구나."

어라, 소우, 저런 면도 있군요. 같은 회사에 있을 때는 이런 말을 하는 인상이 아니어서 조금 놀랐습니다.

"보세요. 지금도."

카운터 왼쪽 옆에 앉은 소우가 휙 쇼세이 쪽으로 몸을 돌립니다.

"이런 얘기를 하면 대개 그렇지 않아, 다들 진짜 응원해, 라고 말해요. 그런데 다쓰야 선배는 지금, 그렇구나, 라며 그대로 받아주잖아요."

● Non Profit Organization. 영리를 목적으로 하지 않고 사회 각 분야에서 자발적으로 활동하는 시민단체

"응. 그런 면이 있는 것도 같네."

이보게. 이 대응에 깊은 뜻은 없다네. 기대하게 해서 미안하지만.

"내가 말하지 않으면 묻지 않고 말하면 그대로 받아 준다. 사실 그런 사람, 아주 귀하다고 생각해요."

"그런가?"

쇼세이, 놀란 목소리를 냈으나 공원에서 이쓰키와 둘이 있을 때와 같은 말을 듣고 말았네요. 물론 본인은 기억도 못 하겠지만요.

"꽤 오래전, 점심시간에 둘이 얘기했던 때 기억하세요? 생선 메뉴만 있는 식당에서."

소우의 입이 더 잘 움직이기 시작합니다. 지금 생각해 보면 쇼세이가 점심을 자유롭게 선택하던 시절, 정말 그립네요. 날마다 아무렇지 않게 돈가스 카레를 먹었으니까요. 지금은 생각할 수도 없는 일입니다.

"물론 기억해."

(네가 점심 메뉴 가운데 가장 비싼 특 회 정식을 시킨 날이지.)

"저 그때, 한참 과도기라고 해야 하나, 이직도 포함해 정말 생각이 많았던 때라."

"그랬어?"

그랬군요.

"그때도 다쓰야 선배, 제가 하는 말을 그대로 들어 줬어요. 게다가 정말 옳은 건 전해질 때까지 시간이 걸리니까 괜찮다고 격려해 줬고요."

"내가 그랬다고?"

"그랬다니까요! 아까 기억한다고 하셨잖아요?"

소우가 웃으며 말했습니다. 소우는 틀림없이 쇼세이가 쑥스러워 모르는 척한다고 생각할 겁니다. 그러나 쇼세이, 어떤 대화를 나눴는지는 물론 자신이 어떤 반응을 보였는지도 전혀 기억하지 못합니다. 반응은 거의 시스템화되어 있어서 자동 출하죠.

"함께 말하며 뜨거워지는 사람은 있어도 다쓰야 선배처럼 받아주는 사람은 의외로 적어요. 그래서 그때의 다쓰야 선배, 또렷이 기억해요."

"그래. 그랬구나."

제가 보기에는 후배의 절실한 상담을 그저 흘려듣는 생선 먹방이었을 뿐인데요.

"그때 저, 행복 수준이 어쩌고 이야기했을 텐데 기억하세요?"

"응. 기억해, 기억해."

"진짜요?"

"진짜, 진짜."

쇼세이, 이건 사실입니다.

소속 공동체에 공헌하고 싶다는 마음이, 자신이 공동체에 속해 있다는 감각=공동체 감각을 강하게 키우고 그 공동체 감각이 강할수록 행복 수준이 높아진다. 행복 수준은 개체와 공동체 감각의 관계성에 좌우된다. 이런 말이었죠.

쇼세이, 이런 생각을 소우에게 듣기 전부터 스스로 알아냈고 (자, 그렇다면 난 다른 행복을 찾아야겠구나~) 생각했던 터라 정말 에너지 넘치게 행복 수준이 어쩌고 말하는 소우의 모습은 강렬하게 기억에 남아 있습니다. 자신과는 너무나 정반대라서요.

"그때 다쓰야 선배가 여러모로 제 얘기를 들어 주셨죠. 마치 한 번쯤은 개인적 행복을 더 추구해 보라고 등을 밀어주는 느낌이더라고요."

"그랬구나."

도대체 무슨 소리인지는 모르겠는데 어쩌다 이야기가 좋은 방향으로 흘러갔나?

"저, 이제까지는 빨리 행동해 빨리 결과를 보려는 타입이었어요. 그런데 선배 말처럼 옳은 일은 결과가 나올 때까지 오히려 시간이 걸리니까 오히려 더 빨리 행동해야 한다는 생각이 들더라고요. 빨리 결과를 보려는 게 아니라 시간이 오래 걸리니까 빨리 시작한다. 그렇게 생각했죠. 큰 성장이라고 해야 할까요? 선배 덕분에 알게 되었어요. 정말 감사했습니다."

소우가 갑자기 고개를 숙입니다.

"아니, 왜 그래? 그만해!"

쇼세이, 말리면서 (무슨 소린지 전혀 모르겠네~) 생각합니다.

"한 번쯤은 꼭 만나서 고맙다는 말을 전하고 싶었어요. 제가 한 걸음을 내딛게 해 주셔서 감사했습니다."

쇼세이, 도대체 무슨 영문인지는 잘 모른 채 감사하다는 말을 받아들일 뿐입니다.

"앞으로 의논할 일 있으면 연락해."

"고맙습니다."

쇼세이, 어느새 꼬치에서 빼낸 구이 가운데 염통, 간, 연골을 고르고 있습니다. 선택에 망설임이 전혀 없습니다.

자.

소우의 이야기는 잘 모르겠는데 새삼 쇼세이와 소우는 정말 대조적인 개체라는 사실만은 알 수 있었습니다.

소우는 NPO를 설립한다고 했는데 새로운 형태로 사회라는 공동체에 더 직접적으로 공헌하고 싶은 거겠죠. 남은 인생에서 공동체 감각을 더 강화해 행복 수준을 높일 방법을 찾은 겁니다. 이렇게 【다음】으로 나아가는 방식은 확대, 발전, 성장의 레이스에서 계속 달리려는 【사회적 활동】의 전형이죠. 아무리 잘못해도 공동체로부터 출입 금지 선고를 받은 적 없었던 개체의 행동이죠.

쇼세이는 거꾸로 공동체의 레이스에서 내려와 자기 육체만을 대면함으로써 공동체 감각이 자기 행복 수준을 좌우하지 않는 삶을 선택했습니다. 다만 이 방침을 선택했을 경우, 쇼세이처럼 공동체 감각과 행복 수준의 관련성을 완전히 끊어 내지 않으면 어디선가 '도대체 이게 무슨 짓이지?'라는 허무함과 절망감이 밀려오므로 매우 주의해야 합니다. 다이어트와 비슷하게 미용을 감시 카메라로 삼은 개체도 이런 함정에 빠지기 쉽습니다. '내게 이렇게 많은 시간과 노력을 쏟아붓다니 도대체 나란 사람은 뭐지?'라며 불행을 인지하기 시작하는 일이 태반입니다.

그런 상태에 빠진 개체는 대체로 공동체 감각을 강화하는 방향으로 선회합니다. "세상에 올바른 다이어트 방법을 알리고 싶어.", "미용으로 고민하는 사람을 돕고 싶어." 같은 거 말입니다. 그런 발상은 곧 광고 수입을 얻을 수 있는 경제활동과 이어지므로 결국은 확대, 발전, 성장, 그리고 영원히 달성과 완료가 허락되지 않는 【지금보다 더】의 레이스에 스스로 올라가는 거랍니다. 자기 행동을 감시하는 감시 카메라가 다이어트나 미용에서 타자 공헌, 사회 공헌, 즉 공동체 공헌으로 바뀌는 순간이죠.

인간세계에서는 그렇게 바뀌는 걸 일반적으로 훌륭하게 여깁니다. 자기만을 위해 노력하는 게 아니라 세상 사람을 위해 노력한다? 멋진 성장이야, 대단해, 이런 말을 듣죠. 감시 카메라를 바꾼 본인도 '다른 사람에게 도움이 될 수 있다니, 정말 기뻐'라고 느끼고 공동체 감각을 강화해 행복 수준을 높입니다.

그러나 쇼세이는 그렇지 않습니다. 수없이 출입 금지를 선언한 공동체에 공헌 따위 절대 하지 않습니다. 유일하게 자신을 구해준 경제적 자립으로부터도 멀어질 법한 NPO로의 이직이라니, 생각할 수도 없습니다.

"그래, 그렇지."

소우, 다음 술을 주문하고 쇼세이를 바라봅니다.

"아까 친구와 NPO를 한다고 했잖아요. 그 법인 이름이 센이치예요."

"센이치?"

쇼세이, 얼빠진 목소리로 되묻습니다.

"네. 숫자 1001이라 센이치.● 표기는 가타카나로 해요."

"센이치."

● 일본어로 숫자 1000은 센(せん), 1은 이치(いち)다.

쇼세이, 여전히 이해하려는 노력 없이 똑같은 말을 되풀이합니다.
"선배 생일, 1989년 10월 1일이죠?"
"응."
참고로 조금 전 마카롱에 대해서는 쇼세이, (이건 휴일 14시부터 16시에 걸쳐 식이 섬유를 섭취한 뒤에 먹자) 생각하고 이미 결정해 놓았습니다. 하루에 가장 지방이 축적되기 어렵다는 시간대입니다. 다이어트는 【다음】에 섭취할 물질만이 아니라 섭취해야만 하는 순서와 시간대까지 정해 줍니다.
"10월 1일을 숫자로 하면 1001이잖아요?"
"아, 응. 그렇지."
쇼세이, 머릿속에 네 자리 숫자를 늘어놔 봅니다.
"그 숫자를 그대로 읽어서 센이치라고요."
도대체 무슨 소린지 모르겠습니다. 이 개체는 무슨 소리를 하고 싶은 걸까요?
"선배 생일인 1989년 10월 1일은 세계 최초로 동성혼이 인정된 날이에요. 그래서 거기서 따서 센이치."
"응?"
어?
(갑자기 무슨 소리지?)
갑자기 무슨 소리야?
"사보 마지막에 해당 달에 생일을 맞은 사원을 소개하는 페이지가 있었잖아요? 그걸 편집할 때 선배 생일을 알았는데 세계 최초로 동성혼이 인정된 날과 같아서 외웠어요."

"아, 응."

(아니, 잠깐만.)

아니, 아니, 잠깐만, 잠깐!

(무슨 소리지?)

이게 무슨 소리일까요? 좀 더 설명해 줬으면 좋겠는데요.

"조금 더 제대로 설명하자면."

그래, 그래! 좀 더 설명해 봐. 어서, 어서!

"동성혼이 인정되었다고 해야 할까요? 덴마크에서 동성 커플에게 혼인과 거의 같은 관계를 인정하는 법률이 시행된 날이에요. 뭐, 온갖 조건이 붙은 법률이라 동성혼이 인정되었다고 단언하기에는 어폐가 있긴 한데 국가로서는 세계 최초였어요."

(설명이 부족한 건 그쪽이 아니라고!)

설명이 부족한 건 그쪽이 아닌데 말입니다!

이쪽의 혼란은 전혀 개의치 않고 소우는 "그래도 사십 년이나 계속 활동한 끝의 결실이래요. 일본에서도 그 정도 시간이 필요하겠죠."라고 말을 계속합니다.

"미안한데 잠깐만 멈춰 줄래?"

쇼세이, 참다못해 왼손을 들고 정식으로 정지를 요구합니다.

"그 말은 다와다, 회사를 관두고 동성혼 실현을 위해 활동한다는 거야?"

소우, 고개를 끄덕입니다. 다와다는 소우의 성입니다.

"정확하게는 학교나 기업에 LGBTQ+와 관련된 출장 수업을 하거나 당사자 인플루언서와 손을 잡고 다양한 이벤트를 할 겁니다. 동성혼 실현은 상징적 목표입니다. 그런 미래를 앞당기면 좋겠죠."

소우, "그보다 야나기 선배나 오카무라 선배에게 이야기를 들었을 줄 알았는데."라고 여전히 쇼세이의 반응을 기다리지 않고 말을 계속합니다.

"일본은 정말 동성혼까지 멀었잖아요. 개인적으로 이민하고 싶은 동성 커플의 에이전트 같은 역할도 하고 싶어요. 해외에 사는 동성 커플과 네트워크를 만들어 정보 교환할 수 있는 장으로 만들고도 싶고요. 지금 같은 상황이 계속되면 일본을 떠나겠다는 사람이 제 주위에도 정말 많은데 동성혼을 위한 이민을 상담할 종합 창구가 없어서요. 무엇보다……."

소우, 계속합니다.

"제가 서른이 될 때까지 법이 바뀌지 않으면 이민 가고 싶어요. 저를 위해서라도 정보를 교환할 수 있는 커뮤니티가 필요해요."

쇼세이, 뇌도 입도 정지되어 있습니다.

"이렇게 말하면 외국을 다 따라 할 필요는 없다고 말하는 사람도 있어요. 저도 특별히 따라 할 생각은 없어요. 동시대에 다양한 국가가 있는 건 중요하죠. 일본은 그대로 동성혼이나 LGBTQ+에 반대하는 사람들이 살기 좋은 곳으로 발전하고 떠나고 싶은 사람은 떠나면 그만이죠."

쇼세이, 뇌도 입도 여전히 정지되어 있습니다.

"동성혼 이민으로 현재는 캐나다가 인기가 많아요. 이대로 가면 일본은 LGBTQ+에 편협한 생각을 가진 외국인의 이주처로 인기를 얼을지도 모르겠네요. 그런 미래도 생각해 빨리 움직여 보려고요."

"미안. 잠깐 한 번만 기다려 줄래?"

손을 든 쇼세이, 두 번째 정지 신청입니다.

"다와다는."

쇼세이, 목소리를 낮춥니다.

"게이였어?"

"맞아요."

(어!)

어!

"그랬구나."

(어어!)

어어!

(제일 아닐 줄 알았는데.)

제일, 쇼세이와 정반대라고 생각했는데!

"그런가? 다쓰야 선배, 거기서부터군요."

소우, 순수하게 놀란 표정을 짓고 있습니다.

"저 딱히 숨기지 않아서 동기나 같이 술 마신 선배는 다 알아요. 혹시 다들 함부로 떠들지 않으려고 조심했을까요? 난 괜찮은데."

소우가 말하며 입가를 물수건으로 닦습니다.

"아니, 반대인가? 선배가 회사 사람들과 너무 안 어울리잖아요? 선배는 진짜 한잔하는 사람도 없고 같은 부서 사람들과도 필요한 얘기 외에는 전혀 안 하고."

알코올 탓인지 점점 하고 싶은 말을 마음껏 지껄이는 소우를 보며 쇼세이, 어떤 나로 대응해야 할지 헤매고 있습니다.

 아니, 저도 엄청난 혼란 속에 있습니다. 그러나 딱 하나는 납득했습니다.

 ……게이 친구, 아니다, 지인이라고 해야겠다. 그 사람이 말했어. 자기는 삽입하는 쪽도 당하는 쪽도 가능하다고. 상대와 그날 기분에 따라 고른다더라.

 그때 이쓰키가 아주 부자연스럽게 【지인】이라고 정정한 이유는 이쓰키에게 삽입 이야기를 한 사람이 틀림없이 소우였기 때문일 겁니다. 이쓰키 입장에서 소우는 확실히 친구도 지인도 온전히 와닿지 않았겠죠. 그렇다고 부하나 후배라고 해 버리면 상대가 특정될 우려가 있어서 이쓰키 나름대로 배려했겠죠. 너무나도 이쓰키다운 행동입니다.

 그보다.

 정말 부끄럽게도! 조금 전 쇼세이와 소우는 정말 정반대라며 잘난 체하며 설명했는데!

 소우, 공동체 감각이 어마어마하잖아요!

 그런가~. 아, 그렇군요~. 동성애 개체가 다 쇼세이처럼 살지는 않겠죠~.

 그것도 이미 알고 있었으면서 역시 한 개체에 몇십 년씩 붙어 있다 보니 여러모로 고착된 부분이 생겼네요. 반성, 반성합니다.

 "굳이 의견을 말하려 하지 않아도 돼요."

 소우, 쇼세이가 어떻게 반응해야 할지 몰라 당황했다고 판단했는지, 적당히 수습하려 합니다.

"제 얘기를 밝히면 편견은 없다거나 자기는 신경 쓰지 않는다거나 누굴 좋아하든 상관없는 시대라고 말해요. 그렇다면 아예 아무 말 안 하는 게 좋지 않나?"

어라, 여기서 쇼세이 같은 발언이 나왔네요. 쇼세이의 뇌, 드디어 (어, 그건 동감) 움직이기 시작했습니다.

"편견은 없다는 상대에게 전 엄청나게 편견을 가져요. 신경 쓰지 않는다니, 네가 신경을 쓰든 안 쓰든 내 인생과는 관계없어. 자의식과잉 아냐? 이렇게 생각해요. 누굴 좋아하든 상관없다니, 네가 허락할 일이 아니고 시대와 관계없이 난 게이라고."

와, 쇼세이와 대화하고 있는 느낌이네요. (알아, 알아!) 소우에게도 이런 마음이 있군요.

"다만 아예 집을 구할 수 없다거나 결혼할 수 없다는, 선택지를 빼앗긴다는 점은 해결하고 싶어요. 어째 갑자기 제가 당황스러운 얘길 꺼낸 것 같은데 신경 쓰지 말아 주세요. 괜히 죄송하네요."

이번에는 물에 탄 소주를 마시는 소우. 분위기가 심각해지지 않도록 배려하고 있네요.

(……)

"저기."

어라.

뇌가 텅텅 비어 있는데도 쇼세이가 떠들기 시작합니다.

"앞으로 동성혼을 포함해 제도가 많이 변해도."

이는 정말 드문 일입니다.

쇼세이, 사고하지 않고 행동에 나섭니다.

"새삼 너무 늦었다고 생각하지 않아?"

잔을 들고 있던 소우, 시선만 쇼세이에게 돌립니다.

"이제까지 없는 사람처럼 취급해 놓고 갑자기 '똑같이 살게 해 드릴게요'라고 하다니. 일단 사과부터 하라고! 그런 마음에 화날 때 없어?"

소우, 들고 있던 잔을 탁 내려놓고 말합니다.

"그렇게는 생각하지 않아요."

그러나 바로 표정을 풀고 환한 표정을 짓습니다.

"그렇게 말하고 싶지만. 솔직히 선배 말이 맞아요. 그렇지만 미래의 내가 그런 마음을 먹지 않게 빨리 움직여야겠다고 생각했어요."

"그렇구나."

쇼세이, 여전히 생각보다 먼저 말하고 있습니다.

신선하네요.

이 개체에 삼십 년 이상 있었는데, 쇼세이가 자신을 동성애 개체라고 인식한 이후 이렇게 뇌 속과 실제의 자신을 조정하지 않고 다른 개체와 대화하는 건 처음입니다.

이제까지는 일 초도 게으름 피우지 않고 뇌 속의 자신이 밖으로 흘러나오지 않도록 조심해 왔으니까요.

자기 내면을 다른 사람이 알아채지 못하도록 공동체를 속여 왔으니까요.

그래서 저, 지금 아주 신선한 느낌이 듭니다.

"아까 드린 마카롱 가게, 친구가 한다고 했잖아요? 그 사람도 게이예요."

소우가 순간, 쇼세이의 발밑에 놓인 가방을 봅니다.

"그 사람은 지금 오십 대인데 자기가 젊었을 때는 커밍아웃할 분위기가 전혀 아니었던 터라 몇 년 전까지만 해도 아무한테도 말하지 못하고 죽을 줄 알았대요. 지방에 살고 게이 친구도 연애 경험도 제로. 일단 계속 숨을 죽이고 살아간다. 그게 당연하다고 생각했대요. 살면서 제일 중요하게 지킨 일은 아무한테도 들키지 않을 것. 닌자냐고요? 그러면 가장 최적의 방법이 뭔지 아세요?"

"자살일까?"

"오! 정답이에요. 이렇게 빨리 맞히는 사람 처음이에요."

쇼세이, 일 점 획득.

"실제로 동성애자의 자살 많아요. 세상은 성적 정체성에 고민하고 괴로워하다가 죽었다고 생각하겠죠. 그러나 전 태어나면서 부여된【거대한 비밀을 마지막까지 숨겨야 한다】라는 부조리한 임무를 제일 빨리 마치는 방법이 자살이라는 점도 크다고 생각해요. 최근 성 정체성을 밝히는 사람이 늘어나면서 자기다움이나 다양성이 화제가 되었잖아요? 그래선지 부조리한 부분에 화를 낼 수 있는 분위기가 생겨서 더 그럴 수 있어요. 비밀이라는 거 저절로 사람을 고독하게 만들잖아요? 그 비밀이 내가 선택한 거라면 모를까, 저는 선택하지 않았다고요. 그렇다면 부조리한 고독에는 질 수 없다고 생각했어요."

(나도 잘 알아.)

"그렇지."

"얼마 전에 국회의원 모임에서 동성애자의 자살은 너무 무책임한 행동이라는 내용의 책자가 배포되었어요. 그러나 자살하는 동성애자는 비밀을 간직한 채 죽어서 애당초 통계에 들어가지도 않아요. 거기까지는 생각지도 못하면서 본인의 약점 탓이라고 멋대로 떠드는 걸 보면 정말 어이가 없다니까요."

소우, "이야기가 벗어났네요."라며 손뼉을 짝 칩니다.

"어쨌든 마카롱 가게 주인은 내내 억압당해 왔어요. 그랬더니 너무 예민해지더래요. 전혀 관계없는 가족끼리 오는 손님이라도 신경에 거슬려 조카 같은 정신 상태였다고 하더라고요. 인간은 다 다르니 신경 쓰지 마라. 이미 그런 시대가 아니라고 세상이 느닷없이 떠들기 시작했을 때 오히려 예민함이 극치에 달했대요."

"맞아. 그럴 때 정점을 찍지."

"그래요. 지금까지 신경 쓴 사람은 너희들이잖아. 그런 시대를 만들었던 사람이 누군데? 왜 이제 와서 그렇게 잘난 척이지? 정말 성질나죠."

(그 맘 잘 알지~!)

"그렇게 되지."

너무 크게 고개를 끄덕이지 않도록 조심하는 쇼세이 옆에서 소우가 소주를 한 모금 마셔 입을 적십니다.

"다음은 어떻게 되었을 것 같아요? 저출산이나 경제 상황의 악화, 일본이 안 좋아지고 있다는 뉴스를 점점 좋아하게 되었대요. 일본이 붕괴하면 다들 평등하게 불행해지고 이제까지의 방법이 잘못되었다는 게 증명되겠죠."

(와! 그것도 잘 알아.)

쇼세이, 괜한 소리를 하지 않도록 하이볼로 자기 입을 막습니다. 폭주를 막는 카드, 부활입니다.

"코로나가 유행하기 시작해서." 소우가 잔을 놓습니다. "처음에는 이대로 세상이 끝나는 게 아닌가 하는 분위기였잖아요? 그 마카롱 가게 주인은 인류나 사회가 파멸하는 게 좋아서 미칠 지경이었대요. 이대로 최악의 형태로 다 같이 끝나기를 매일 바랐다고."

공동체의 축소, 붕괴. 쇼세이, 그걸 바라는 마음도 당연히 완전 동감입니다.

"그런데 그때 작은 사건이 일어났어요."

꿀꺽, 쇼세이의 목이 울립니다.

"그 사람이 사는 마을, 의외로 마지막까지 감염자가 제로였대요. 그런데 드디어 첫 번째 감염자가 나왔죠. 지금 생각해 보면 그때는 다 머리가 돌았던 거 같아요. 다른 현 번호판 차에 돌을 던지기도 했다잖아요?"

"그랬지."

추억 돋네. 그때 저는 인간이란 옳고 그름의 판단을 내릴 수 있는 존재가 아니라 인지능력과 그에 따른 감정만 쓸데없이 발달한 존재임을 재인식했었죠.

"그런데 그 첫 번째 감염자가 마카롱 가게 주인의 건너편 집이었대요."

어허. 우연히도!

"그 집 사람들은 첫 감염자가 자기들임을 당연히 숨기려 했는데 보건소 소독 작업 같은 게 오는 바람에."

"우와!"

쇼세이, 너무 놀라 솔직하게 소리를 흘리고 말았습니다.

"도쿄에서 돌아와 취업한 가족이었대요. 그 집 누군가가 최근 도쿄에 놀러 갔다 왔다는 소문이 돌기 시작했죠."

"우와!"

쇼세이, 조금 전과 같은 반응이나 이 역시 형식적인 출하가 아니라 솔직한 반응입니다.

"진위를 알 수 없는 소문이었지만 마을 사람들이 몰려와 그 집 벽에 달걀을 던졌어요. 창에 돌을 던진 사람도 있었대요."

너무나 인간~ 인간적인 느낌~!

"그 사람, 그런 상황을 자기 집에서 내내 지켜봤고요."

"응. 응."

"갑자기 모든 게 바보처럼 느껴지더래요."

"응?"

쇼세이, 엄청나게 큰 물음표를 띄웁니다.

"난 이제까지 수없이 참아 왔는데 너희들이! 이렇게 생각하면서 날뛰는 사람들을 객관적으로 보고 있자니 자기 분노도 저들과 비슷하게 느껴져 갑자기 냉정해졌대요."

확실히 물음표가 떠오를 만하죠. 갑작스러운 전개.

"나는 참고 억누르고 온갖 울분을 삼키고 있으므로 참지도 않고 마음대로 사는 것처럼 보이는 상대에게 그 에너지를 폭발한다. 사회에 대한 자신의 분노와 원한도 비슷한 구조 같아서 더는 참지 말자는 생각이 들더래요."

(음.)

아, 쇼세이의 사고, 재개입니다.

(뭐지?)

"창문을 통해 본 광경이 그 정도로 어처구니없었겠죠."

(알 것도 같고 전혀 다른 얘기 같기도 하고. 게다가.)

"그렇구나."

(이야기를 더 듣는 건 내게 안 좋을 것 같아.)

"참는 일을 하나씩 그만뒀더니 지금 파트너와 도쿄에서 마카롱을 팔고 있더래요. 엄청난 일이죠?"

소우가 말하며 닭 껍질을 집습니다.

"그 사람, TRP* 같은 이벤트에 종종 음식을 싸 와요. 퍼레이드 하면서 지금도 말해요. 솔직히 이대로 동성혼이 이루어지지 않기를 바라는 마음도 있다고요. 그게 더 모든 걸 포기하고 넘기기 편하니까요."

"그래? 그런 사람도 있구나."

쇼세이, 반응을 조정합니다.

"그래야 사회를 원망하며 지낼 수 있고 어차피 안 되는 거니까 아예 다 포기하고 아무것도 안 하는 인생도 어쩔 수 없다고 생각할 수 있으니까요. 젊은 세대가 자유롭게 살게 되는 건 물론 기쁘지만 그렇다고 자기 인생이 위로받는 것도 아니고, 솔직히 상처받기도 한다고."

● Tokyo Rainbow Pride. 매년 도쿄에서 열리는 LGBTQ+ 행사

"그렇겠지."

담담한 목소리와 달리 쇼세이, 어쩐지 땀이 납니다.

체온이 오르고 모공이 확장되고 있습니다.

자신의 현재 상태와 비슷한 얘기가 다른 개체의 입을 통해 나와서 영 불편한 모양입니다.

"확실히 얼마 후 동성혼이 실현되어도 절대 발설하지 못하는 사람이나 도무지 파트너를 만나지 못하는 당사자 처지에서는 참아야 하는 정도가 강해질 뿐이니까 저보다 위 세대는 오히려 그만 좀 하라고 생각할지 모르겠어요. 제도가 정비되어 간다는 말은 당사자 사이에서도 단절이 생긴다는 뜻이기도 하죠."

덜컥. 소우보다 위 세대인 쇼세이는 덜컥했습니다.

"결혼도 특별 양자 제도도 이제까지 모든 동성애자가 불가능했는데 커밍아웃할 환경에 있는 사람부터 가능해지겠죠. 새로운 단절을 낳는 일이라고 생각해요."

여기에 있어요! 그, 새로운 단절에 완전히 갇힐 개체가.

그보다 이미 당신에게 단절을 시작했습니다.

"전 복받은 편이라 그런 사람이 있다는 걸 거의 생각하지 못했어요. 부모님도 친구들도 옛날부터 소우는 소우니까, 라고 말해줘서 솔직히 지금까지 게이라는 사실에 그렇게 고민한 적 없어요. 그래서 조금 전 선배에게 마카롱 가게 주인과 비슷한 이야기를 듣고 정말 놀랐어요."

"응?"

갑자기 화제가 이쪽으로 전환되어 쇼세이가 더 놀랐습니다.

"다들 LGBTQ+ 관련 NPO를 한다고 하면 대단하네, 힘내, 라는 무난한 말만 해요. 전혀 와닿지 않죠."

소우, 미묘하게 입가를 풉니다.

"결국은 다른 사람 일이잖아요. 사실 자기들 일은 아니죠. 그래서 오랜만에 제대로 된 이야기를 들으면 스위치가 켜져서 혼자 막 떠들어요. 죄송해요."

"아니, 아니야. 사과할 일은 전혀 아니야."

쇼세이, 일단 그렇게 다독입니다.

그러나 사실, 내게 일어나지 않는 일이면 다른 사람 일이기는 하죠.

이성애 개체가 동성애 개체의 권리를 요구하는 활동에 입으로는 찬성해도 구체적인 활동에 나서는 일은 적듯 쇼세이도, 저출산이나 육아 환경, 교육 격차 같은 차세대 개체 관련 문제는 "다 같이 고민해야 할 문제야."라며 손을 얹는 정도이지 그 손에 힘을 주고 어떤 변화를 일으키려고는 하지 않습니다. 피차 마찬가지죠.

드디어 이야기의 마지막이 보이기 시작하나요?

어이, 쇼세이, 이 타이밍에 다른 화제를 꺼내는 게 좋지 않아?

너, 계속 마음이 불편하잖아.

소우의 이야기가 오래전 인지능력이 닿지 않게 치워 버린 부분, 이 세계에서 완전히 트리밍하기로 한 부분을 자극해 영 불안하겠죠.

"그렇지만 그런 거 있잖아."

어라?

쇼세이, 입을 열었습니다.

어, 말도 안 돼!

쇼세이, 이런 식으로 생각하는 듯합니다.

(그래서 더, 이야기해야 할 것 같아.)

무슨 일이래~.

자기 시야를 【확대】하려는 욕구가 이 개체에 조금이라도 남아 있다니!

야호! 축제의 시작이다~!

"다와다는 새삼 뭘 하는 거냐고 생각하는 사람이 존재한다는 걸 알면서도 활동을 시작한다는 거네?"

"맞아요."

"괜히 자극받고 싶지 않은 사람이 있다는 것도, 동성애자 안에서 단절이 생길 거라는 것도 다 알면서도?"

쇼세이의 음색 변화를 알아차렸는지 소우, 얼굴에서 웃음기를 거뒀습니다.

"그래요. 저, 결국은 나를 위해 하는 거예요. NPO 활동도 다른 것도 다. 솔직히 다른 사람은 전혀 생각하지 않아요."

전부 나를 위해.

이 말만 발췌하면 마치 쇼세이가 한 말 같네요.

쇼세이와 달리 너무나도 공동체에 공헌하고 싶어 하는 개체인데 말입니다.

"이런 활동을 하다 보면 세상을 위해, 다른 사람을 위해서라는 동기를 가진 사람을 정말 많이 만나요. 그러나 저는 전부 다 나를 위해서예요. 정말로."

잠깐 들어나 보죠.

"제가 이제까지 그리 억압을 느끼지 않은 이유는 일단 가족과 친구가 다 열려 있었기 때문일지도 모르지만 내가 하고 싶은 일이 제도에 막히는 경험이 아직 없었기 때문일 거예요."

"응."

"그래서 앞으로 결혼하고 아이를 갖고 싶거나 파트너가 입원할 때 보호자가 되고 싶은 상황이 되었을 때 제도가 인정하지 않으면 어떤 제한도 없고 참을 필요도 없는 사람들이 미워지겠죠. 지금까지 자유로웠던 만큼 더요."

"응."

쇼세이, 또 뇌와의 동기화 기능이 정지했습니다.

"그러면 저, 그런 사람들을 보고 싶지 않게 될 것 같아요. 또 비교하지 않으려고 저를 셧다운해 버릴 것 같아요. 그러지 않으면 아까 얘기와 완전히 똑같지는 않아도 돌을 던지고 말 테니까요. 저, 상당히 그런 부분이 있어요. 그렇게까지 되고 싶지 않아서 셧다운하고 세상에서 사라짐으로써 마음의 평화를 지킬 것 같아요."

어째, 익숙한 이야기가 이어지네요.

"셧다운해 내 세계를 좁히면 피난에 성공해 쾌적할 수는 있겠죠. 그러나 그게 다잖아요? 좁은 세계에서 쾌적함만을 유지하는 삶도 있을 수 있죠. 그렇지만 저는 그런 삶을 바라지 않아요. 개인적 해결은 싫어요. 그래서 말인데요?"

소우는 일단 한 박자 쉽니다.

"미래의 내가 다른 사람과 사회에 돌을 던지지 않고 살 수 있으면 해요. 제가 NPO를 하는 이유예요. 그래서 LGBTQ+ 안의 단절이 생길 거라는 말을 들어도 멈출 수 없어요. 어디까지나 미래의 나를 위해 하는 거니까요."

소우의 표정이 조금 미안한 듯한 분위기를 자아냅니다.

"싫어요. 미래의 나를 배제하는 사회나 자포자기하는 건요. 전부 외면하고 살면 편할 수 있겠지만 그런 상태로 수십 년을 살아야 하는 건 좀."

"그렇지만 말이야."

쇼세이, 입을 엽니다.

"실제로, 그런 곳이잖아?"

지금의 쇼세이, 정말 뇌의 언어를 그대로 뱉어 내고 있습니다.

"아무것도 하고 싶지 않고 외면하고 싶은 곳이잖아. 이 사회라는 거 말이야."

소우가 쇼세이의 눈을 들여다봅니다.

"그럴지도 모르죠. 하지만."

소우의 눈에 쇼세이가 비칩니다.

"부정형의 의사 표시는 아무도 안 봐 줘요."

쇼세이, 침을 삼킵니다.

"외부와 차단하고 자기로부터 홀로 도망쳐 온갖 일을 【하고 싶지 않아】라고 결정해도."

쇼세이, 소우의 눈에 비친 자신을 바라봅니다.

"그렇게 세상을 부정해도 제삼자에게는 그냥 거기 있는 사람일 뿐이에요."

온갖 것에 인지능력이 닿지 않도록 하고 다양한 감정을 미리 봉인해 온 자신과 눈이 마주칩니다.

"의식적으로 행동하지 않거나 말하지 않는 건 아무에게도 보이지 않는 만큼 내 눈에만 계속 들어올 것 같아요. 이것만은 하지 않을 거야, 절대 하지 않겠다고 버린 일들이 거꾸로 나를 점점 옭아맬 것 같다고요."

소우, 쇼세이에게서 시선을 돌립니다.

"언젠가 그런 것들에 인생을 빼앗기고 말 거예요."

옆에서 보게 된 소우의 눈에는 쇼세이가 비치지 않습니다.

"그렇게 된 저는 정말 조커처럼 변해 언젠가 빵 폭발하고 말 것 같아요. 관계도 없는 사람을 끌어들이는 건 안 되잖아요. 그래서 말인데요."

소우가 눈썹을 늘어뜨립니다.

"일단은 해 보자는 의사 표시를 선택해 보려고요. 하지 않는다는 선택은 그다음이랄까 마지막 수단이라도 좋을 것 같아요. 다만……"

계속하는 소우의 음색에 어딘가 조심스러운 톤이 섞입니다.

"제가 이렇게 생각하는 것도 주위 사람들의 이해가 있기 때문이겠죠."

쇼세이, 여전히 머릿속이 텅 비어 있습니다.

"저도 아무에게도 말하지 못하는 세계에서 계속 숨어 살아왔다면 날 무시하고 마음대로 변하는 사회에 화가 날 테고 인류는 멸망해야 한다고 생각할지 모르죠."

그렇지.

어쩐지 납득이 갑니다.

정말일 수도 있겠네요. 공동체와의 관계성이 행복 수준을 결정한다는 거.

보세요, 두 개체 모두 안고 있는 문제 자체는 같잖아요?

이 심신을 무사히 미래로 가져가려면 어떤 【다음】을 선택할 것인가. 이겁니다.

그 답이 이토록 대조적인 이유는 공동체와의 관계성이 대조적이기 때문 아닐까요?

덧붙이자면 가정과 학교라는 최초로 속한 두 공동체와의 관계성이 중요한 듯합니다. 이 둘에서 거절당하지 않으면 이후 아무리 출입 금지 선언을 당해도 공동체의 원풍경*을 믿는 마음이 이길지도요.

쇼세이는 그 원풍경이 청소할 곳에 붙여진 종이였고, 남자 화장실 앞에서 내밀어진 손바닥이었고, 길거리 연설이었고, 느닷없이 나타난 철벽의 필터링이었기에 뿌리 깊은 반(反) 공헌 이념에 휩싸였을지 모릅니다.

그러므로 쇼세이와 소우는 동성애 개체끼리인데 사고방식이 완전히 정반대겠죠. 이쓰키나 다이스케가 이성애 개체라 회사를 비롯한 공동체에 공헌하고 싶어 한 건 아니었네요. 어떻게 타고났든 유체 때 속한 공동체와의 관계성이 그 개체의 사고를 크게 좌우할지도.

● 어릴 적 경험이 남긴, 평생 마음속에 자리 잡은 기억의 풍경

후후. 또 인간에 대해 하나 더 배웠네요. 뭐, 제게는 아무 의미도 없지만요.

아.

쇼세이의 뇌, 다시 작동하기 시작합니다.

(빨리.)

"다와다."

(집에 가는 게 좋겠어.)

"오늘 많은 얘기를 해 줘서 고마워."

(아무래도 계속 얘기하지 않는 게 좋겠어.)

그래, 그래. 쇼세이.

돌아가자.

오랜 시간에 걸쳐 쌓아 온, 네 나름의 【온전한】 성으로.

새삼스레 나도 소우처럼 살아야 하지 않을까, 라고 흔들리지 말고.

새삼스레 나도 공동체와 계속 어울릴 수 있는 타입의 감시 카메라를 손에 넣을 수 있겠다고 기대하지 말고.

벌써 시간이 이렇게 됐습니다.

이제 슬슬 금식해야 해요. 당신이 설정한 카메라가 지금도 당신을 감시하고 있다고.

【다음】에 해야 할 행동, 이미 알잖아요?

"어? 이제 가야 해요?"

소우, 안타까운 목소리를 냅니다.

"응. 실은 곧 이사라 짐을 싸야 해."

"아, 독신 기숙사에서 나갈 때군요."

쇼세이, 고개를 끄덕입니다. 지금은 금요일 밤이고 이사는 다음 주 말입니다.

"응. 그래서 빨리 움직여야 해."

"저, 다쓰야 선배."

갑자기 소우가 쇼세이를 부릅니다.

"갑자기 이런 말을 들어도 곤란할 것 같기는 한데요."

여기서 소우의 목소리가 커졌습니다.

"혹시 괜찮으시면 선배도 NPO에서 같이 활동하지 않을래요?"

뭐!

(뭐!)

"뭐!"

"선배 같은 타입은 제 주위에 거의 없어요. 오늘 다시 확인했어요. 만약 참여하시면 전혀 다른 관점이 조직에 더해져 흥미로울 듯해요. 물론 전면 합류하라는 게 아니에요. 주말 같은 때 나와주시면 좋겠다는 얘기죠."

소우, 웬일로 말이 빨라집니다.

"어떠세요?"

쇼세이, 다시 소우와 눈을 마주칩니다.

어, 이게 뭐지?

처음 느끼는 감정에 쇼세이의 몸이 붕 뜹니다.

(어쩌지?)

당연히 고민되죠.

(도움이 되고도 싶네.)

쇼세이, 아주 잠깐 상상의 나래를 펼칩니다.

뇌가 생각하는 대로 소우나 아직 보지 못한 NPO 구성원들과 대화하는 자기 모습을.

다이어트라는 감시 카메라 없이 【다음】에 해야 할 것들을 척척 잡아 나가는 자기 모습을.

게다가 그 【다음】이 NPO라는 공동체의 확대, 발전, 성장에 기여할 것이고 그 공동체 안에서 판단, 결단, 선택, 선도의 자리에 나아가는 일도 꺼리지 않는 자기 모습을.

(어쩌지?)

어쩔 셈일까요? 쇼세이.

이제부터 돌아갈까요? 확대, 발전, 성장의 레이스에.

돌아갈 것인가?

(어쩌지?)

쇼세이의 체온이 오릅니다.

(아! 배가 아프다.)

쇼세이, 땀도 흘립니다.

이 개체, 긴장감이 강해지면 배설 기능이 고장 납니다.

유체 때 너무 참은 탓에 생긴 현상이죠.

(안 되겠다.)

쇼세이, 입을 엽니다.

"그렇게 말해 줘서 고마워. 그렇지만."

눈썹을 늘어뜨립니다.

"지금은 좀 어렵겠어."

(빨리 돌아가자.)

쇼세이, 깊이 숨을 들이켭니다.

(더 기대하기 전에 얼른.)

"NPO 활동, 열심히 해."

쇼세이, 계산서를 들고 일어섭니다.

그런데.

"저기요."

소우가 목소리 크기를 한 단계 높입니다.

"전부터 생각했는데요."

소우, 의자에 앉은 채 진지한 눈빛으로 쇼세이를 올려다봅니다.

"다쓰야 선배는."

여기서, 침묵.

(괜찮아.)

밀도 높은 침묵.

(캐물어도 돼.)

영원과 같은 삼 초.

(그러면 마카롱 그 사람처럼 나도.)

쇼세이가 그렇게 생각한 순간.

문득 공기가 느슨해집니다.

"아니, 아무것도 아니에요."

소우, 쇼세이에게서 시선을 피합니다.

복통이 단숨에 사라집니다.

"계산하고 올게."

쇼세이, 걷기 시작합니다.

후우.

왠지 저마저, 힘이 잔뜩 들어갔다가 쪼그라들고 말았네요.

지금, 엄청난 긴장감이었어요.

그건 그렇고.

조금 전 대사, 최근 다른 개체에게도 듣지 않았나요?

기분 탓인가.

최근에도 누군가가 쇼세이에게 불쑥 밀고 들어오려다가 관둔 것 같은데…….

아, 기시다! 그 면담 때 말입니다.

응, 응. 역시 어떤 식으로든 내밀한 부분을 다른 사람에게 묻거나 말하지 않는다. 그게 【레이와】이고 요즘 인간들의 【다양성】이죠.

사적인 얘기는 물어선 안 된다. 다른 사람의 인생에 참견해선 안 된다. 인간은 저마다 다르다.

그건, 다름 아니라 쇼세이가 남용해 온 처세술이기도 합니다.

쇼세이, 계산대에 도착합니다.

"계산, 카드로 할게요."

지갑을 꺼내려고 가방에 넣은 손가락이 소우가 준 마카롱 종이 봉투에 먼저 닿았습니다.

7

쇼세이, 다이스케의 방에 있습니다.

"나, 이럴 줄 알았어."

이쓰키는 투덜대면서 종이 상자 바닥을 비닐 테이프로 보강하고 있습니다. 아무래도 기분이 안 좋은 모양입니다.

"전부터 말했지? 계획적으로 준비하지 않으면 나중에 고생한다고."

"아, 네. 알겠습니다."

다이스케, 일부러 이쓰키의 심기를 건드리는 말투를 씁니다. 인간 수컷 개체는 왜 아무리 시간이 흘러도 유체 같을까요? 뻔뻔하게 나올 때마다 성질납니다.

"뭐지? 그 말투는? 도움받는 사람의 태도인가? 다쓰야한테까지 신세를 지면서."

"아, 난 괜찮아."

쇼세이, 여전히 실실대고 있습니다. 쇼세이로서는 짐을 다 싸고 혼자 방에 있는 게 힘드니까요. 【다음】을 발견하기 힘들어서요.

"포장 이사를 불렀으면 좋았잖아."

"그건 회사 보조금을 훨씬 넘잖아."

"그만큼은 네가 내야지. 나도 그랬는데."

"진짜!? 치사해~."

"치사할 게 뭔데?"

쇼세이, 사랑싸움 중인 두 개체의 대화를 들으면서 신문지로 싼 부엌 용품을 퍼즐처럼 종이 상자에 넣습니다.

이사 준비도 마지막 스퍼트입니다.

"다쓰야는 다 쌌어?"

"응. 끝났어."

"넌 혼자 다 싼 거야? 치사하지 않게?"

"응. 혼자 했어."

"나도 치사한 건 아니라니까!"

다이스케는 "대단하다!"라며 놀라워했는데 쇼세이로서는 이토록 좋은 【다음】을 방치하다니 오히려 상대가 더 놀라웠습니다. 매일 조금씩 정성스럽게 짐을 꾸리면서 쇼세이, 상당히 많은 시간을 소비할 수 있었습니다. 다이어트 외에도 머리를 쓰지 않고 몰두할 작업이 있었던 날들, 너무나 쾌적했습니다.

"좋았어. 그러면 다쓰야에게는 오늘 하루 도움을 좀 받아 볼까?"

"나대지 좀 마."

사랑싸움 중인 두 개체의 티격태격에 쇼세이, "하하!" 하고 괜스레 웃고 맙니다.

누군가의 방에 모이는 이런 분위기도 오늘로 마지막일지 모릅니다. 성체 인간끼리의 교류란 물리적인 거리에 상당히 좌우되잖아요. 일부러 명확한 약속을 잡지 않아도 만날 수 있는 게 독신 기숙사의 장점이라는 사실을 오늘에야 알게 되었습니다.

"다쓰야. 할 일이 남아 있으면 네 방으로 돌아가도 괜찮아. 내일 아침 일찍 이삿짐센터가 오지?"

"이삿짐센터는 상상 이상으로 일찍 오더라."

다이스케, 입만 움직이고 있습니다. 손을 움직여, 손을!

쇼세이, (남은 일) 잠시 생각한 후 대답합니다.

"냉동고에 있는 걸 다 먹어야 하는 정도? 그리고 도서관에 책도 반납해야 하고."

"도서관? 너, 도서관에도 다녔어?"

"응."

쇼세이, 고개를 끄덕이면서 (그 얘기, 전에도 했는데) 생각합니다.

"빌린 책을 오늘 안에 반납해야 하는 거지? 도서관 몇 시까지지?"

"아마 5시까지일 거야."

이쓰키가 스마트폰으로 시각을 확인합니다. 지금은 오후 3시 반입니다.

각자, 다이스케의 현재 방 상태를 확인합니다.

(제시간에 맞출 수 있을까?)

모든 개체가 그렇게 생각하고 있겠죠. 아주 똑같은 세 개의 침묵이 깔끔하게 찾아옵니다.

"반납함이 있어서 5시 넘어도 괜찮아."

"아냐. 5시까지는 끝내야지."

이쓰키, 딱 잘라 말합니다.

"마감이 없으면 인간은 열심히 안 하는 법이니까. 특히 이 집 주인은 더욱."

"폐만 끼치는 인간이네요~."

또 까부는 다이스케의 엉덩이를 이쓰키가 가볍게 찹니다. 다이스케가 "너무해!"라며 우는 시늉하는 걸 보니 사실은 다이스케가 삽입당하는 쪽에 좀 더 【온전하다】라는 이야기의 신빙성이 확 올라갑니다.

그보다 말입니다.

이 두 개체, 얼마 전까지 분위기가 상당히 험악하지 않았나요?

다시 화해했나. 공원에서의 이쓰키처럼 상담 비슷하게 쇼세이에게 하고 싶은 말을 줄줄 흘리는 개체는 이따금 나타나는데, 이후 상황을 보고하는 개체는 거의 없단 말입니다. 쇼세이는 그다지 신경 쓰지 않지만, 저는 신경 쓰인다고요!

"오케이!"

속옷 종류를 정리하던 다이스케가 벌떡 일어납니다.

"열심히 하기 위해서 일단 똥부터 싸고 오겠습니다!"

"그런 말까지 왜 하는데! 조용히 화장실에나 가라고!"

"어제 먹은 한국 음식이 생각보다 매워서 시간이 좀 걸릴지 모럽니다!"

"말했지? 그런 말은 안 해도 된다고!"

이쓰키, 후유 한숨을 내쉬고 다시 쇼세이에게 몸을 돌리고 말합니다.

"오늘은 정말 미안해. 짐을 다 쌌다고 해도 소중한 휴일인데."

"아냐. 난 정말 괜찮아."

소중한 휴일이라 해도 쇼세이에게는 할 일이 정해져 있으니까요. 말끔히 정리된 집에서는 그 일도 할 수 없어서 오히려 이렇게 불러 줘서 좋았습니다.

"다이스케한테 여러모로 신세를 졌으니까. 신세를 갚아야지."

"신세를 져? 쟤한테?"

이쓰키는 의외라는 말투인데 문자 그대로 큰 신세를 졌답니다.

다이스케가 딩동 벨을 눌러서 【다음】에 해야 할 행동이 생긴 그날 밤.

그때 다이스케가 딩동 벨을 눌러 주지 않았다면 쇼세이, 어떻게 【다음】으로 넘어갔을지…….

"악!"

깜짝 놀랐습니다!

화장실에서 다이스케가 절규합니다!

"왜 그래!?"

뒤질세라 소리를 지르며 이쓰키도 화장실로 달려갑니다.

"들리면 안 될 소리가 날 것 같아서 내가 소리를 질러 지운 거야. 괜찮아!"

이쓰키, 말없이 화장실 문을 발로 찹니다.

후후.

이런 시간도 이제 사라지겠죠.

그렇지? 쇼세이.

이제 딩동이든 뭐든 【다음】을 줄 개체가 없어지네.

"섭섭해. 다이스케가 전근이라니."

쇼세이가 중얼거린 순간, 또 "악!" 소리가 날아옵니다. 다이스케의 장내 환경이 상당히 심각한 모양입니다.

"아직 실감이 안 나."

이쓰키가 대답합니다.

"그렇지만 전근 덕분에 서로 많이 얘기했어."

이쓰키는 다시 짐을 싸면서 "그러고 보니 다쓰야에게 보고하지 않았네."라며 목소리를 낮춥니다.

이 말투는, 그거죠?

상담했을 때의 자신과 지금의 자신은 이미 다른 사람이고 오히려 당시의 자신을 조금 부끄러워할 때의 온도감이요.

이렇게 또 아무것도 변하지 않은 쇼세이의 앞을 이성애 개체들은 가차 없이 변화하며 지나쳐 갑니다.

"전까지는 여기를 나가도 동거하지 않겠다는 느낌이었잖아. 그런데 동거 못 할 이유가 우리 의사와 상관없이 생기니까 일단 냉정해지더라."

"그랬구나."

도대체 어디가 그랬구나, 이냐고? (어쩐지 손이 까칠해진 것 같

아) 생각한 주제에!

이쓰기, 다이스케가 아직 화장실에서 나오지 못하는 상황임을 확인하고는 목소리를 더 낮추고 말하는 속도를 조금 올립니다.

"정말 많이 얘기했고 다이스케가 다시 돌아오면 결혼하기로 했어."

"그래? 축하해."

그랬군요. 축하합니다.

"고마워. 일단은 앞으로 각자 떨어져 있는 동안 재정 문제 등 여러 가지를 서로 준비하려고. 아이를 키우려면 어디가 좋은지도 포함해 생각할 거야. 어쩌면 회사에 약혼 사실을 알리고 나도 전근을 요청해 도쿄가 아닌 데서 살아도 좋고."

이쓰기, 작업을 멈추고 쇼세이를 바라봅니다.

"그때 이야기 들어 줘서 고마워. 정말 큰 도움이 됐어."

"난 아무것도 안 했어. 둘이 화해해서 다행이야."

겸손한 자세로 받아들이는 듯한 태도인데 쇼세이, 정말 아무것도 하지 않았습니다.

"얼른 부부가 각자 성을 쓰게 되면 정말 좋겠어. 내 성이 바뀌면 야나기 이쓰키(柳樹)야. 버드나무라고. 웃기지 않아?"

"야나기 이쓰키? 하하하!"

다이스케, 현 단계에서 오사카 지사로 이 년간 전근 갈 계획인데 회사란 확대, 발전, 성장을 위해서라면 아무렇지 않게 거짓말하는 공동체이므로 정말 이 년 만에 돌아올 수 있을까요?

그때 이쓰키의 고민은, 꼭 집어 차세대 개체를 어떻게 할지였죠? 저로서는 그 부분의 결론을 알고 싶은데요.

서른둘, 서른셋의 인간 암컷 개체에 있는 【저】, 대단히 활약했을 겁니다. 이쓰키의 무성애자 친구를 싱글 맘으로 만들었을 때처럼 폭주했을 게 분명합니다. 그런 【제】가 어떤 해결책을 찾았는지 미래를 위해서라도 알고 싶어요. 쇼세이, 물어, 물어보라고!

"야나기 이쓰키. 한자를 봐, 더는 사람 이름이 아니잖아?"

"음독하면 더 반짝이는 거 같아. 류쥬!"

"너무해!"

세상 쓸데없는 소리를 하고 있네!

조금 전 이야기라면 적어도 이 년 동안은 차세대 개체를 만들어 내기 어려운 상황이 되었으므로 뭐였더라, 서로의 정자와 난자를 얼려 놓기라도 했을까요?

아, 진짜! 쇼세이, 물어보라고. 최근 그런 책만 읽었잖아?

"어쨌든 정말 축하해."

앗.

다시금 축하의 마음을 표명하는, 이 느낌.

이 녀석, 여기서 대화를 끝내려 하는구나!

"고마워."

이쓰키, 푸근하고 부드러운 미소를 짓습니다.

아, 끝나고 말았습니다. 그렇겠죠. 아무리 동기라도 더 캐묻기는 힘들겠죠. 어쩔 수 없네요.

그래요, 그렇습니다. 소우와의 술자리를 거친 쇼세이, 최첨단 생식 의학 책만 읽었답니다. 정자와 난자의 동결이나 모체 이외에서의 임신, 인공 자궁 같은 거 말입니다. 덕분에 저도 그 분야에 정통해졌습니다. 5시까지 반납해야 하는 책도, 그런 겁니다.

어째서 그런 장르의 책을 읽기 시작했냐면…….

"그러고 보니."

이쓰키가 입을 열었습니다. 책 이야기는 나중에 하죠.

"다쓰야는 어디로 이사 가?"

(성가시네.)

야! 그렇게 바로 귀찮아할 필요는 없잖아! 이건 캐묻는 수준도 아닌 잡담이라고.

"나, 좀 생각해 봤는데 다쓰야에 관해 아무것도 모르더라."

아, 귀찮은 일일 수도 있겠네요.

"다쓰야가 어떤 동네에서 살고 싶은지, 어떤 조건을 원하는지."

"그래?"

쇼세이, 대답하고 (그런 거, 나도 몰라) 생각했습니다.

그렇습니다.

쇼세이, 이사를 결정하며 오랜만에 감시 카메라 부족 상태에 빠졌습니다.

임대료와 통근의 편리함 정도 외에는 물건을 고를 조건이 너무 없어서 도대체 뭘 행동 원리로 【다음】을 결정해야 할지 몰라 오랜만에 쩔쩔맸습니다.

그래서 온갖 검색을 시도한 끝에 독신 기숙사 바로 뒤에 있는 맨션이 비어 있어서 그리로 정했습니다.

네. 바로 뒤입니다. 걸어서 이 분 걸립니다. 딱 알맞은 구조의 방이 비어 있더라고요.

"임대료와 통근을 놓고 가장 적당한 곳을 골랐어. 특별한 조건은 없었어."

쇼세이, 제일 가까운 역이 어딘지까지는 말하지 않았으나 특별히 거짓말을 한 건 아닙니다.

"그래?"

(오케이. 끝났다.)

"그러면 말이야, 다쓰야는?"

(안 끝났구나.)

"고민이 있을 때 누구한테 상담하거나 같은 걸 해?"

이쓰키, 직접적으로 묻는 게 꺼려졌는지 후반부는 문법이 이상해졌네요. 요즘 애들처럼.

"다쓰야가 나한테 상담한 일이 이제까지 한 번도 없는 것 같아서. 가끔 난 얘기했는데. 다른 동기한테 상담하는 느낌도 아니고."

"그런가? 그랬을 수도 있겠다."

그런가, 그랬을 수도 있겠다? 이렇게 대답할 수밖에 없는 주제네요.

그야, 쇼세이의 고민은 다른 개체에게 말해 봤자 소용없는 일이라고 해야 하나, 오히려 말해선 안 된다고 해야 하나, 둘 중 하나니까요.

이쓰키 같은 개체는 고민을 다른 개체에 밝힐 수 있다는 특권에 둔감하죠.

"전에 공원에서 말이야, 진짜 원하는 게 뭔지 모르겠다고 했는데 기억해?"

 쏴. 화장실에서 물 내려가는 소리가 들려옵니다. 다이스케의 싸움은 아직 진행 중인 듯합니다.

 "그거 말이야, 우리 세대의 공통 주제인가 봐. 꽤 여러 곳에서 화제가 됐다? 다이스케와도 얘기하고 다른 동기도 그렇고."
 "그랬구나."
 이 역시 너무나 특권 의식이 느껴지는 주제이네요.
 모두 뭐라고 대답했을까요? 일의 보람? 따뜻한 가정? 아이의 밝은 미래? 세계 평화? 뭐든, 이성애 개체와 자본주의를 주축으로 한 공동체의 확대, 발전, 성장의 공헌에 조금이라고 관계가 있는, 즉 공동체와의 관계성을 강화해 행복 수준을 높이는 것들이었겠죠.
 그런 것들을 정말 원한다고 말할 수 있는 게 특권임을 전혀 의식하지 못한 채.
 "난 말이야, 다쓰야의 생각은 뭘까 정말 궁금하더라."
 아, 쇼세이, 굉장해!
 담당한 부엌 용품을 전부 정리했습니다!
 식칼부터 도마, 식기까지 다 종이 상자에 깔끔하게 넣었습니다. 이 개체, 역시 손이 아주 야무집니다. 베이킹할 때도 생각했죠. 배우기도 금방 배우고.
 "참고로 다른 사람도 다 다쓰야의 대답이 제일 예상 안 된다더라."
 자.
 "그래?"

쇼세이, 할 일을 끝내고 말았습니다.

"갑자기 이런 질문을 받으니까 뭐라고 해야 할지 잘 모르겠네."

【다음】은 어떻게 할까?

"뭔가 생각나는 게 있으면 보고할게."

쇼세이, 비닐 테이프로 포장한 종이 상자를 놓고 쓱 일어납니다. 주위를 둘러봅니다.

수많은 물건이 넘쳐 나고 있으나 자기 몸을 움직일 이유는 보이지 않네요.

빨리 다이스케가 화장실에서 나와서 【다음】을 지시해 줬으면 좋겠습니다.

"저기 말이야."

이쓰키의 목소리가 납니다.

"전부터 생각했는데."

쏴, 소리가 납니다.

"다쓰야는."

콰당, 화장실 문이 힘껏 열립니다.

"부활!"

장시간의 전투가 드디어 막을 내린 듯합니다. 오랜만에 모습을 드러낸 다이스케, 아주 후련한 표정입니다.

"아! 정말 위험했어. 오랜만에 똥구멍이 찢어지는 줄 알았어."

곧바로 "징그러운 소리 좀 하지 마!"라고 혼날 발언이었으나 이쓰키는 아무 말도 하지 않습니다.

"와! 작업이 많이 되어 있네. 진짜 고마워!"

다이스케, 잔뜩 신이 나서 방을 둘러봅니다.

"그보다 화장실에서 생각했는데."

다이스케가 벽을 가리키자, 이쓰키가 드디어 "응?"이라며 목소리를 냈습니다. 다이스케가 가리키는 곳에는 벽에 설치된 환기구가 있습니다.

"얼룩 제거 스프레이, 이쓰키한테 있지?"

"응. 내가 가져가 쓰고 까먹었네."

흠흠. 아마도 환기구 주위의 얼룩을 알칼리성 스프레이 같은 걸로 뿌려 지울 생각이겠죠. 얼룩 부분에 스프레이를 뿌리고 잠시 놔뒀다가 닦는 방식입니다. 두 개체가 하나의 스프레이를 번갈아 쓸 계획이었는데 이쓰키의 방에서 사용하고 그냥 둔 상황일까요.

"잠깐 내 방에 가서 스프레이 가져올게."

"땡큐."

이쓰키가 허둥지둥 다이스케의 방을 나갑니다.

"네 집은 안 해도 돼? 스프레이 남을 텐데 써."

"괜찮아. 내 방은 얼룩 없어. 고마워."

쇼세이의 대답에 다이스케는 "흠."이라고 중얼거리고 자기 작업으로 돌아갑니다.

이번에는 다이스케와 두 개체만 남았습니다.

"아, 그러면." 다이스케, 쇼세이에게 지시를 내립니다. "이쓰키가 하던 일 좀 해 줄래?"

"오케이."

쇼세이, 조금 전까지 이쓰키가 작업하던 곳에 앉습니다. 염원하던

【다음】이 생겼습니다! 쇼세이, 신나서 손을 움직이기 시작합니다.

그건 그렇고, 벌써 몇 번째 아닌가요?

조금 전, 쇼세이의 내면에 훅 들어오려다가 멈칫 그만두는 흐름 말입니다.

면담 때의 기시. 술자리에서의 소우. 강제적으로 중단된 형태가 되었으나 조금 전의 이쓰키.

쇼세이, 다른 개체의 개입을 자연스럽게 회피해 왔습니다.

"그런데 말이야." 다이스케가 갑자기 큰 목소리를 냅니다. "진짜 말랐다?"

쇼세이, 저도 모르게 고개를 들었는데 언제부터인지 이쪽을 뚫어지게 보고 있던 다이스케와 눈이 마주칩니다.

"몸을 구부렸을 때 허리 주위가 전혀 달라."

"그래?"

"그렇다니까. 요요는 없어?"

다이스케는 말하면서 자기 허리 주위를 만집니다. 다이스케는 순조롭게 찌고 있답니다.

"그보다 너 단 거 좋아하지 않았어? 선물로 사 온 디저트도 제일 빨리 확보하던 놈인데."

"응. 그랬지."

"단 음식, 용케 참았다?"

"단 것도 무지하게 많이 먹어."

사실입니다.

"어? 그런데 왜 요요가 없어? 운동을 그렇게 많이 해?"

"응. 운동 진짜 많이 해."

이것도 사실입니다.

"허허. 운동할 시간을 용케 확보하네."

다이스케, 【다음】이 잔뜩 있는 개체만 할 수 있는 발언을 한 후 꼬르륵 소리를 냅니다.

"이런! 똥 쌌더니 배가 고프네."

다이스케, "적당히 먹을 거 없을까?"라고 중얼거리는데 이사 전이라 냉장고도 냉동고도 텅텅 비어 있습니다. 작업 전에 함께 먹은 점심도 다이스케가 수고비 대신 사 준 배달 도시락이었습니다.

(맞다.)

"배가 고프면 일단 내 방에 갈래?"

쇼세이, 좋은 아이디어라도 생각났는지 목소리가 밝습니다.

"냉동고를 다 비우지 못했어. 지금 안에 있었던 게 다 자연 해동되고 있거든. 그걸 좀 먹으면 도움이 될 거야."

"어, 진짜? 완전 럭키!"

다이스케, 일단 이쓰키에게 연락하려고 스마트폰을 만지더니 바로 현관을 향해 걷기 시작합니다.

"아, 잠깐만!"

쇼세이, 다이스케의 등에 대고 말을 겁니다.

"마실 게 있으면 좋겠어. 아마 목이 마를 테니까."

"이게 뭐야?"

이것은, 쇼세이 방에 도착한 다이스케가 처음 내뱉은 말입니다.

"냉동고에 들어 있었던 거야."

이것은, 쇼세이가 처음 한 말이고요.

쇼세이의 방 식탁에는 랩으로 싼 대량의 수제 디저트가 가득 놓여 있습니다. 대충 세도 서른 개 이상은 될 겁니다.

"이게 뭐야? 왜 랩으로 싸여 있어?"

"디저트지."

"디저트!? 어, 이게 다!?"

"응. 다."

쇼세이, 고개를 끄덕입니다.

"보통 레시피는 사 인분 기준이야. 케이크도 레시피를 홀 케이크 기준으로 알려 줘. 그래서 이렇게 됐어."

"그래서 이렇게 됐다니, 뭐가?"

다이스케의 표정이 심각해집니다. 어쩐지 겁이라도 먹은 듯 보입니다.

"레시피를 따라 만들면 남는다고. 다 못 먹고 냉동, 다 못 먹고 냉동을 계속했지."

"아니, 네가 다 만들었다고!? 어?!"

물건을 싹 정리한 공간이라 다이스케의 목소리가 꽤 크게 울립니다.

마카다미아 버터 쿠키, 무화과와 고르곤졸라 치즈 타르트, 캐러멜 바나나 머핀, 레몬 아이싱 파운드케이크, 호박 바스크 치즈 케이크, 시나몬 애플파이, 쿠키 반죽을 표면에 쓴 크루아상, 복숭아와 얼그레이 타르트, 최근에야 실패 없이 만들게 된 마카롱도 있습니다.

다이스케의 방에 가기 전에 냉동고에서 꺼내 놔서 이제 딱 먹기 좋은 상태일 겁니다.

"내일까지 다 먹지도 못하고 다시 냉동할 수도 없어서 때마침 잘됐어. 원하는 대로 먹어."

"아! 그런 거겠구나."

다이스케, 갑자기 표정이 부드러워졌습니다.

"이거 저지방 디저트라는 거지? 다이어트를 위해 다 직접 만들었구나."

"아니, 특별히 저지방으로 만들지 않았어. 미안해. 혹시 지방 안 먹는 중이야?"

쇼세이가 미안해하며 묻습니다.

"아, 그게 아냐. 내가 지방을 안 먹고 있다는 게 아니라."

다이스케의 미간 주름이 다시 깊어집니다.

"너, 다이어트 중 아니었어?"

"응, 맞아."

"요요 없이 계속 유지하고 있고."

"응. 그렇지."

"이걸 먹으면서?"

"응."

쇼세이, 고개를 끄덕입니다.

"굳이 직접 만들어서?"

"응."

쇼세이, 고개를 끄덕입니다.

"왜?"

"응?"

"왜 그런 짓을 해?"

왜라니?

"보통 정반대로 하잖아."

그렇습니다. 이런 짓을 하지 않아도 【다음】이 잔뜩 있는 다이스케로서는 당연한 반응입니다.

그렇지만 말입니다, 쇼세이에게는 정반대라서 좋은 겁니다.

정반대여야 【다음】에 해야 할 게 끊임없이 발생합니다.

…….

아아, 이상한 분위기가 되고 말았네요.

"아무려면 어때. 너는 뭐가 좋아? 랩으로 싸여 있어서 안이 안 보이는구나. 일단 라벨은 붙여 놨지만 설명해 줄게."

쇼세이, 다이스케에게 하나씩 내용물을 설명하기 시작했습니다. 조금 시간이 걸릴 듯하므로 우리는 우리대로 쇼세이의 현재 상황을 잠시 설명하기로 하죠.

우선 쇼세이, 처음 세웠던 '몸무게와 체지방률을 자신과 같은 키의 삼십 대 남성 평균치까지 떨어뜨린다'라는 목표는 일찌감치 달성했습니다. 다이어트라는 이름의 감시 카메라가 준 네 가지 약속 사항을 철저히 지켰더니 바로 목표는 달성되었습니다.

다른 개체는 대체로 목표를 달성하면 축하하죠. 그러나 쇼세이는 다릅니다. 다이어트를 완료했다는 사실은 【다음】을 줄 다른 감시 카메라를 새로 발견해야 한다는 뜻이죠.

쇼세이, 당혹스러웠습니다.

그렇다고 다이어트를 완료한 다른 개체처럼 몸만들기에 돌입해 피지컬 대회에 도전할 마음도 없었습니다. 그것은 어떤 의미에서 확대, 발전, 성장의 레이스에 오르는 일이고 모두 【지금보다 더】의 한계에 직면하는 일이니까요.

그때 만난 게 베이킹입니다.

응? 갑자기 무슨 일이지? 그런 느낌이겠죠. 일단 들어 보세요.

다이어트를 시작하고 직접 음식을 만드는 빈도가 늘어난 쇼세이, 목표를 달성하고도 계속 직접 음식을 만들었는데 어느 날, 아끼던 디저트 전문점이 인기 상품의 레시피를 공개했다는 사실을 알았습니다. 너무나 【다음】이 부족했던 쇼세이, 어느 주말, 그 레시피에 도전해 보기로 했습니다. 물론 필요한 조리 도구도 다 준비한 다음에 말입니다. 베이킹 도구는 의외로 집에 없잖아요?

도전한 디저트는 과일 타르트였습니다. 타르트 반죽부터요.

자, 베이킹은 말입니다, 무엇보다 정확성이 가장 중요하고 때에 따라서는 반죽을 숙성하거나 여러 차례 발효할 필요가 있어서 시간이 은근히 많이 걸립니다. 첫 도전에 과일 타르트라니 꽤 난이도가 높았나 봅니다. 당연히 과일에서 나온 수분에 타르트 바닥이 축축해지고 말았습니다. 맞아요, 쇼세이, 커스터드 크림 하나 직접 만드는 것도 어렵다는 사실을 그날 처음 알았습니다.

그런 이유로 설거지까지 다 끝내고 나니 해가 완전히 저물어 있었습니다. 완성한 타르트가 전혀 마음에 들지 않아서 결국 두 번

연속 만들었거든요. 그래서 쇼세이, 그날은 실패한 타르트까지 포함해 엄청난 열량을 섭취했습니다. 원래 타르트의 지름이 15센티미터, 이 인분에서 사 인분에 해당하는 레시피였으니까요. 아무리 과일이 중심이라고 해도 지방과 당을 완전히 과다 섭취한 셈이었죠.

그러자 다시 발동했죠. 다이어트라는 이름의 감시 카메라가요.

쇼세이, 다음 날인 일요일에는 토요일에 섭취한 만큼의 열량을 소비하려고 엄청나게 몸을 움직였습니다. 오전에는 HIIT●로 근육 운동과 걷기, 오후에는 수영을 했습니다. 돌아오는 길에는 결정타로 사우나까지 들러 땀을 잔뜩 뺐습니다.

사우나에서 나올 무렵에는 해가 완전히 저물어 있었습니다.

그렇습니다. 주말 이틀이 통째로 지나간 겁니다.

이거다.

쇼세이, 빛에 감싸인 듯한 느낌이었습니다.

시간을 들여 고열량 음식을 만들고 최대한 섭취한 다음 그만큼 소비하기 위해 열심히 몸을 움직인다. 이 루틴만 반복하면 종과 공동체의 공헌과 이어지는 확대, 발전, 성장의 레이스에 오르는 일 없이, 게다가 허무함에 사로잡히지 않을 정도의 【다음】을 이어 갈 수 있습니다.

이후로는 쇼세이, 평일에는 도전할 레시피를 탐구하고 재료를

● High Intensity Interval Training. 빠르게 달리는 구간과 천천히 달리는 구간을 정하여 되풀이하는 운동을 말한다.

준비한 다음 토요일에 만들어 먹고 일요일에 운동해 소비하는 일주일을 반복하고 있습니다. 이 사이클 안에 있으면 공동체에 공헌하지 않고 심신을 시간 속에서 전진시킬 수 있어서 변기에 앉아 움직일 수 없는 【다음】 부족 상태는 회피할 수 있습니다.

딩동 벨을 울려 주는 개체가 둥지에서 사라져도.

"자, 이제 다 설명한 것 같은데."

오! 때마침 과자 설명이 끝났나 봅니다.

"사양 말고 마음껏 먹어. 그게 더 고마운 일이니까."

기분이 좋은 쇼세이와 달리 다이스케, 뭐라 표현하기 힘든 표정으로 그 자리에 우두커니 서 있습니다.

쇼세이, 어디까지 설명했을까요.

베이킹의 목적은 만들어 먹는 게 아니라 그저 시간을 소비하는 데 있다는 말까지 했을까요.

어쨌든 다이스케의 표정을 보건대 제대로 이해한 것 같지는 않습니다.

어쩐지, 이상하다.

어쩐지, 위화감이 든다.

어쩐지, 마음이 소란하다.

그 정도의 감정이 다이스케의 얼굴에 잔뜩 배어 있습니다.

"고마워."

어라, 다이스케, 뭐라고 우물우물 입을 움직입니다.

"있잖아."

아, 이거, 혹시?

바로 그거, 아닐까요!?

"전부터 생각했는데."

보세요, 왔습니다~!

확실히 지금은 천재일우의 기회죠! 눈에 보이는 형태로 위화감이 늘어서 있으니까요.

"전부터 생각했는데, 너, 말이야."

딩동.

아니!

이 역시 너무나 절묘한 타이밍에 딩동 벨이 울렸습니다.

"아, 열려 있네. 역시 아직 여기 있었구나."

이쓰키입니다.

그렇군요. 쇼세이의 방으로 이동한다는 걸 이쓰키에게 알리고 왔죠?

"있잖아. 다른 스프레이를 사는 게 좋겠어. 저렇게 오래 뿌려 뒀는데 얼룩이 전혀 지워지지 않았어."

길지 않은 복도를 거쳐 거실까지 도착한 이쓰키, 다이스케와 쇼세이 사이에 흐르는 기묘한 분위기에 순간 움직임을 멈춥니다.

"이게 뭐야?"

종이 상자가 가득한 방, 테이블 위에 늘어선 의문의 물체를 발견한 이쓰키, 당연한 의문을 입 밖에 내놓습니다.

자, 쇼세이, 어떻게 이 난국을 헤쳐 나갈까요?

(16시 40분이다.)

쇼세이, 슬쩍 시간을 확인했습니다.

"때마침 잘 왔다."

쇼세이, 의식적으로 밝은 목소리를 냅니다.

"배 안 고파? 둘이 간식 먹으며 좀 쉬어."

쇼세이, 그렇게 말하고 테이블 위에 디저트 외에 유일하게 놓여 있던 물체, 책을 들었습니다.

"나, 책 반납하고 올게. 돌아오는 길에 커피 사 올 테니까 기다려. 곧 문 닫을 것 같아서."

쇼세이, 자리를 뜰 필연성을 강조하는 말도 잊지 않습니다. 반납함이 있다는 발언은 얼렁뚱땅 뭉갭니다.

현관을 등지고 서 있는 두 개체가 나란히 쇼세이를 바라봅니다.

미래에 한 쌍이 되기로 약속한 두 개체가.

가정이나 학교를 비롯한 공동체의 확대, 발전, 성장에 공헌하는 게 자신의 행복 수준 상승으로 이어질 두 개체가.

도무지 그럴 수 없는 쇼세이를 나란히 바라보고 있습니다.

"금방 올게."

쇼세이, 두 개체와 스치는 형태로 현관으로 갑니다.

내면을 탐색당해 어색한 분위기가 되었을 때 일단 시간을 벌고 보는 게 쇼세이의 상습적인 방법입니다. 대체로 그 자리만 넘기면 시간이 모든 걸 풍화해 주니까요.

자, 쇼세이, 밖으로 나갑니다.

응. 공기가 너무 좋다!

실내에서 정교한 수작업을 오래 했더니 몸이 굳어 있었네요. 크게 기지개를 켜고 심호흡. 아, 기분 좋다~!

벌써 해가 지고 있습니다. 베이킹이나 운동, 짐 싸기까지 뭔가에 온통 집중하고 있으면 시간은 순식간에 흐릅니다.

정신을 차려 보니 시간이 훅 흘렀다는 감각을 끊임없이 이어 나가는 게 쇼세이의 행복입니다.

그런데 말입니다.

다이스케는 이쓰키에게, 뭐라고 설명할까요.

적어도 두 개체 모두 과자에는 손대지 않을 것 같습니다.

……있잖아.

……내내 생각했는데.

……다쓰야 쇼세이라는 사람.

과자에는 손대지 않고 두 개체가 나란히 중단했던 대화를 시작할 것 같습니다.

우선은 이쓰키가, 결국 이게 뭐야?라는 질문으로 시작합니다.

다이스케는 다쓰야가 직접 만든 디저트라고 대답합니다.

어, 이걸 전부? 무슨 소리야? 다쓰야, 디저트를 만들어? 그보다 다이어트 중 아니었어? 이쓰키도 다이스케와 똑같은 동요를 드러내겠죠.

틀림없이 이 순간부터 대화의 분위기가 바뀔 겁니다.

아무래도 이런 걸 잔뜩 만들고 잔뜩 먹고 잔뜩 운동하는 일을 반복하는 것 같더라. 그래서 결과적으로는 몸무게가 늘지 않는……. 얘기를 듣기는 했는데 나도 무슨 소린지 모르겠어.

그게 뭐야? 그럴 거면 이렇게 많이 안 만들면 되잖아?

아니, 나도 잘 모르겠다고. 그런데 베이킹도 운동도 일단은 다시간이 걸려서 좋다고 하더라. 그러면 주말을 순식간에 보내게 된다고.

일부러 한다는 거야? 애써 잔뜩 먹고 잔뜩 운동한다고?

그런 걸까?

어머!

지금 표정, 아주 이상해.

아니, 뭐랄까, 좀 무섭다는 생각이 들어서.

응. 그건 나도 마찬가지야.

난, 네가 그런 말을 하면 불안할 것 같아. 결국 뭘 하고 싶다는 건지 몰라서.

음. 뭘 하고 싶지 않은 게 아닐까? 봐. 녀석의 생각을 늘 모르겠잖아.

그야 그렇지만. 그런 생활 좀 허무하지 않을까.

허무?

전부 시간을 보내려고만 하는 거잖아? 나라면 도중에 이게 무슨 짓인지 하며 정신을 차릴 것 같은데.

아무 의미 없는 게 좋다는 거겠지.

응? 물론 의미 없는 짓을 하고 싶을 때도 있지. 그렇지만 계속 이러는 건 아니잖아? 난 안 돼.

뭐, 본인이 그러고 싶다는데 우리가 뭐라 하겠어. 다른 사람한테 피해가 가는 것도 아니고, 행복이란 저마다 다르니까.

또 그런다. 그거 다정한 게 아니라 그냥 방치하는 거라고.

아니면 녀석에게 그만하라고 해야 해? 무슨 권리로 그래? 그만

두게 하면 녀석은 무료해질 뿐이잖아? 대신 뭘 해 줄 것도 아니고. 자, 애써 만든 거니까 일단 먹자. 나 정말 배고파.

난 됐어. 먹고 싶지 않아.

그래? 나는 먹는다?

조금 전 말. 누구랑 비슷한데.

조금 전?

다정한 게 아니라 실은 방치하는 거라는 말.

누구랑 비슷한데?

다쓰야.

⋯⋯이런 이야기를 할 겁니다.

정확하지는 않지만.

네. 쇼세이, 맨션 밖으로 나옵니다. 마른 몸은 정말 움직이기 쉽습니다.

구름 한 점 없는 저녁 하늘, 토요일이 막을 내리는 시간대. 상황적으로 최고입니다. 쇼세이도 기분이 좋은지 걸으면서 실컷 심호흡합니다.

자, 도서관에 도착했습니다.

토요일이라 그런지 꽤 북적입니다. 폐관까지 얼마 안 남았는데도 많은 개체가 건물에서 나옵니다.

앗, 위험해!

"죄송해요."

술래잡기 중이었던 듯 달려온 유체 수컷 개체가 쇼세이의 하반신에 부딪힙니다.

"괜찮니? 안 다쳤어?"

쇼세이가 말을 걸자, 유체는 쑥스러워하며 "괜찮아요."라고 대답하고 재빨리 노을 진 거리로 녹아들어 갔습니다. 이런 상황이라면 다른 개체와도 부딪힐 수 있으니 조심해야겠습니다.

쇼세이, 안 그래도 경쾌했던 발걸음이 더 가벼워집니다.

(저 애가 어른이 되었을 때 이 책의 내용이 현실이 되어 있을까?)

쇼세이, 쥐고 있는 책 표지를 바라봅니다.

(그렇다면 기대되는데.)

후후, 놀랍지 않나요?

최근의 쇼세이, 이 공동체의 미래와 거리에서 발견하는 유체가 성체가 되는 세계를 진심으로 기대하고 있습니다. 이 생애가 시작되고 처음으로 그 미래까지 심신을 시간 속에서 전진시키자고 생각합니다.

계기는 소우와의 술자리로 거슬러 올라갑니다.

실은 쇼세이, 그 술자리 후 인지능력을 살짝 확대해 봤습니다. 자신도 마카롱의 그 사람처럼 지금부터라도 공동체와 관계를 다시 맺을 수 있을지도 모른다는 일말의 희망을 품은 겁니다.

그런데 말입니다, 지금 생각하면 정말 타이밍이 나빴습니다. 제일 먼저 쇼세이가 인지한 게 이런 문구였으니까요.

T현 S시의 시의원이 시의회 일반 질문에서 성적 소수자를 놓고 "가능하면 조용히 숨어 살길 바랍니다. 그게 더 아름답고 사회에 혼란을 일으키지 않으니까."라고 발언한 걸 알고 말았습니다.

바로 이겁니다.

정말 오랜만에 인지능력을 개방한 순간 새로운 출입 금지 선언과 맞닥뜨린 겁니다.

그 순간 쇼세이의 마음속에서는 다시 공동체와 관계를 맺을 수 있을지도 모른다는 희망이 사라졌습니다. 그 대신 왜 저렇게 잘났을까, 라는 짜증이 몰려왔습니다. 자기들이 공동체의 주축이고 그렇지 않은 사람은 압살해도 된다고 믿어 의심치 않는 특권 의식은 어디서 오는 걸까요. 이런 사람들이 권력을 쥔 나라에 어떤 공헌도 하고 싶지 않은 마음을 왜 도통 깨닫지 못할까요.

이제까지의 쇼세이라면, 여기서 다시 인지능력을 차단하고 두뇌 트리밍을 가동하면 이상! 끝입니다. 섭취와 소비의 사이클 안에 있는 게 더 낫다는 마음으로 쾌적한 성에 틀어박힐 순간이죠.

그런데 이때는 신의 계시라도 받은 듯 쇼세이, 그대로 인지능력을 확장했습니다.

그러던 중 쇼세이, 유독 저출산 뉴스가 많다는 사실을 깨달았습니다. 실제로 저출산 뉴스는 많이 보도되고 있었는데 요즘 들어 저출산의 가속화와 동성애 개체에 대한 혐오가【그냥 그런 분위기】를 형성하고 있는 데는 어떤 관련성이 있다고 추론한 쇼세이, 무의식적으로 더 주목했을지 모르겠습니다. 합계 특수 출생률, 높아진 초혼 연령, 정자 동결, 난자 동결, 보조금, 불임 치료 같은 단어를 계속 추적하다 보니 쇼세이의 흥미를 알아낸 알고리듬이 이런 뉴스를 찾아냈죠.

발전하는 생식 의학, 문제시되는 생명 윤리.

미국 필라델피아 어린이 병원 연구팀이 자궁 구조를 그대로 옮긴 인공 자궁 시스템 '바이오 백'으로 양(¥)의 태아를 정상적으로 발육하는 데 성공했다. 이 양은 인간으로 치면 임신 24주 정도의 초기 조산에 해당하는 시기에 모태에서 꺼내졌다. 이 기술을 조산한 아이에게도 적용하면 구할 생명이 늘어날 것으로 예상되어 세계의 관심을 모았다. 또 언젠가 인체를 모체로 삼지 않고도 임신, 출산할 수 있게 되면 여성의 신체적 부담이 줄고 경력 단절도 사라지므로 성별 격차를 줄이는 데도 효과적이라는 견해도 있다. 또한 중국에서는 이미 인공 자궁 환경에서 성장하는 태아를 감시하고 돌보는 인공 지능 시스템 'AI 내니(유모)'를 개발했다고 발표했고 연구팀은 이 시스템을 사용하는 게 여성의 태내보다 안전하고 효율적으로 태아를 성장시킬 가능성이 있다고 주장했다. 심각한 인구 감소가 거의 확실시되고 있는 한국, 일본, 스페인, 포르투갈 같은 국가에서는 인공 자궁과 자궁 외 임신으로 대표되는 체외 발생의 실현이 효과적인 저출산 대책으로 주목을 받고 있다…….

이거다.

쇼세이, 읽으면서 직감했습니다.

이제까지 느낀 점, 방금 인지한 정보. 그 둘이 쇼세이의 머릿속에서 너무나도 아름답게 정렬됐습니다.

공동체의 현안이 저출산인 이상 출생률 증가가 급선무다.

현시점 일본에서 법률이나 기술적으로 출생률을 늘릴 수 있는 건 이성애 개체뿐이다.

이성애 개체의 무의식에는 결국 동성애 개체는 출생률 증가 분야에서는 생산성이 없다, 공동체의 확대, 발전, 성장에 대한 공헌도가 낮다는 특권 의식이 있다. 형태를 바꿔 가며 다양한 출입 금지 선언이 나타나는 원천이다.

그러나 생식 의학이 발전해 체외 발생이 실현되면 이성애 개체는 되고 동성애 개체는 안 되는 게 하나도 없어진다.

이성애 개체가 지닌 무의식적인 특권 의식이 떨어져 나간다.

……이렇게 도미노가 쓰러지듯 모든 정보가 주르륵 하나가 되었습니다.

쇼세이는 결국 우리에게 생산성이 있으니 동성애 개체는 입 닥치고 있으라고 요구하는 이 공동체가 마치 폭력적인 가부장이 지배하는 가정 같았습니다. 내가 돈을 벌어 오니 너희는 내 말 들어, 우리는 공동체의 개체수를 확보하고 있으니 우리 말 들어! 응. 비슷합니다. 그 과정에 동성애 개체가 아무리 많이 참여해도, 예를 들어 대놓고 밝히지 않은 동성애 개체가 차세대 개체의 생명을 수없이 구해도 이성애 개체들의 '생산성이 없다'라는 느낌은 아무리 집안일을 많이 해도 생활비를 버는 사람은 네가 아니라는 주장과 아주 근접합니다.

폭군처럼 구는 가장을 쫓아내는 가장 빠른 길은 스스로 돈을 버는 겁니다. 체외 발생의 실현은 그에 해당하는 일입니다. 이성애 개체는 되고 동성애 개체는 안 되는 게 하나도 없으면 【그냥 그런 분위기】에 장악되어 이성애 개체가 느끼는 아름다움을 위해 숨어 살아야 할 이유도 사라집니다.

쇼세이, 시야가 확 밝아진 기분이었습니다. 이후로는 내내 새로운 생식 의학 책만 읽고 있습니다.

세계 각국의 최신 르포를 읽을 때마다 이성애 개체의 특권 의식이 떨어져 나가는 과정을 지켜보는 듯해 쇼세이, 점점 기분이 상쾌해집니다.
"반납, 할게요."
　쇼세이, 카운터에 책을 내밉니다. 순식간에 반납이 이루어집니다.
"감사했습니다."
　쇼세이, 고개를 숙이고 몸을 휙 돌립니다. 그리고 다른 책을 빌리려고 의학서 칸으로 이동합니다.
　생식 의학, 인공 자궁, 생명 윤리, 자궁 외 임신, 바이오 백, 체외 발생…… 그런 단어들로 시끌벅적한 책등을 실컷 바라보며 빌릴 수 있는 권수만큼 꺼냅니다.
　쇼세이, 웃고 있습니다.
　행복감이 쑥쑥 올라갑니다.
　지금 쇼세이에게 산다는 것, 즉 심신을 시간 속에서 전진시키는 일은 이성애 개체로부터 특권 의식이 떨어져 나가는 미래로 다가감을 의미하고 그 사실이 바로 쇼세이의 행복 수준을 올리고 있습니다. 이 행복 수준은 쇼세이 자신의 생산성이나 공동체 공헌과는 완전히 독립되어 있습니다.
　그렇습니다. 쇼세이, 기대치 않게 공동체와 종의 확대, 발전, 성장의 공헌과 이어지는 【다음】을 끊임없이 수행함으로써 행복 수준을 높이는 개체, 행복 수준이 공동체 공헌에 달린 일반 개체와는 정반대인 행복의 곡선을 손에 넣었습니다.
　이거, 너무나 혁명적인 일이죠.

행복 수준이 공동체 공헌에 달린 개체, 그중에서도 쇼세이처럼 발생한 지 삼십 년이 넘은 인간 개체는 앞으로 심신이 시간 속에서 전진할수록 노화 개체가 되어 대부분 공동체 공헌도가 낮아집니다. 가정이나 사회를 지탱했던 개체가 순식간에 가정이나 사회의 도움을 받아야 하는 처지가 되므로 이제까지 공동체 공헌이 행복 수준을 관장한 만큼 심대한 충격을 받을 겁니다. 그야말로 얼핏 보면 아름다워 보이는 그 발언 "생산성 없는 사람은 없습니다."라는 말이 자신에게 돌아오는 겁니다. 목욕과 배설조차 혼자 할 수 없는 사람이구나, 지금의 나에게 생산성이란 게 있을까, 나는 공동체에 그저 짐일 뿐이구나. 수많은 개체가 이런 생각에 향후 행복 수준이 낮아지기만 할 겁니다.

그러나 쇼세이는, 자기의 행복 수준을 【이성애 개체로부터 특권의식이 떨어져 나가는 미래】에 맡겼으므로 자신이 노화 개체가 되든 말든 심신이 시간 속에서 전진하는 일은 순수한 행복입니다.

쇼세이, 여러 권의 책을 안고 이번에는 대출 창구에 줄을 섭니다. 그 모습은 밖에서 보면 이 세계에 완벽하게 적응한 듯 보일 겁니다.

행복의 기준이 다르다. 그것은 살아가는 세계가 다르다는 뜻입니다.

생각해 보면 쇼세이, 아주 오래전부터 다른 세계에서 살아왔습니다.

물론 의태는 식은 죽 먹기라 행복 수준을 공동체 감각에 맡긴 개체처럼 행동할 수 있습니다. 다른 개체와 자연스럽게 대화하고 밥을 먹고 함께 일하며 공생할 수 있습니다.

그렇게 살면서도 쇼세이는 줄곧 다른 세계에서 살았습니다. 그리고 그 단절은 이제까지보다 앞으로가 더 잘 드러나겠죠.

흥미롭군요.

인간의 경우, 같은 종의 개체라도 어떤 【온전함】을 쌓아 왔는지에 따라 완전히 다른 세계를 사는군요.

대출 창구의 줄이 줄어듭니다. 토요일 폐관 직전의 도서관에는 의외로 많은 개체가 있네요.

쇼세이가 알아차리지 못했을 뿐 오늘 스친 개체 중에서도 공간적으로는 같은 곳에 있지만 감각적으로는 전혀 다른 세계를 사는 개체가 틀림없이 있었을 겁니다.

아무도 그 사실을 모르게, 아무것도 모른다는 얼굴로 이 세계에 손을 얹고 있겠죠.

그런 일이 이 거리 어느 장소에서나 무수히 발생하고 있을 겁니다.

행복을 맡길 장소를 스스로 만들지 못하면 살아가기 힘든 상황은 다양한 이유로 발생하니까요.

"고맙습니다."

무사히 대출을 끝낸 쇼세이, 도서관 밖으로 나옵니다. 저녁노을의 색깔이 짙어져 거리는 무척 아름답습니다.

자, 이제 커피를 사서 돌아갈까요?

(내일 아침밥도 사자!)

근처 편의점에 들어간 쇼세이, 일단 가게 안을 쭉 둘러봅니다.

(와! 카늘레를 파네!)

쇼세이, 다이어트뿐만 아니라 베이킹을 시작하면서 세계를 보는 시점이 하나 더 늘었습니다. 편의점이나 슈퍼마켓에 진열된 디저트를 열량과 성분표뿐만 아니라 난이도로도 보게 되었습니다. 특히 카늘레는 여러 번 실패했으니까요. 만들기 어려운 음식을 편의점이나 슈퍼마켓에서 발견하면 저도 모르게 흥분하고 맙니다.

(카늘레를 편의점에서 팔다니. 얼마 전까지는 안 팔았는데.)

정말 편의점 업계의 【지금보다 더】는 대단합니다. 최근에는 세탁까지 손을 대고 있죠. 점점 기능을 확대하고 있습니다.

뭔가 완전히 다른 이야기일지 모르겠는데 인간이 활동하는 그런 모습을 보고 있자면 체외 발생도 가능할 것 같습니다.

(일단 아침 식사는 녹차랑 연어 주먹밥, 두부 된장국이면 될까?)

물론 생식 의학의 발전에 대한 찬성과 반대의 【목소리】도 꼼꼼하게 읽었습니다. 쇼세이는 【반대】 의견은 무시하는 경향인데 저는 제대로 음미했습니다. 여성의 해방과 이어질 발명이다, 아니다, 이건 본질적인 의미에서 여성을 해방하는 게 아니다, 다양한 사정으로 아이를 갖지 못하는 사람에게는 큰 희망이다, 유전자조작이나 디자이너 베이비●의 첫걸음이다, 생명 윤리를 전복하는 판도라의 상자다, SF나 애니메이션 같은 세계다, 병사를 대량 생산하는 나라가 나올 것이다. 온갖 이야기가 있습니다.

그렇습니다. 찬반 주장을 다 알면서도 이제는 막을 수 없다고

● 맞춤 아기. 유전자 구성을 선택하거나 변경한 아기

판단했습니다.

사실, Maryam에 있있을 때는 사회구조를 개혁해야 한다고 생각했습니다. 항상 확대해야만 하는 자본주의와 일정 기간 인간을 경제활동에서 멀어지게 만드는 체내수정이 서로 맞지 않는다면 당연히 전자, 사회구조를 바꿔야 한다고요.

그런데 쇼세이에게 있으면서 삼십 년쯤 흘렀는데 이게 웬일! 인간이란 재검토나 후퇴를 정말 못 한다는 사실을 알았습니다. 일단 문명이 발달하면 그 전으로는 돌아가지 못합니다. 아니, 돌아갈 수 없습니다. 그런 일의 되풀이가 이 종의 역사라고 해야 할까요.

(자바스● 바나나 맛도 사자. 아, 이삿짐센터 사람들 것도 사야지? 바로 뒤에 있는 맨션이기는 해도.)

반대 운동이 일어났던 발명은 전에도 수없이 많았습니다. 과거 역사에서도 무언가를 해서는 안 되는 일이라고, 중단해야 한다는 【목소리】가 나온 적은 정말 많았답니다. 그 【목소리】 덕분에 문명이 몇 년 단위로 정지하거나 후퇴한 적도 있죠. 그러나 수백 년이나 수천 년이라는 척도로 보면 결국 인간은 확대, 발전, 성장에서 내려오지 못했습니다.

그저 제게는, 선악이나 옳고 그름과는 다른 차원에서 인간은 후퇴만은 할 수 없는 듯 보입니다.

막을 수 없기에 계속 봉인되고 억압만 받아 온 쇼세이가 지금, 막을 수 없는 발명에 행복을 맡기고 있으니 정말 아이러니한 이야

● 일본의 에너지 음료 브랜드

기네요.

아, 정말 오래 살고 볼 일입니다.

사실, 어느 쪽이든 상관없죠.

말하고 있는 동안.

쇼세이도 막을 수 없게 된 듯합니다.

커피를.

"죄, 죄송합니다!"

쇼세이, 급히 부른 점원의 도움으로 간신히 사태를 처리합니다. 기계 문제일까? 데지 않은 게 그나마 다행입니다.

쇼세이, 편의점에서 나옵니다. 조금 더 하늘의 색이 밤에 가까워졌습니다.

(다이스케와 이쓰키, 뭘 먹었을까?)

뭘 먹었을까요?

(잘 만든 걸 먹었으면 좋겠는데.)

그렇다면 크루아상은 어떨까? 그거, 의외로 반죽이 잘 됐는데. 녹기 전에 버터를 반죽에 넣고 말아 기가 막히게 완성했지.

아.

맞다.

이유가 하나 더 있습니다.

제가, 체외 발생이 현실적으로 진행되지 않을까 생각하는 이유 말입니다.

그건, 이겁니다.

이거요.

제가 들을 사람도 없는데 느닷없이 이렇게 조잘조잘 떠드는 이 모습 자체 말입니다.

아니, 도대체 어디에다 대고 떠드나. 내내 그렇게 생각했습니다.

언어능력이 뛰어난 인간에게 있어서 이런가 싶기도 했는데 Maryam에 있을 때는 이렇지 않았습니다.

왜 이렇게 줄곧 느닷없이 떠들어 댈까요. 도대체 왜 요란을 떠는지 의문이었습니다.

체외 발생 이야기를 들었을 때 딱 감이 왔습니다.

아, 【나】, 인간에게서 사라질지도 모르겠구나.

보세요! 태양 같은 행성도 사라지기 직전에 팽창하잖아요? 저도 그런 느낌으로 퇴화를 앞두고 기능이 일시적으로 팽창한 게 아닐까요.

잘 모르겠습니다. 오히려 Maryam 때가 예외였을 수도 있겠죠. 어차피 인간은 두 번밖에 경험하지 못해서 아직 어느 쪽이 비정상인지는 모르겠습니다.

그러나 체외 발생이 일반화되면 생식 본능이나 생식기의 존재 의의도 물론 변합니다.

체외 발생으로 발생이 완전히 인간의 통제 아래 놓이면 통제 불가능한 존재인 성 충동은 오히려 존재하지 않는 게 좋겠죠.

자주 사용하는 기능이 발달하고 별로 사용하지 않는 기능은 도태한다. 이거, 자연계의 섭리입니다.

(바람이 좋네.)

네. 기분이 좋습니다.

(내일 이사하면 일주일은 집 정리를 해야겠지?)

짐 푸는 일도 꽤 힘들 테니까요. 새로 산 물건도 있어서 한동안은 집 꾸미기에 시간을 소비할 수 있겠네요.

(다 정리되면 또 뭘 만들자.)

맞아요. 지금과 이어질 【다음】을 정해 두면 더 안심되죠.

내일부터는 벌써, 아무리 입을 반쯤 벌리고 두 팔을 툭 떨어뜨리고 등을 구부리고 고개를 앞으로 내밀고 있어도 벨을 눌러 줄 개체가 없으니까요.

(좋았어!)

응.

(오페라 케이크에 도전하자.)

앗!

엄청나게 시간이 걸릴 듯한 그 디저트? 드디어 도전하나? 비스퀴 조콩드, 커피시럽, 커피 버터크림, 가나슈, 초콜릿 글레이즈까지, 확실히 시간을 소비하기에는 최고겠네요. 응. 해 봅시다.

(여덟 조각 분량의 레시피라면 열량은 3,500킬로칼로리 정도겠지. 반은 냉동하면 나머지가 1,800킬로칼로리. 아침과 점심에 각각 500킬로칼로리를 섭취하면 토요일 하루에 2,800킬로칼로리. 일요일은 아침, 점심, 저녁 각각 500, 500, 600으로 제한하면 이틀 동안 4,400킬로칼로리. 여기서 이틀의 기초대사를 빼면 4,400빼기 3,000이니까 1,400킬로칼로리. 이것을 일요일에 소비하면 플러스마이너스 제로.)

쇼세이, 체온이 확 오릅니다. 아주 의욕이 대단하네요.

(그렇다면 근육 운동 한 시간, 수영 한 시간, 걷기 한 시간, 줄넘기 십 분, 선신욕 삼십 분. 일요일은 그 정도면 되겠다.)

　정말, 쇼세이는 불가사의합니다.

　(오케이! 이걸로 이틀은 또 지낼 수 있겠다.)

　【제】가 사라져서가 아니라, 이 개체의 생애는 계속 얘기하는 게 좋겠습니다.

　(오페라 케이크, 어렵겠지?)

　그야.

　(오페라 케이크가 능숙해질 때까지 시간, 엄청나게 흐르겠지!)

　이 상태가 행복 수준 최고치입니다.

　어떤 개체의 생애가 계속 얘기된다면, 그 개체가 우여곡절을 거쳐 최종적으로 공동체와 관계를 다시 구축하고 세상과 사람들을 위해 움직여 사회적 동물로서 행복 수준을 높이는 패턴이 대부분이겠죠?

　그 가운데 이성애 개체로부터 무의식적인 특권 의식이 떨어져 나가는 미래에 가장 **빠르게** 도달하려고 베이킹과 다이어트를 되풀이하는 게 지상 최고의 행복인 개체의 역사 하나쯤은 남겨 두고 싶네요. 꼭!

　아.

　또 기분 좋은 바람이 불어오네요.

　(와, 기분 좋다!)

　쇼세이, 안 그래도 가벼웠던 발걸음이 민들레 홀씨처럼 훨훨 날 듯합니다.

(행복하다!)

그러네.

다행이야.

여기까지, 정말 오래 걸렸네.

드디어 온몸이 붕 뜨는 듯한 【온전함】을 손에 넣었네.

자, 맨션에 도착했습니다.

시간이 상당히 지났으니까 살짝 불온했던 분위기도 흐지부지되어 있겠죠.

다이스케와 이쓰키와 디저트를 먹고 다 같이 짐 싸기를 끝낸 다음 푹 쉬고 나면?

쇼세이, 새로운 생활의 시작입니다.

초출

〈홋카이도신문〉, 〈주니치신문〉, 〈도쿄신문〉, 〈니시니혼신문〉, 〈가호쿠신보〉 각 신문에 2022년 8월부터 2023년 10월까지 차례로 연재한 원고를 대폭 수정했습니다.

주요 참고 문헌

《하고 싶어 하는 수컷과 싫어하는 암컷의 생물학》
 (미야타케 다카히사 저, 슈에이샤신서)
《유감스러운 '수컷'이라는 생물》
 (후지타 고이치로 저, 포레스트2545신서)
《섹스 로봇과 인공육 테크놀리지는 성, 식, 생, 사를 '정복'할 것인가》
 (Jenny Kleeman 저, 안도 다카코 옮김, 후타바샤)
《일만 년의 진화 폭발 문명이 진화를 가속했다》
 (Gregory Cochran, Henry Harpending 저, 후루카와 나나코 옮김, 니케이BP)
《성도태 인간은 동물의 성에서 무엇을 배웠나》
 (Marlene Zuk 저, 사토 게이코 옮김, 하쿠요샤)
《생물은 왜 죽는가》
 (고바야시 다케히코 저, 고단샤현대신서)
〈어류의 사회 행동과 성전환의 진화〉
 https://doi.org/10.5983/nl2008jsce.38.68
〈어류의 성전환: 그 과정과 진화 메커니즘〉
 https://doi.org/10.5983/nl2001jsce.2003.108_14

이 작품을 집필하며 과학적 사실은 마에카와 사네유키 씨가 감수해 주셨고, 파키스탄의 결혼 문화는 마키노 모모에 씨의 설명을 참고로 했습니다. 이 자리를 빌려 진심으로 감사드립니다.

그리고 이 작품에 관한 모든 책임은 저자에게 있습니다.

생식기

초판 1쇄 발행 2025년 9월 26일
지은이 아사이 료 | **옮긴이** 민경욱 | **펴낸이** 최원영
편집부장 윤영천 | **편집부** 윤정원 김서연 이지윤 | **북디자인** 이승정
본문조판 양우연 | **국제업무** 박진해 조은지 남궁명일 | **마케팅** 김민원 조은걸
펴낸곳 (주)디앤씨미디어 | **출판등록** 2002년 4월 25일 제20-260호
주소 서울시 구로구 디지털로 32길 30 코오롱디지털타워빌란트 1301-1308호
전화번호 02.333.2513 | **팩스** 02.333.2514

ISBN 979-11-92738-61-1 03830

정가 17,000원

* 잘못 만들어진 책은 구매처에서 바꾸어 드립니다.